灵魂的重量

李本深 著

这是一本足够触及灵魂的书。
一个平凡英雄的不平凡的传奇人生，
它的重量足以为你的人生所鉴。

SPM
南方出版传媒
广东人民出版社
·广州·

图书在版编目（CIP）数据

灵魂的重量 / 李本深著．—广州：广东人民出版社，2019.3
ISBN 978-7-218-13404-8

Ⅰ．①灵…　Ⅱ．①李…　Ⅲ．①传记文学—中国—当代　Ⅳ．①I25

中国版本图书馆 CIP 数据核字（2019）第 045176 号

LINGHUN DE ZHONGLIANG
灵 魂 的 重 量　　李本深　著

出 版 人：肖风华

策划编辑：汪　泉
责任编辑：汪　泉
装帧设计：八牛工作室
责任技编：周　杰

出版发行：广东人民出版社
地　　址：广州市大沙头四马路10号（邮政编码：510102）
电　　话：（020）83798714（总编室）
传　　真：（020）83780199
网　　址：http://www.gdpph.com
印　　刷：佛山市迎高彩印有限公司
开　　本：787毫米×1092毫米　1/16
印　　张：16　　　字　数：188千
版　　次：2019年3月第1版　2019年3月第1次印刷
定　　价：49.80元

如发现印装质量问题，影响阅读，请与出版社（020-83795749）联系调换。
售书热线：（020）83795240

一场超越财富的自由抉择

苏小玲

传记《灵魂的重量》即将问世。其书名，让我联想到了一种“救赎”的分量。用心的作者显然找到了根本，即灵魂在这个特殊生命历程中光照与支撑的意义。而在传主一波三折、跌宕起伏、峰回路转的生命历程中，人们能感受到一幅丰富的生与死、灵与肉相融交织的历史画卷。当然，文学创作虽已至此，这个具有社会经济学价值向度的真实人物，却似乎还有待更完整深刻地揭示。

2019年的1月28日，“改革开放40年福建四十位杰出企业家”在福州揭晓，林常平榜上有名。这并非只是一个地方纳税大户获得官方的一项认可，更是人们对无法违背某种客观存在的负责与尊重。它的背后当有自恰的逻辑，其所牵扯的一段非常特殊且漫长的人物命运，还映射出一整个风云变幻、曲折改革的社会时代。

是的，林常平先生正是这个特殊时代的弄潮儿之一。林常平从来都深谙与世俗的交道，是一个观念的胜利者。沉沦和昂扬、晦色与光环，他都曾身置其间而别无选择。从举轻若重到举重若轻，在数十年事故与故事的角色转换间，一个人伴随着这个国家的雾雨雷电或霞光彩虹，成就了自己无愧于心的创业史。

由于职业的便利，我接触过不少企业家。但中国这个纷繁复杂的社会创业环境，以及不时获得的复杂和负面的商业资讯，使我对许多所谓“企业家”与其“成功”含义抱有相当的警惕。为此，人们亟待从未来的视角重新关注和探讨经济、企业及民营企业家们与社会文明进步的深刻关系。

完全是一个偶然的机会，让我得以面对面认识书中的主人公。这个会面，填补、夯实了某种抽象的问题思维，也坚定了我对一方地域拥有理性与自由市场的信念：健康的私有经济能够持续存活，优质的私营企业能够四面开花，杰出的私营企业家能够创富利人。而林常平的这个私企与个人的案例太生动了，似乎所有给出的事实要件，也在某个层面上满足了我对“资本伦理”改观社会的现实想象。

我们聊天，听他复杂重要的经历，看他曲折成功的企业，感受他作为一种社会转型时期特定人物的来龙去脉，体会鲜为人知的风刀霜剑与阳光雨露。我还发现，在这个曾挣扎于牢房、为疾病几近于死亡的人物身上，有着一种常人难以想象的坚韧意志。他是这样理解存在的：“人生，就是一个磨炼的过程，如果没有这些，我们永远都不会成熟。”尽管这个“磨炼”本身就是一场时跨整整20年的苦难折磨，而这等“成熟”更付出了林常平几乎大半生的代价！

毕竟，代价没有白付。就像大自然的春夏秋冬一样，林常平先生的奋斗也经历了苦辣酸甜的轮回。只不过，悲剧的色调有时在他的身上会体现得过于浓稠。可想而知，一个从穷乡僻壤中走出的供销员，要绕开坚硬的体制独立创业，这一步就注定了他未来的悲剧基调。没有谁为他伸出那只“看不见的手”，市场的每一个角落都布满了“计划”的神经。他最终还是被半就半推地捆绑着，在自己单纯的实现财富梦想的道路上栽了跟头。但是，林常平的个人商业发展史，却并不存在何种“原罪”，资本的来源与权力无关。他曾经只属于一个弱势群体，属于中国千千万万曾经在贫困的长河中挣扎而渴望财富自由的类型。如今回顾这段极其戏剧性的经历，依旧让人唏嘘不已！

坊间有一个令人关注的说法，即“西有褚时健，南有林常平”。客观说，他们之间确有许多惊人的相似之处。但作为一个几乎是靠自己单打独斗、奋发图强的创业者，我更认同与欣赏南边的这个林常平。一个“国企”，一个“私企”，创造财富的路径与所承受的创业压力是截然不同的。

"褚橙"的成长，伴随着的是一路的荣光照耀。而林常平似乎雾霭依然。更何况，从磨难中逃离而获得柳暗花明的自由与成功之后，他仍以深切的宗教般的情怀无怨无悔地热爱故土，将大量财富投入到公益事业中，无偿捐助众多贫困的大学生，进行旷日持久的社会慈善事业。他，的确与众不同：高瞻远瞩、无私奉献，于无声处建树频繁。

一个人的内在信仰，决定了其精神与事业的深度和广度。林常平先生在与我交流思想时引用了法国作家罗曼·罗兰的一句话："真正的英雄，是知道生活的真相后，依然热爱生活。"——这容易吗？而其生活的真相又是什么？毋庸置疑，对于林常平来说，那是一言难尽的阴阳诡谲！可是，我们的这位主人公无论如何都做到了，在知道了种种正常与非常、真实与虚伪、温情与冷酷的真相之后，他依然百折不挠，依然执着并热爱着生活！

坚忍、坚持、坚定，包容、真诚、善意等等，林常平先生的这些处世做人的品格来自严峻社会生活的领悟，也是对一个特殊的历史时代的回应。其命运的转承起合、结局的成败，生活的波澜壮阔，实非一般人可以比拟。如此高蹈与大成的生命进行曲，自然值得记录与尊敬。文化与制度，经济与财富，思想与创新，都是这个现代社会不可或缺的重要元素。在林常平这一个体的微观世界中，人们可以看到这些元素一定程度上宝贵的集合与探求。当下中国，奇缺一个关于中产阶级如何曲折而又蓬勃成长的悲壮叙事。而这本《灵魂的重量》，无疑给我们提供了一个很及时的现实参照读本，可以发掘与利用。

此外，林常平先生如今已年逾七十，属于孔老夫子所谓"从心所欲不逾矩"之年。他已完全可以火眼金睛，并能从容地面对更高的境界召唤。虽人生辉煌，但他不会终结思考与行动；他仍有自己的未尽之梦，如此说过："剩下的时间，我还要超越自己！"一个属于企业家的真实足迹，一部锻造价值人生的历史，不应被人忘记。诚然，林常平也并非是完美无缺的。和所有人一样，都具有不可回避的客观局限性。乡村中国，人文地域的历史所留下的痕迹以及现实发生的无序变奏，也同样有待于人们自觉地突围与跨越。

一个有灵魂的人，追求纯净与清醒属于自然，而造就一种生命的傲骨也是必然。祝福传主林常平先生幸福稳固，在为自我和他人的救赎与普度的双重运行中，获得万丈灵光！

是为序

2019年3月19日　北京

上天只给普通人以不多不少的苦难，而对一些特殊的人，则给他们以加倍的苦难，为的是让他们在与苦难结伴同行之中，不断加重自己灵魂的重量。

题　记

目录

CONTENTS

第　一　章

DI YI ZHANG

爱情序曲

1 交臂

林常平和美丽的桂玉相遇，说来非常偶然，但又十分平常。

山乡小路蜿蜒如蛇。

那天，年轻的驻乡工作队长，20岁的林常平行走在铺着晚霞的乡间小路上。他背着一只洗得发白的黄色军用挎包，挎包上印着“为人民服务”几个红字，几百只米点儿似的小蠓子在半空中滚成一个团儿，一路追着他，直往他热汗涔涔的脸上扑，海的气息亲近而浓稠。他走得急急匆匆，心情有些烦躁，因为住乡工作队的工作很不顺利，要推动这个乡镇十几个大队七十几个村落的“农业学大寨”运动，真的不是件轻松的事情。靠海边的农民生活境况很是贫苦，一切他都看在眼里，隐隐痛在心里。他对海边的农民是再熟悉不过了，因为他自己从小就生活在离这只有几十里地的另外一个海边的贫穷的小渔村，那里的农民和这乡里的家家户户的生活几乎是同样的境况。

雨后的天气有些燠热，低气压常常会导致心情郁闷。不远处，一个黑脸汉子在田垄上汹汹地追打着手里拿着一只笸箩的老婆。另一边，一排黑乎乎的屋檐下面，一个满脸沧桑的老人佝偻着腰，坐在竹椅上沉闷地抽着水烟。几只瘦巴巴的鸡在老人跟前觅食。这便是此刻林常平眼前的风景了，单调而又乏味。

他继续闷闷地前行。一朵游动的云彩下面，突然出现了那道美丽的风景——一个戴着斗笠的渔家女娉婷的身影。正想着满脑门子烦心事的他，起初并没有在意那渔家女的存在，只当她是一片飘过的云。但在他同那渔家女擦肩而过的时候，情形就有些不同了。正好路过一个水洼子，林常平脚底下不由自主地滑了一下，真是滑了一下，丝毫不是他故意要这么的。他微微一个趔趄，他的右臂便碰到了那女子的左臂。孰料，那戴着斗笠的姑娘猛地回过头来，不问青红皂白，也许她根本就没看清他的脸面，便兜头泼过来一声很难听的咒骂，骂的是当地渔村土话里最损人的一句话，意思大致应该是：下流坯子，找死啊你！

仿佛当空划过一道豁亮的闪电，林常平的脑壳在那一刻间突然完全归零，变成了一只空壳。他只是傻愣地望着那姑娘，泥塑似的呆立着了。姑娘的骂声瞬间随风飘散，但她在那一霎的回顾之间所展示出的自然纯真的美，却就此定格在林常平的视界里了。

天啊！这是一双什么样的眼睛！林常平敢说，在他以前的经历里，要么是他太过粗心，要么是他根本就孤陋寡闻，他真的没见过有哪一个姑娘的眼睛会像面前这姑娘的一样。那双眼睛，怎么形容呢？那双眼睛是绝非可以用美丽两个字来简简单单形容的。

姑娘丢给他一声骂之后，便傲然一扭头，径直往前飘然而去了，脚步显然急促，像是躲避一个瘟神。

林常平被她的目光冻结在小路上了，酷似立在那里的半截石碑。他怔忡的目光追送着那渔家女渐渐远去的背影，酷似在铺着晚霞的乡间小路上那几百只小蠓子一路追着他的情形，他的目光也散出无数只小蠓子，聚成一团，追随着前面匆匆而去的她，追随着那娉婷的倩影。她的背影如一团火，他的目光便是扑向那一团火的飞蛾了。

桂玉走在前面的脚步明显比此前快了许多。

林常平省悟过来，愣愣地开始挪动自己的脚步。他脚上穿的是一双破开了口子的解放鞋，鞋子边缘都起毛了，鞋帮上还沾着几点白天下田的牛屎。

他同前面的她之间保持一段说不远也不近的距离，“若即若离”这四个字恐怕就从这种情形里得来的了。他在潜意识里祈祷着，真巴望她能再回一下头，即使再狠狠地恶骂他一句，哪怕是世界上最难听的骂，那也是一种慷慨的施舍呢。

然而，她却再没回头，一次都没有。

在林常平的感觉里，却觉得那渔家女的脑壳后面长着眼睛，她即使不回头也能清楚地看见他那一副窘态，一副衰样，还有他脚上的那穿得起毛了的令人沮丧的解放鞋。

绕过水塘，有一丛凤尾竹如深绿色的浓云，她的背影一闪，融进那浓云里去了。

绿树，潭影，蛙鸣。

日头还没有落下去，一弯月牙儿已从东方的海面上升起来了。林常平忽然才发现今天这眼前的景色竟如此之美。雨后的空气湿漉漉的，湿润得像初生孩儿的小手摸过他的脸颊。袅袅的炊烟已经从前面的村落里飘起了。青石板的村街旁，几个渔家女在织网，她们的嬉笑声散入带着咸味儿的海风里，远处传来一两声狗吠。黄昏到来之前，这里刚下过一场雨，红色沙土的道路上，还汪着没来得及渗入池塘的雨水。水洼子里映出路边茂密的草丛倒影，也散发出醉人的新鲜气息。

他在走，天上的月牙儿也在走。

他仰望长空，长长舒出一口气，心里说：你好，新月！

你好，新月！

2 似有预谋

纯净如水的桂玉是村小学的一名民办教师。

那天傍晚，母亲看见女儿进来的样子有几分气呼呼似的，于是不无担心地问："怎么啦？学生们不听话啦？"

桂玉叹了口气："没。"

"那怎么你的样子气呼呼的呢？"

"别提了，路上遇见一个不要脸的男人。"桂玉用竹勺从水瓮里舀了水，咕嘟咕嘟地喝了一气。

作为一名绝对称职的民办小学教师，桂玉有着一颗爱心。她的性格沉静，沉静得就像是一潭碧水，清澈见底。她安分守己，从来不惹是生非，在同事中间口碑很好，哪个同事有困难，她都会伸出援手。桂玉对待自己的学生，就像母亲对待自己的孩子。天生丽质的桂玉是单身男人们心仪的偶像，自然也有不少单身男人明里暗里向桂玉示爱：一句温馨的问候，一盒有意捎带的早餐，一个借机相帮的小动作，等等。桂玉不是傻姑娘，她内心世界是一方净土，她总是把大量的精力投入到学习中，她要把孩子们教好。

第二天课间休息的时候，老校工的铃声一路摇过来，老校工对两手满是粉笔灰的桂玉说："张老师，校长叫你去一趟。"

她去了校长办公室，校长说："张老师，事情是这样的，公社里要临时抽调你去做一阵广播员。你的普通话总是要好一些，是吧？"

她颇感意外地望着校长……

"临时的，可能就去一阵儿。这样的话，你回头跟别的老师交代一下，明天你可以暂时不来上课了。"

桂玉心里有几分蹊跷，在回家的路上，她一直在想这多少有几分古怪的事，回想着校长跟她谈话时的表情，也有几分怪怪的，似乎里面藏着几分说不出来的味道。

桂玉走到家门口的时候，大老远就听见一个男人瓮声瓮气的说话声和很有节制的笑声从屋子里飘了出来。

工作队长林常平正襟危坐在桂玉家的硬木椅子上，手里温着一杯茶，正同她母亲有一搭没一搭地说着话。门帘撩起，桂玉的倩影一出现，林常平便生生地冻在椅子上了。

桂玉立刻认出了面前的这个男人便是昨天黄昏在小路上令她羞恼的那个人。也才第一次看清了面前的这个男人，他黝黑，结实，硬朗，特别是他那双明亮如炬的眼睛，明显透露出十足的精气神。

“……哦，我叫林常平，是住社工作队的队长。我的具体工作单位在下浒镇供销社，这次下工作队，是组织上临时安排我当这个小头目的。”林常平说话的声音不高，但底气十足、语调沉稳，带出几分钢音，透露出顽固的自信心。

桂玉“哦”了一声，但完全不知该说些什么，事情来得实在太突兀，这个男人是个不请自来的不速之客，此前她真没有遇到过这样令人窘迫的情景。她第一个下意识的动作就是转身要走。

“对不起，小张老师，我有几句话要跟你讲。”林常平喊住了她。

这样一来，她只能回身望着他了。

年轻的住乡工作队长林常平脸上浮起笃诚的笑容：

“噢，那天在乡间小路上碰见你，天不是刚下过雨嘛，路滑呢，确实是因为路滑，我脚底下打滑了一下，所以才不小心碰了你一下。但那绝不是我故意的，我林常平以我的人格担保，我敢对天发誓。那天的事搁在我心里，左思右想不好受，我觉得非常有必要向你来当面解释一下，以免引起你对我林常平产生一些不必要的误会。”

听林常平这么一说，桂玉反倒瞬间满脸通红了。她低首回眸，却注意到林常平脚上那双破旧的解放鞋不见了，换上了一双勉强看得过去的皮鞋。这双所谓皮鞋，不过是不见光泽的那种最廉价的皮鞋。一年以后，在山头那片见证他和她爱情的樟树林里，他告诉她，当年那双廉价的皮鞋还是临时跟别人借的呢。

在桂玉家里的会面，是林常平第二次看见桂玉那双美妙的眼睛。在她羞答答的低首回眸之际，这双眼睛之妙，更是不可言说的了。

他稍微有些走神。

母亲埋怨了桂玉一句，她才想起给他来续茶，水倒得太满，溢出来一些在地上，他穿皮鞋的脚下意识地躲开的同时，桂玉发出“哎呀”一个轻呼。

目光闪烁之间，她更看清了林常平那双眼睛，那是一双男子汉的雄心勃勃的眼睛，目光的一射，仿佛能直穿人心，诚挚、坦白，毫无遮掩。

接下来的时间，桂玉就变成了个木偶，变成了个哑巴……

林常平在桂玉家也没更多耽搁，说清了来意之后也便匆匆告辞出来了。

第二天，桂玉就去了公社，开始当起了临时广播员。桂玉的脑子生来不笨的，她猜想，调她来做广播员这件事情，显然同林常平有着某种直接的关系。

因为在学校里教孩子的缘故，桂玉的普通话讲得还是不错的。公社广播员这差事其实是天底下最悠闲的活儿了。只是每天的一早一晚忙乎一会儿罢了，清早以《东方红》乐曲开始，晚间以《大海航行靠舵手》和《国际歌》结束，中间至多插播一些公社的通知。这样的通知也不是天天都有的。一天要站好几个小时讲台的她突然清闲下来了，闲得甚至有几分惶然了。桂玉又是个闲不住的人，她就自己主动地找一些活儿来干，比如给干部们烧茶水。

那些天，公社会议室里三天两头就开会，但那天的会开得明显跟平常不大一样，很机密的样子，公社和大队干部们个个表情严肃，没有了平常开会那种插科打诨的小笑话，就连咳嗽声也都尽量压低了。桂玉进会议室去送开水，一开门，滚滚的烟雾就扑面而来，会议室里就像是着了火似的，呛人的旱烟、土烟、水烟的混合味道令人作呕。一屋子烟雾笼罩下，十来个参加会议的人的面目都看不清。

工作队长林常平正在讲话："同志们，眼下，咱们社员的生活太苦太苦了，就种150株树，那么点可怜的自留地够个什么啊！你们说是不是？就拿在座的各位家里的情况来说，这么点点地，怎能顾得了一大家子好多张嘴呢？又怎么能领导社员们学习好大寨的经验呢？事情是明摆着的，要再这么走下去，即使是豁出老命去，到头来不也还是头顶一个穷字？所以我思来想去，苦苦想了好几天，一连几天没睡一个踏实觉。我们总得想个办法啊，天上下雨，地上刮风，活人总不能叫尿憋死啊，所以呢，今天就想跟大家好好商量商量，盘算盘算，我的意思是给家家户户再增加一点自留地。不过话可得说在前头，这事得悄悄地干，千万不能声张出去。保密是第一位的，只是大家心里有数就行了，各家各户都要悄悄地安顿好。在这里，我还要特别说明的一点是，这事将来万一要出了问题怎么办？那也不怕，由我林常平个人来承担全部的责任，和在座的每个人都没有任何关系……"

憋了一屋子的烟雾呛人，桂玉忍不住咳嗽了几声。林常平方才的话语灌进了她的耳朵，她立刻明白了一点：今天的会开得真的是不同寻常。

在那一瞬间，所有白晃晃的目光唰地齐集在提着暖瓶进来的桂玉身上了，所有的目光都那么异样。

林常平的讲话于是便有了一个较长时间的停顿。

她低着头，匆匆地给每位男人添水续茶，一眼看上去，当时在场的所有的人的年龄都比正在讲话的工作队长要大。

林常平轻轻地咳嗽了一声，叮咛她："张老师，你操点心，去到门口看看，我们正在说要紧事呢，别叫闲杂人等进来哦。"

她抬头看了他一眼，确定这话是对她说的，便乖觉地"哦"了一声，知趣地退了出来，掩上门，门是翘裂的，蹭着凸凹不平的砖地，发出一声刺耳的声响。

3 琴声

不久，周围十八个村子的情况便悄悄地发生了变化，各家各户的自留地都静悄悄地扩大了整整一倍，总共300株。而且竟然还允许家家户户种菜养猪、养鸡养鸭。

对当地的农民们来说，这真是做梦都梦不来的好事。说不出的喜悦就像渗在纸上的水，无声地洇开了。以往阒寂如死的村子里到处是鸡鸭的欢叫声了，人们连咳嗽声也变得滋润了。田野上，地头间，荷锄挑担晃动来去的人影多了。甚至日落黄昏之后，还有不少的人影活动在自家的田地上，毫不吝啬地挥洒下滚滚的热汗。后来有一部电影的名字和主题歌叫作《在希望的田野上》，其实，这名字用在这里似乎才更恰如其分。还有个革命现代京剧《龙江颂》里有一句台词："一碗水也能救活几棵秧苗。"事实的确也是这样。

快乐总是同音乐和歌唱相伴随的。村子里不但有了笑声，而且有了歌声，更有了美妙的二胡琴声。

悠扬的琴声是从林常平住着的那间屋子的窗户里飘出来的。林队长下乡来的时候，背包上就架了一把二胡，招引得村里的孩子们跟在林常平屁股后面看稀罕。

天生爱美、心有灵犀的桂玉很快就被林常平的琴声迷住了。

那琴声优雅而舒畅，时而飞扬，时而迂缓；时而激越，时而低沉，犹如月光下的一波流水幽幽地轻泻，仿佛灵魂的独语，又如娓娓诉说的深藏内心里的相思。

琴声飘出的窗前面长着一株密密蓬蓬的蔷薇花。

桂玉是听琴，更是从那琴声里听这个男人的心。

林常平最喜欢拉的是一支名曲《二泉映月》。这支曲子，他后来在高墙电网的福州监狱里也拉过，当穿着囚服的他动情地全身心投入地演奏这支曲子的时候，那凝神谛听的两千名犯人中竟传出此起彼伏的抽泣之声。自然，这是后来的事情了，这里暂且按下不表。

桂玉的心灵从来都像一条清澈的小溪流，她没想到这位外表粗犷、精力过人的男子汉，内心却像一泓月光下的清水，那么透明，灵动，如一阵悠悠清风吹来，让人神清气爽……

当时桂玉并不知道林常平更多的人生经历，不知道这位工作队长小时候的生活其实十分清苦，更不知道他是个地地道道的遗腹子，他尚在母亲肚子里的时候，父亲出海去了，遇到风浪，一去再也没有回来，所以他生下来就没见过父亲的面。桂玉不知道林常平上面还有两个哥哥，他那多病的母亲为了养活三个孩子，不得不支撑着病病歪歪的身子给人家浆洗衣服，做零活。为了减轻母亲的辛苦，他懂事的大哥八岁就开始帮人挑水、砍柴，每天赚几个铜钱来维持四个人的生计。而更不幸的是在林常平六岁那年，劳累过度的母亲竟然也撒手归西了。于是，他和二哥就只好由大哥艰辛地抚养了，兄弟三人从此相依为命。

桂玉不知道林常平一直蜷缩在大哥家那间用几根弯曲的椽子搭起的小小阁楼上，更不知道，过年过节的时候，饥肠辘辘的小常平曾偷吃过村街上邻居们晾晒出来的年糕和薯片。

关于林常平的事，桂玉不知道的还有更多更多……

桂玉在公社里的时光从那以后就过得很快了，听琴成了桂玉每天期盼的节目，一直要到林常平的琴声的尾音消失在浓浓的晚霞里，玉兔东升，兴犹未尽的桂玉才会踏着如水的月光回到母亲那里去。

听着林常平的琴声，桂玉无论做什么事，心里都很滋润、熨帖。当然，林常平的琴声也不是每天都响起，如果有几天，那蔷薇花盛开的窗户里没有飘出悠扬的琴声，桂玉就会忽然觉得内心茫然、若有所失……

4 屁股

住乡的那些日子里，闲不住的林队长常常会到地里转悠转悠，主要是看看各家的自留地，同村民们长长短短聊聊家常，嘘寒问暖。看样子，他的兴致也一天比一天高了。而众人对这个年纪轻轻的工作队长也越来越有了一种稔熟的亲切感，他们开始关注有关于林常平的一切，议论他的外表，议论他的为人，议论他做事的风格，甚至议论到他的屁股。

“哎哎哎，你们知不知道，林队长的屁股上是一大块黑的！”

“林队长的屁股？”

“哈哈哈！林队长的屁股你怎么也知道得清楚啊？”

“就是！听我家男人说的。他同林队长一起洗澡，看得清楚哩。”

女人们的议论真的是有根有据的，林常平的屁股上的确有一大片黑色的、褪不去的伤痕，那是皮肉被烧皱了的痕迹。

林常平“文革”中参加了当时各种派别中的一派，步入了小小的“政治舞台”。那天是一个狂风暴雨的日子。从福州潜回的林常平，本打算避开霞浦县城那个是非之地，绕道从乡间小路悄悄地潜回故乡去，探看那终日为他提心吊胆的大哥大嫂。然而很不幸，他在半路上就被人认出了，并且立即被当场拿下。捉拿他的那几个人的面孔都是普通常见的那种老实巴交的海边渔民的黝黑面孔，一个个营养不良，却又坦直刚毅，疾恶如仇。

手摇电话在狂风暴雨中大声疾呼了半天，最后获得的指令是立即送往上面的“指挥部”。

运送的方法很有些特别，渔民自有渔民的方式，他被他们装进麻袋里，将麻袋用两根竹竿挟着，固定在渔船尾部，浸泡在海水里，只有脑袋露出水面，这样他就既不可能逃逸，也不至于窒息。那种情形酷似一头被贩运的猪仔。

他被那艘风浪里的渔船送到了所谓的指挥部。

在那里，他被折腾得奄奄一息，蜷缩在一堆破渔网上，像一只被指头弹落的小小昆虫，只静静等待死神的降临……

屋外海风鼓荡，开着的窗户被海风吹得噼啪乱响。未来几天恐怕会有灾难性的飓风狂浪，所有的渔船必须驶回港湾里来避风。

而此时，只有一盏25瓦的灯泡子孤独地照着孑然一身的他。

一切都幸亏了奉命通宵看守他的那位老汉。这是一位善良的老渔民，从外表几乎看不出确切年纪，而从老人满脸那渔网似的皱纹里却明白地漾出悲天悯人的善良。

老渔民扳过林常平那几乎僵直的身子，担心地观察了他好几回，又急惶惶出来进去了好几趟，最后脚步匆匆地用一只黑黝黝的粗皮大碗端进来一碗什么东西，附在他耳边轻声呼唤他，催促他把那碗东西喝下去。

这是什么？漾动着的浑黄的液体，还散发着一股难闻的臊味。

是人尿。

老人掏出一个纸包，纸包里包着一大把白糖，他把白糖撒进碗里，用根树枝搅了搅，催促说："快喝下去，你一定得把它喝下去，不然你就没命了啊！"

他的目光迎着老人的目光，老渔民的目光慈祥，悲悯，像黑夜里闪动着的大海上的渔火。

"孩子啊，只有这个办法啊，不然你会死掉的，快喝下去。"老人的目光透露出人性深处的怜悯。怜悯、善意，人类许多伟大的情感都是由此而发生的。

正因为这一碗不同寻常的尿水，林常平才保住了一条性命。

老渔民颤巍巍地搬动林常平的手脚，让他必须活动活动，手脚才不会残废了。

他流着泪，依照老人的吩咐做了。

老人感叹："造孽啊，你看你小小年纪，得赶紧趁着天黑逃一条命吧，天一亮就是想跑也跑不脱了。"

可怎么逃呢？他连路都没法走，身子已没有办法行走挪动了。

"这会子他们都睡觉去了，等他们醒来一定是不会饶过你的！眼下也只有先躲到我家里去，等避过这阵子风头再说别的了。性命要紧啊。"

村道上死寂无人，只有凄惶的月光，很是迷离。老人几乎是背着他，趁着夜色，踩着坑坑洼洼的青石板村路潜行，他能清楚地听见老人吃力的喘息声。七拐八弯，终于来到街巷旮旯处一座低矮破旧的农舍，石头垒起的墙面上布满了黑乎乎的海蛎子的碎壳，这便是老人的家。老渔民将林常平掩藏在一堆红薯秧子里。

当狂潮扫荡过去之后，一切又似复归于平静。当林常平重回到那个小小的故乡渔村的时候，他的形容极其狼狈，屁股上的烧伤还在化脓，两腿的瘢痕还在流血，他不得不拄着一根噼啪作响的破竹竿，形单影只，一路蹒跚走过坑洼不平的青石条村街的时候，连蹀躞在村道上的土狗都要朝他起劲地吠叫一阵。村街两旁的人投向他的目光则都好似注视着一个年轻的怪物……

他又悄无声息地蜷缩回到大哥家那间狭窄的四面透风的小阁楼上去了，像一头受伤的野兽，在小窝里默默地舔自己的伤口。他一直在发着低烧，尤其在晚间的时候，尖锐的疼痛感直钻心，四肢都无处安放，浑身更没有一处安逸，他感受着从来也没有体验过的绝对孤独。

那年他17岁。

梦醒时分已天明，青春已逝。

5 破庙

后来的某一天，桂玉跟着林常平一同去了一趟林常平曾经插过队的那个老村，跟着他去怀旧。心潮起伏的林常平在老村村头的一座小小的破庙旁边徜徉了许久，嘴巴里还低声吟哦了些什么。

林常平告诉桂玉说，他曾经在那座破庙里度过了四年的青春岁月。

“上山下乡”这个词，当代的年轻人或许只能看懂字面上的意思，却不懂得其真正的含义。在那个特殊的历史时期，上山下乡，曾经是一场规模浩大的运动。当时，中国大约几千万青年学生随着一声号令，便激情洋溢地到了农村去接受贫下中农的所谓再教育。

林常平的情况同那几千万青年学生还有些不一样：他当时是从县委端茶倒水的一名小通信员被调为一个叫下浒的镇子上的供销社工作的一名小职工。紧接着，“文革”的狂潮就卷来了，无数的青年以冲天的热情参加了保卫伟大领袖的红卫兵。而林常平又以他出色的组织能力和不可遏止的政治激情，一跃而冲上了浪尖峰巅，一夜之间声名大震于整个霞浦乃至八闽大地。于是乎，他便成了对立一派的眼中钉、肉中刺，必欲拔之除之而后快。俗话说，水无常势，兵无常形。对立派占着人数之众多，渐成压倒之优势。于是，小小年纪的林常平不得不颠沛流离。

林常平随之而来的命运便是可想而知的了，他被憎恨他的那些人打包处理，同那些知识青年们一起上山下乡，在大海边的那个老村庄里落户了，那座小小的破庙便成了他的栖身之地，而且一住就是四年。

破庙里的青春岁月由此开始。年纪轻轻却已是遍体鳞伤的他，内心里早已是一片荒芜。即使是从外表上看，他也比同年龄的那一帮知青男女要成熟得多。他没有别的选择，只有封闭自己，只有发愤读书，读一切可以寻找到手头的书籍，他就像是一片久旱的土地，求知的欲望如饥似渴。自己制作的小小的煤油灯成了漫漫长夜里的伙伴。他同那帮知青的遭遇大不一样，他林常平从小学就辍学在家了，所以，那帮知青在他面前显示出的优越感应属自然而然，因为他们是城里人，城里人一贯是比乡里人要优越许多的，只要有一个城市户口，便可以得到许多优先的机遇。

但林常平恰恰天生又是个不信邪的人，他只信奉天生我材必有用，只信奉孟子的格言："天将降大任于斯人也，必先苦其心志，劳其筋骨，饿其体肤，空乏其身，行拂乱其所为，所以动心忍性，增益其所不能。"

林常平的人生哲学里有两句常说的话："人可以默默而生，却不可以默默而死。"

在这群知青里，他是个扎眼的异类。

住在破庙里的两个女生见这个显然比她们成熟的男子竟是那么诚实而又任劳任怨，于是都向他绽开了笑脸，叫他帮她们做这事、做那事。起初他以为她们是对他真心的好，渐渐地，他的感觉便有些扭曲了，最终发觉，她们只不过是在利用他的诚实和善良，其实只想着踩着他的肩膀往上爬，为了达到了她们回城、招工、上学的目的而毫不顾惜他。意识到这一点之后，林常平就生出一种受骗和被欺弄的感觉，心里充满了愤怒，但表面上却丝毫也不表现出跟她们计较理论；她们过眼烟云般地闪过，只起到了一个消极的作用，那就是更加冻结了他对不可思议的人生那点儿残存的热情……

早在林常平高小毕业的时候，他本已经考取了县城的中学，并且成绩名列前茅。然而最终，他还是把自己上中学的名额让给了班里一个总是喜欢笑的女生，那女生因为家庭成分不好而差点上不了中学。这件事不全是林常平的高风亮节，也不全然是他心甘情愿地为那个女生做出牺牲，更主要的原因还是赡养他的兄嫂穷得实在没能力供他继续上中学了。大哥送二哥上中学，毕业后参加工作，而他才读了三年书，正赶上了自然灾害，肚子饿，辍学去挖野菜、挖地瓜充饥……尽管当时哥嫂全力反对，小小年纪的林常平还是决定辍学，这是他第一次为自己的命运做出决定。果断而决绝，就像他后来为自己的命运做出无数次决定时的情形一样。

那个长着两只可爱酒窝的女生心里自然对他充满了感激之情，他和她甚至有过几次颇为暧昧、看似甜蜜的约会，也曾一度让林常平满怀美好的憧憬，仿佛觉得这笃定是纯洁的爱情了，然而后来的事实却证明他的自我感觉是错误的。时光飞逝，6年之后，当林常平驰骋商场，利用市场杠杆那只看不见的手，把整个霞浦搅动得天翻地覆的时候，两人又一次在停满货船的码头上相见了。那天，港湾里所有的货船上装满了林常平调来的货——美味的蘑菇罐头和安哥拉长毛兔的兔毛，他正在为仓储空间的不足而大光其火。那爱笑的女生见到叱咤风云的林常平，已非当年那个衣不蔽体的穷小子，心里自是后悔至极，看样子似乎还想与他重续旧情，但林常平的目光却缓缓转向了烟波浩渺的大海，他嘴上虽没有一句刻薄的话语，心里却早已经波澜不惊了……

6 孤独

破庙里的日子越来越孤独，尤其是在蚊子成群的长夜里。

林常平对抗孤独的办法就是拼命学习，争分夺秒充实自己。他永远是个闲不住的人，又是个对任何事物都充满了好奇心的人，更是个心灵手巧的人，无论什么活计，他只要从旁看一眼，转身就会捣鼓得像模像样。

天生我材必有用，只有豪情万丈才是自在人生。然而这豪情却不是生活本身给予他的，而是一个不屈服者憋在心里的那股誓同命运抗衡的豪情，就像自燃于地层里的火。在逆境中，他的精神始终高扬于浮尘之上，虽身份卑微，却睥睨一世。

他学书法，欧颜柳赵的字帖一字儿排开；学音乐，二胡、月琴、笛子无所不通；弄绘画，西洋油画、中国水墨，哪样都想染指；修理柴油机，驾驶拖拉机，上房立木，油漆匠，什么东西似乎都难不倒他。

那个时候，他身边几乎没有一个真正的朋友，他是一个孤独的奋斗者，酷似一位荷戟独彷徨的武士。只有那魅力无穷的大海是他的伙伴，常常在郁闷得不可开交的时候，林常平解脱郁闷的办法只有一个：纵身一跃，跳入大海，然后搏击游泳，游啊游，一直游到筋疲力尽，便像一片秋叶漂浮于海面上。有一次，他甚至在明晃晃的月光下游到了很远很远的一座小岛，那是个只有一个排的海军部队驻守的小岛，林常平被驻守小岛的战士当成台湾派过来的水鬼而活捉。在虚惊一场之后，兵头儿拍打着林常平黝黑结实的肩膀，发出由衷的感叹：小伙子，就凭你这绝好的水性，去当兵吧，你一定能当个好兵！

林常平是一直向往着去当一名解放军战士的，他也去踊跃报名应征过。临到验兵那天前夜，他激动得一宿没睡着，天刚蒙蒙亮便一骨碌爬起来，跑步三十里，救火似的赶到了验兵的地方。一查体，血压高，要不高才怪哩。于是在急忙中，他想办法求附近一位好心的老奶奶帮忙，用青菜榨汁，咕嘟咕嘟地喝了一大瓢，赶紧再去验时，血压竟又低了。自然也就遗憾地同当兵的机会失之交臂了。

还有一次，也是在这样一个朗朗的月夜里，林常平在搏击大海的时候，遇上了村里几个海上捕捞的渔民，他和他们一起从海里意外地打捞起来一包花花绿绿的东西。那东西是从台湾那面的“敌占岛”上漂过来的。应该算是台湾国民党争取大陆民众的“统战”手段。一大包花花绿绿的东西，有宣传品，也有日用品，比如毛巾，比如香皂，比如牙膏。且慢，那是牙膏吗。是牙膏的形状，但那物件上却豁然地印着一个女人在抚摸丰硕乳房的图标。

第二天，大队长妻子的嘴巴就肿成了肉喇叭。

于是，本来不大的一件事演变成了一场偌大的政治风波。林常平和那几个海上捕捞的渔民被关押起来，审问是连夜的。

当初是谁发现的？

林常平。

是谁打捞起来的？

林常平和我们。

你们谁动过这些反动的东西？

没有，谁也没动过。林常平当时就对我们几个说，这是严肃的政治问题，这东西谁也动不得，我们得原封不动地上交到大队部去，交给干部，看上面如何处理了。

东西的的确确是交到大队部去了，是林常平和那几个渔民一同亲手交给了大队书记和大队长他们几个人的。几个干部当场开包查验，那些日用品里其中就有一管形状像牙膏的物件，上面印着一个女人抚摸自己丰硕乳房的小图，以为是牙膏，随后大队长便将此物据为已有，拿回家去孝敬老婆。于是乎，大队长的老婆的嘴巴在一夜之间竟肿成了丑陋的肉喇叭。

那不是牙膏，而是丰乳膏。

就因为这件事，林常平被莫名其妙地关押在大队部整整三天。其实这事原本跟他一点关系都没有，但问题是大队长老婆的嘴巴肿成了肉喇叭。大队长在恼羞成怒之后，总得拿个人来出出气，消消火。而住在那座小小破庙里的林常平偏偏又是没有任何背景的，属于本村的土族“外人”，拿他来出出气也就成顺理成章的事了。

由此事引申开去，林常平后来得出一条结论：是福不是祸，是祸躲不过，那只是一般的说法，但凡轮到他林常平头上的事情，情况就可能会不可理喻一些；凡是在别人那里八成不会是祸的情况下，对他林常平而言，则一定会是祸。正如其后他那混混沌沌整整二十年的牢狱生活就像是一个长长的、醒不来的梦一样……

一线生机出现在住在破庙里的林常平面前——终于有机会去做一个工农兵大学生，走出霞浦去，借此改变自己的命运。

犹如夜航的人见到远方隐隐约约闪烁的灯塔，林常平动员起自己全部的力量开始努力冲击。他有足够的智慧和毅力，而命运对他的回报也是最优秀的成绩。他当时兴奋得连背包都打好了，准备雄心勃勃地踏上人生新的旅途。然而一夜之间，剧情竟来了个大逆转，最终的结果出乎所有人预料：跑在最前面的林常平竟然被一只黑手悄悄地淘汰出局了。一个公社头头将自己姘头的儿子移花接木，公然顶替了林常平的名额。

当林常平得知了事情的全部龌龊真相之后，他的愤怒便是完全可以想象的了。他怒火万丈，一气之下，怀揣一把明晃晃的杀猪刀，去找那个造孽的领导算账，冲动的一闪念便是要玉石俱焚，同归于尽。

那造孽的领导因为心里有鬼，自然十分的警觉，见势不妙，慌忙躲藏起来，这才避过了一场血光之灾。如今说来，也幸好是如此，否则，林常平的人生历史也将就此完结了，也就没有后来许多精彩的故事了。

不久之后，那座破庙里便只剩下林常平孤零零的一个人了，其他的知识青年们都以各种方式返回县城里去了，或招工，或上学，或者以别的关系，别的什么理由，总之都回去了。林常平则因为属于另类，所以什么好事都轮不到他。他必须在那座破庙里住下去，修身养性，卧薪尝胆，以求东山再起。上有天，下有地，他就不相信他林常平没有一飞冲天的那一天！

在苦熬、等待了一年之后，老天爷才小小地开了一眼，恢复了林常平作为供销社一名小职工的工作。

古佛青灯。在破庙里后来那种形单影只的岁月中，林常平最大的难题就是想办法解决自己食不果腹的窘境。那些乡间病死了的鸡鸭，老百姓是万万不吃的，常常弃之野外，于是就成了野狗们争抢的食物，林常平常常同野狗们争夺那些病死的瘟鸡死鸭子，然后架起火来，高温消毒，还精心地配入各种作料，居然也吃得有滋有味，而且从来也没有闹过肚子。

他成了一个百毒不侵的人。

活人不能叫尿憋死。

林常平的人生词典中有两个大大的字：突围。

他总是从逆境中突围，突出重重围困，杀出一条人生的血路来。而一个人只有在这种随时激活的状态下，才会一次次增加自己灵魂的重量。

他开始背着画箱走村串镇，这个行当他早就干得得心应手、炉火纯青了。更早的时候，他就开始四处去画毛主席像了，全国到处一片“红海洋”的狂潮时期，满墙书写红色的大标语更是他的绝活。他拖着屁股上溃烂的创伤，找不到立锥之地，连户口也被莫名其妙地注销了，一时竟然成了个黑人黑户，被公家以无业流民拘留的时候，他就用这样的特殊技能在拘留所里换一口饭吃。从拘留所里一出来，他又扩展了自己“生意”的领域，去给人家画棺材，那更是一样描龙画凤的精细营生，他干这样的活儿干得特有艺术性，人们不知道他的尊姓大名，但都知道那个“画棺材的小伙子”。

看似卑下的劳作，却换来了基本的温饱。

当桂玉得知了林常平的这些经历之后，不由得暗自感慨：想不到小小一座破庙，竟是一条真正的男子汉的精神发祥地呢。

7 恶风

天底下没有不透风的墙。

在北壁、赤壁、杨阳一带，农民们美滋滋地在自家悄悄扩大了的自留地上收获了一个金色的季节，破天荒高高兴兴过了一个还算充裕的春节，烧酒的气味也洋溢在村村落落里了。

正当他们满怀信心又进入春耕大忙之时，海上连着三天起了一场弥天大雾。当大雾的帐幔渐渐散开的那天一大早，海面上隐隐约约出现了一艘海军的鱼雷快艇，乘风破浪直冲北壁而来。海军的快艇进了北壁渔港，好奇的渔民们纷纷聚集到码头上去看稀罕，只见从跳板上鱼贯而下的一帮穿着蓝制服的人。

这帮人目标十分明确，他们是冲着驻乡工作队长林常平来的。

“哪个是林常平？”

“我叫林常平”

“你？你就是林常平？”

“没错，是我。”

“哼，有名的‘林大胆’原来说的就是你啊！来人！把他给我捆起来！”

林常平当即被五花大绑捆了个结实。

林常平说：“我不会跑的。”

他自己早就料到这一天迟早会到来的，但没想到这么快就来了，这里的农民刚刚才稍稍喘过一口气来，刚刚恢复了一丝元气，大好的光景便就此结束了？

审讯是夜以继日的。林常平是不可以睡觉的。

油漆斑驳的桌子被那些人拍得嘭嘭山响：“林常平你老实交代，是什么人指使你这么干的？你的后台人物都是些什么人？”

“我没有后台，一个后台都没有。”

“不可能！没有后台撑腰，你林常平竟会如此胆大妄为吗？”

“是我自己想这么干的，我真的没有任何后台，这事和任何人都没有关系，硬要说有，那就是北壁的老百姓。我个人承担全部的责任。组织上怎么处理我都行，我都认了。”

“林大胆啊林大胆，你真的是胆大包天，吃了豹子胆了！到底谁给你的权力让你这么胡作非为的？”

“我是看老百姓太穷了，连点灯的煤油都买不起。”

“放肆！哼，你林常平算是个什么东西？你不过是个小小的萝卜头，你知道你这叫什么行为吗？你这是地地道道的现行反革命行为！是严重的现行反革命行为！”

接下来就是召开群众大会，对他进行公开批斗，被捆绑得结结实实的他被架上土台子，他俯视土台子下面那黑压压的人群，男女老少人人面容戚戚然，惶惶然，仿佛批斗的不是年轻的工作队长，而是坐在台下的这黑压压无声无息的一群“农民”。他们惊愕的目光里那刚刚点燃起的一点儿希望的火星子倏然熄灭了，仿佛一片被严霜杀了的野草，这是又一次绝望，他们的心灵经历了多少次绝望了呢？真的说不清了。此刻只有敢怒而不敢言的啧啧声……

人们心头的阴霾再次笼罩了北壁乡，鸡鸭的欢叫声，猪的觅食声又一次从北壁的九个大队七十多个小队消失了。代之而起的是这里那里酗酒打骂老婆孩子的声音，无端滋事的哭闹声，纯属为了宣泄的穷吵恶斗声。这些声音林常平从关押他的那间隔离室里都可以听见。他叹息，是叹息自己的命运，更是叹息北壁的好日子刚起了个头便昙花一现地夭折了。

8 撮土为香

林常平被关押起来之后，最替他揪心的莫过于桂玉了，她整天像丢了魂儿似的。她已经不再是公社的临时广播员了，又回到了民办小学去给孩子们教书，成天茶饭不思的她在那一段日子总是怔怔地出神，她一次次偷偷地去看望他，见不着他的面。屋子外面聚集着一大帮愤愤不平的老百姓，一个个却只能是敢怒而不敢言。桂玉从大家的表情和议论纷纷中清楚地听见了老百姓的心声：

“林队长是为了我们大家才受难的啊！”

“是咯，林队长做人做事有良心，如果有错，该杀该剐，我们大家也得替他担待着！不能叫他一个人受罪！”

桂玉那些天都有些精神恍惚，她闷闷地回到家，坐着发呆，一副心神不宁的样子，母亲听她一声声叹息，想安慰她又不知该说些什么。

这天，桂玉烧了鱼给林常平送去，审查组的人不让她进，桂玉就蹲在门口哭泣：“就是犯了砍头的大罪，饭还是要让人家吃的噢。”

精诚所至，金石为开。就在林常平最痛苦的时候，去给他送饭的桂玉悄悄地告诉他：“大家都说，林队长是为大家才受冤枉的。”

有这句话就足够了。

被连日的批斗审查折磨得精疲力竭的林常平望着桂玉的眼睛，那双美丽的眼睛幽幽的，有盈盈泪花闪现，她眼里的晶莹泪光让林常平这条汉子积郁胸中的块垒片刻间冰消雪化了。

“没事，我没事的。”他送给她一个坦然的微笑，微笑里充满了感激。

桂玉注意的是林常平脖子里和胳膊上的血痕，欲哭无泪。

林常平说：“放心吧，我又不是为了自己，所以我林常平问心无愧。”

他想告诉她，眼下这点折磨算不了什么的，他以往所经历过的那些磨难比眼前这场磨难要大得多呢。鸡屎下地三分气，大不了再一次缩回到他大哥家的那间小小的阁楼上去，那又有什么关系呢！

含泪的桂玉惴惴不安地走了，林常平在饭碗的碗底发现了一张小字条，是桂玉娟秀的笔迹，

“常平，我相信你是个真正的男子汉，你决不会倒下的，因为你是在替老百姓受苦受难，桂玉相信你，再苦你也能挺住，你记得我一句话，有我桂玉跟你在

一起，哪怕是下地狱。”

桂玉从小是很苦的，在少年时代，她父亲就被抓进监狱，父亲被平反之后，发誓要给品德贤良的女儿找个好人家，托付一生。他曾想把自己看好的一位宁德人介绍给女儿，但桂玉心里却没看上那人。

桂玉一直静静地等待着，她不知道自己未来的命运是如何走向，但她心里有一条自己的准则，她将来要嫁的那个男人，一定得是个真正的男子汉，否则她宁可独身一辈子。

折腾了一段时间之后，审查组对林常平的审查终于结束了。林常平的身份又回归到了镇供销社一名小小的职员。日出月没，仿佛此前的一切都没有发生过一样。周围的人们都各忙着各的事情，也渐渐地把他淡忘了。

一切似乎都要重新来过。而林常平最大的收获则是爱情的种子在他和桂玉的心里一天天发芽、抽条了。

悠悠的思念，是那种渐渐清晰的思念；苦苦的思念，也是实实在在的行动。

有一次，常平捕获了好大一条黄花鱼，这东西不常见，他哪里舍得自己独享，第一个念头便是给桂玉送去。但二人又不在一处，两地相距走陆路四十里，走水路则二十里，陆路与水路有弓弦之别，为抄近路，林常平选择了渡海。他游泳的能耐如同浪里蛟龙，然而，他多少也低估了海上的风浪和突然袭来的寒流。他记不得自己在海里游了多久，只记得挟带着寒流的暗涌一次次要将他吞没，而他则始终把那条黄花鱼高高举过头顶，当他终于浑身哆嗦地爬上岸之后，才发现自己的一条腿已是鲜血淋漓，被海蛎子划出了一条像孩子嘴巴一样的伤口。当他踉跄到桂玉面前，向心爱的她献出一脸欣慰的笑容和那条来之不易的黄花鱼的时候，桂玉紧紧地抚着他腿上流血的伤口，竟忍不住哭出声来。一轮皎洁的明月也就是在那个时候从海面上升起的……

那个月夜，是林常平一辈子也忘不了的。他和桂玉在她家背后那座葱茏的山岭上的那棵大樟树下撮土为香的情景将载入他和桂玉的心灵史。

高悬天庭的圆月皎洁，辉光如水，他和桂玉并肩漫步在岭上蚱蜢飞旋的树丛里，蝉鸣阵阵，听得见山下远处的水塘里的快乐蛙鸣。

桂玉那天穿了一件刚浆洗过的浅绿色上衣和一条宽脚长裤，身上散发出淡淡的幽香，和岭上郁郁葱葱的草树香味十分吻合。他穿着的一身却相形见绌了，一身已经洗得发白的学生蓝制服。其实，桂玉的生活是十分简朴的，每月的工资开下来，除了自己的一点俭省得不能再俭省的零用之外，其余都交给了母亲。只是桂玉特别地喜欢干净，在她看来，外表的净洁同灵魂的无尘原本就是一回事。

他感叹：“今晚上月亮真好。”

几乎所有的人生爱情故事开头都要拿月亮来说事的，他们自然也不例外。要不怎么说是“月下老”呢。

桂玉喃喃：“常平，我一直在等，好像命里注定就是一直在等一个人。”

他问：“等到了？”

“明知故问。”她羞涩地低首回眸。

“我也在等，一直在等。”他的声音变得柔和如风。

一个人的一生，话说到根子上，都是在等一个人，就像是八卦图里的那阴阳鱼，要能够完全吻合上，才能成为一幅完整的人生图形。

远在天边，近在眼前。

从岭上放眼望去，夜色下的大海在望，海风轻轻地从海湾里吹来，撩动着她额前乌黑的刘海。她搓弄着辫梢，她的辫子上扎了一对黄色的蝴蝶结，真的像是青藤上落了两只蝴蝶。

林常平的身子在微微发抖，他心跳加快，热血奔涌，自己都听得见怦怦心跳的声音。

“桂玉？”

“嗯？”

“我要对你好，好一辈子。”

她期待地望着他的目光，似乎从他的目光里看出了所有。

“真的，好一辈子。”他又一字一顿地重复了一遍，每一个字都是从心底里蹦出来的。

她的身子微微一震，羞赧地低下头，掐了一片青叶在手里捻动着，仿佛那青叶便是观音菩萨净瓶里的那青叶了。

他轻声说：“只是我觉得自己会配不上你呢，我还在妈妈肚子里的时候，爸爸去出海就再没有回来，我上面还有两个哥哥，妈妈辛辛苦苦拉扯着我们弟兄三个，可我六岁那年妈妈又死了，真的是雪上加霜啊。是我大哥和善良的大嫂把我和二哥一路抚养大的。有一句话，叫作赤条条来去无牵挂。我林常平到现在还是一事无成，两只手心里掐着十个指甲，什么都没有，芝麻粒儿大的一个小干部，一个小萝卜头……”

桂玉截断了他的喃喃：“才不呢，谁说你什么都没有？你有的，你什么都有的，你有良心，有责任，有修养，有担当。许多人没有的，在你身上其实都有的。”

桂玉的回答给了林常平说不出的勇气，他激动地碰了碰她那只抚弄青叶的纤手，她的手微微颤抖了一下，他们的手扣在了一起，他的另一只手轻轻地抚上她瘦削的肩膀，她便依偎在他的怀里了。接下来便是一个长长的滚烫的吻，两个人忘却了身边的整个世界，时空仿佛为他们在此停止了。

夜空纤尘不染，一缕彩云追月，四野清风徐来，林常平想起了几千年前的舜帝的《南风歌》：“南风熏兮……”

一阵激动的喘息之后，林常平的神情现出一瞬间的怔忡走神，虽然只是一瞬间，但还是被敏感的桂玉抓住了。

她问他：“常平，在想什么？”

“……哦，没有想什么，脑子停摆了，此时此刻，我只是觉得自己非常非常幸福。”

其实，敏感的桂玉捕捉到的那一霎间是极为准确的。林常平当时的怔忡走神，是因为他脑海里倏然飘过了另外一个女人的影子，那女人叫梅姑。

第二章

DI ER ZHANG

青春变奏曲

9 梅姑

林常平是个重情义、终生奉行感恩之德的人。“滴水之恩当涌泉相报”，这是中华民族古老的精神传统，更何况是曾经搭救过他性命的大恩。林常平无论到什么时候都不会忘记那位当初救过他一命的大恩人，那位住在海边渔村里的善良的老人。他每隔一段时间就要去看望看望他那救命恩人，生活中，他尽量节俭，总会省下钱来买些有营养的东西，去看望那位善良的老爹。

当时还在“上山下乡”中的林常平，不应该算是正宗的知识青年，因为他此前已经是供销社的工作人员，属于国家正式干部。但掌权的对立派怎么都不肯放过他，他们要想着法子蹂躏他。于是林常平便理所当然地被下放到老家的柏溪去接受劳动改造，每月只给 8 块钱生活费，不久连就这8块钱也莫名其妙地停发了，但那也得活下去。好在他土生土长，本就是当地最穷苦的农民，他天生有一副铁打的身躯，会犁田耙地、种地瓜、插秧，开拖拉机、修理柴油机，还机灵地学会了油漆匠手艺，单凭这门手艺，每年少说也能挣个二三百块钱。

尽管自己的生活十分困苦，林常平心里却对自己的救命恩人念兹在兹，每年都要去看望老人家一两次，去尽孝。他每次去城里办事，老人所在的村子恰好又是必经之路，他就常在老人家歇歇脚，有时候还住个三两天，他便一刻也闲不住地动手帮老人担水劈柴，修缮茅墙，做一切他能做的事，闲下来就跟老人热热火火地闲聊解闷儿。

林常平和梅姑邂逅的那天，他正好又去探看老人，不料老人染了风寒，躺在床上好几天了，艰难地喘息着。林常平赶紧去找村里的赤脚医生，没找到，找了个开过药铺的医生开了药，就守候在老人床前伺候汤药，用汤匙自己尝得不烫了，才一勺一勺地喂进老人的嘴里。

也就在那个时候，一个清脆而温情的声音传进了他耳朵：“老舅，我看你来了！”

珠帘一闪，一个窈窕的渔家女清纯的面孔出现在林常平眼前。她就是梅姑。

看样子梅姑刚从渔场回来，胳膊上沾满了鱼鳞的蓝色袖套还没来得及摘下。她手里提着一只铺着菖蒲叶子的竹篮，里面是一些最新鲜的海货。

他和梅姑就这么相逢了。

梅姑是一个海风吹大的渔家女，有着东方女性的温柔，笑容很美。健康开朗的梅姑显然对林常平的经历异常感兴趣，几次缠着老舅舅讲述当年搭救林常平那惊心动魄的一幕。老人则怕勾起林常平心里的伤痕，总是摇头推托，过去的事也真的不堪回首。但林常平却不在乎什么难为情，他一五一十地告诉梅姑过往的一切，没有遗落记忆中的每一个细节，他说若要不是梅姑的老舅舅，自己这条小命早就丢到爪哇国了。

此后，林常平和梅姑又在老人家碰到过两次，梅姑的关注所在渐渐地便扩展到有关这个血气方刚的小伙子的一切了。林常平诚实而通达的性格以及他那不俗的谈吐，使得梅姑感到这英俊的小伙子身上有一股说不出来的吸引力，是那种很能感染人的吸引力，甚至他的每一个动作都显得那么果断、大气，他的笑声尤其开朗，目光镇定而沉稳，对了，特别是他的目光，每每让她遐想悠悠。

1970年，善良的老人在破旧的藤床上溘然而逝。噩耗传来，林常平星夜赶去，亲自给老人画了一口描龙画凤的棺材，真正披麻戴孝当了一回大孝子。

也就在这丧礼上，他又一次见到了为老舅舅披麻戴孝的梅姑，心里似乎有很多的话要跟她讲。梅姑也是同样。但两个人却似乎都不知道从哪里说起。

他问梅姑："怎么样？这阵子过得还好吧？"

梅姑没有回答过得好还是不好，她低头一阵沉吟之后，对他轻声说了一句让他震耳欲聋的话：

"林哥，我要嫁人了。"

林常平呆了一瞬之后，才言不由衷地喃喃："啊？那……好事啊！"

梅姑的神色却显出几分黯然，她幽幽的目光转向了附近那片微风中摇动的竹林："唉，有什么好啊，是我父母包办的呢。"

"哦？"

"比我大十几岁。"梅姑说的自然是那个她将要嫁过去的男人。

"哦，是吗。"

再往下，林常平就不知该跟她再说些什么了。

梅姑凄然一笑："嫁鸡随鸡，嫁狗随狗吧。"

他完全听得出来，梅姑的声音里含着一丝微弱得几乎分辨不出来的叹息，"人这一辈子还不就那么回事啊。"

"其实……"他嗫嗫嚅嚅。

梅姑抬起头来，望着他，期待着他下面要说的话，有几分明显的期许，还有几分淡淡的忧伤。

然而，在梅姑清澈如水的目光注视下，林常平却尴尬得有几分无地自容了。

林常平心里说：梅姑啊，你能懂我的心吗？

那时候的林常平还住在那座破庙里，他连自己都无法养活，就是回到大哥家里去，他也像个老大不小的累赘，他还是蜷缩到那座所谓的阁楼上去，凄然面对那把自己用蟒皮蒙制的二胡，还有那方用来充当砚池的破瓦当，眼下的他，还远远没有像个男人一样的生活，哪里能有什么资格来谈婚论嫁呢！别的不说，当时要结个婚，光彩礼就得上千元。连肚皮都混不饱的他又到哪里偷去抢去不成？所以，他在美丽的梅姑面前，总是望而却步的。每当他几分出神地望着梅姑的时候，曾不止一次在心里提醒自己："现实点吧，林常平，你要明白你是谁。"

林常平尽量让自己镇定下来，吸了吸鼻子，接着便是一声轻轻的、然而又是无奈的叹息，他的低语含混不清："唉，世上的好多事真的是说不清。"

梅姑凄然的神情更是袒露无遗，语调里绝不仅仅是怜惜之情："那……你呢，林哥，你以后打算怎么办啊？"

林常平脸上漾出无奈的苦笑，他费劲地想了想，终于还是微微地摇了摇头："我不知道，真的不知道。也许……只有天知道吧。"

"天？"

梅姑抬头看天，天空正落着细细的雨丝，犹如千丝万缕的情丝。

一阵难耐的沉默。

"林哥，我们以后……还会见面吗？"

"看吧。"他嘟囔。

于是两人便就此别过了，恋恋不舍是自然的。

他刚走出几步，听得梅姑忽然在身后动情地喊了一声："林哥？"

他立住，回头，惊讶地看着梅姑，她的目光里似乎有泪光闪烁，如月光下的石决明。

梅姑送过来一缕似乎释然而又宽松的微笑："你是个干大事情的人。"

说完这句话，梅姑就哗啦地撑开了那把黄油布雨伞，踩着光洁的石板路往相反的方向去了。淅淅沥沥的小雨，拉起了一层蒙蒙的薄雾。

林常平呆立着，一直望着梅姑的背影消失在弯曲的青石板路那头……

10 重逢

自从恩人过世之后，林常平就比较少去恩人家了。不久之后，去县城的公路也修通了，到城里去便有了另外的一条近路，不必从老村经过了。即使是这样，林常平也还不忘抽出空专门去看望看望恩人的遗孀，尽他的可能多关照关照她老人家的生活。

再后来的故事发生在老人去世之后的第二年，林常平串乡走村，一手干修理机器的活儿，一手干油漆匠的活儿，他的书画的名声也大了，他到好几个村镇去画过毛主席像，提着油漆桶满墙写红彤彤的毛主席语录。就这么画着、写着、走着，就来到了那个后来跟他有了不解之缘的村子。

他同梅姑意外重逢的那天，风和日丽。

当时，他正在一面丈二高的墙上踩着脚手架画《毛主席去安源》的油画。旁边围了一大群大人小孩，看稀罕。都夸奖画家画得真好，议论说那胳膊下夹着黄油布雨伞的毛主席的目光，仿佛在从各个角度看着每一个人。

林常平心里乐滋滋的，画得就更来劲了。

“常平哥！”忽然有个女人的声音甜甜地叫了一声。

满手颜料的他从高高的脚手架上愣愣地一回头，便从人群里看见了表情惊喜的梅姑。

梅姑显然刚从码头早市上回来，臂弯里挎着湿漉漉的竹篮，头上包着一方浅蓝色的印花头巾，额头前一缕活泼的刘海被海风吹拂着，象牙色的面孔上漾出欢喜的笑容，像一片东方的朝霞。

“……梅姑？”他十分意外，“你怎么在这里啊？”

“我婆家就是这村里的哦。”梅姑说。

他才知道，原来梅姑正好是嫁到了这村里的人家。

梅姑喜盈盈告诉表情惊讶的村人：“这是我家亲戚。想不到在这里碰上了呢！”

天底下的事情真就这么巧，真的是想不到的事呢！

梅姑迫不及待地催促他：“常平哥，走走走，天也快晌午了，歇缓歇缓，到家去坐坐，快到家里去！”

梅姑就领他到了她家里，简陋的一个海边小院落，高矮三间黑乎乎的房舍。

院子里收拾得干净整洁。一丛锦葵花正在开放。

正说着，梅姑那个放牛的男人就回来了。从走路的姿势看上去，左脚有些跛，但走得很快，一副诚实而木讷的笑容。

梅姑对那男人说：“这就是我跟你讲过的那个林哥，真是巧得很哩，他到村里来画毛主席像哪。说来也巧了，我走着走着，一抬头，嘿，就看见了他，当时我还不敢相信是他哩，可真的就是他……”

男人高兴地搓弄着长满了茧子的巴掌，一迭连声：“噢噢噢，好好好。”

当天，梅姑就将林常平那点简单的行囊、画箱和装修理工具的工具箱，统统拿到了自己家里。林常平想婉言谢绝，梅姑则不由分说。

于是，他就在梅姑家住了下来。

从那天起，梅姑家低矮的木屋里处处便流动着快乐的气息了，梅姑出来进去的脚步变得格外轻盈，手底下做什么活儿都分外地灵巧。林常平白天出去画画，黄昏收工回来，梅姑将喷香的饭菜就已做好，在焦急地等着他了。他一进门，一条绞干的毛巾和一声温存的问候就一同送过来了。梅姑的男人对这个实诚而有本事的小伙子也是从心底里发出来的喜欢，他喜欢静静地听梅姑同这个外乡小伙子的交谈，还将自己亲手酿造的老酒倾囊相待。夜晚，万籁俱寂，偶尔从村道上传来几声土狗的吠声，林常平单身住在隔壁间的屋子里，月光如水，从低矮的窗棂透入，隔壁隐隐地传来梅姑男人的呼噜声，林常平的心中总有几分舒适的孤寂，更有几分说不出的慰藉，或许还有几分懵懂的期待，期待什么？他说不清楚，他只觉得每天能看到梅姑的身影，听到梅姑轻松的笑声就是一种说不出来的幸福。在他眼里，梅姑就像是一位美丽的天仙，在他意想不到的时候飘然降临凡间，降临到一直在渴求温暖与情感关怀的他身边。

那种温馨而幸福的感觉，酷似一颗糖在心里悄悄地化开……

11 禁果

梅姑的男人很体贴梅姑，温顺听话，木讷得只有一脸的憨笑，说三句话也会结结巴巴。老实得像一头绵羊，跛着脚能干所有的活儿。

林常平在梅姑家安顿下来一住就是一个月。

《毛主席去安源》的巨幅画像终于完工了。梅姑又及时地报告他生产队的碾米的电机坏了，林常平没用半天时间便熟练地修好了电机。

接下来就没活儿干了。看他闲下来了，梅姑的样子比他还着急。

“别急，会有活的，总能找到活儿的，我去打问，你只管安心地住着就是了。”

他实在过意不去：“梅姑，这样太麻烦你了。再说，你家也不宽裕……”

梅姑一摆手：“嗨，说什么哪，不就多双筷子吗。”

那几天，梅姑几乎丢下了手边的一切活计，一趟一趟地往外跑，串东家走西家，四处打问，她那位老实巴交的跛脚男人也颠巴颠巴地为林常平揽活儿。好歹总算帮他找到了好几家的油漆活。如此一来，林常平就在梅姑家继续住下去了。他白天出去干油漆匠的营生，天一落黑便一身油漆点点回到梅姑家来。不管他什么时候回来，灶火上的饭菜总是热乎乎的。梅姑总是静静地等候着他。后来就索性让他把别家的活儿拿到家里来做。他一边干他油漆匠的活儿，梅姑就静静地在一边看他干活，那些天的太阳总是很好的，树上啁啁啾啾的鸟儿也总是叫得分外清脆悦耳。

日子一天天流水似的过去了，在一个屋檐下朝夕相处的日子，仿佛每天都有一种看不见的东西在生长。那是从他和梅姑心里生长的东西，那个东西十分微妙。在林常平的感觉里，犹如一根神秘的针线将他和她的目光串在了一起，他们目光的偶尔一个小小碰撞，都似有火花噼啪闪烁。他和她的目光每每在相互碰撞后便会有一阵小小的互相的回避，而这回避又像是比碰撞更蕴藏着令人回味无穷的一些东西。

这天，梅姑的男人要出民工去修渠了。梅姑忙活了一整天，为男人备了足够的干粮。男人临走的时候，林常平自觉有几分说不出的忐忑，但看梅姑男人那老实巴交的表情，似乎一点儿也没有担心他同她之间或许会发生点什么故事，还一再叮咛他千万别见外，一定要在家里多住些日子。

此后的一个月里，这座静静的小院落里，就只剩下了他和她两个人。一天辛苦之后，他和她终于冲破了理智的防线，激情如同山崩海啸，不可遏止……

这是林常平平生第一次拥有这样惊心动魄的经历。这次经历将对他的一生产生无法估量的影响。

偷吃了禁果一个半月之后，他恋恋不舍地离开了这个与他将终生有缘的村子。梅姑一直默默地送出好几里地，泪眼目送归鸿。

关于这件缱绻的往事，林常平从来没有对桂玉提起过，一次也没有，有许多次，话都涌到了他嘴边，却又无声地咽了回去……

林常平怕什么呢？他什么都不怕，只怕桂玉不能理解他，不能原谅他。而他又绝对不能失去桂玉的爱，绝对不能……

第　三　章

DI SAN ZHANG

海燕之歌

12 为了伊甸园

1975年，一位叫作邓小平的伟人扭转了中国的困局。林常平也才得以重返下浒镇供销社。

紧接着，林常平就被派去做“农业学大寨”工作队的队长，再接着，就结结实实地捅下了那个天大的篓子。因为给农民私分自留地而被批斗审查了好几个月。祸兮福所倚，林常平因祸得福，获得了纯情少女桂玉的天赐爱情。

又过了一年，下浒镇供销社采购员林常平同民办小学教师张桂玉宣布正式结婚。

林常平就像是在大海的惊涛骇浪中侥幸漂流过来的一条舢板，像只遍体鳞伤的野兽，找到桂玉之后便终于有了一个可以休养生息、自舔伤口的小窝。生活是充满了辛酸与磨难的，但那是一种略带忧伤的甜蜜。

一间狭小、简单的平房，四壁空空，除一床、一桌、一箱之外，别无长物。

他歉疚地说：“桂玉，不好意思，亏待你了。”

桂玉却说：“这总比你当年住过四年的那座破庙不知道要好到哪里去了呢！”

说得是。两情若是相悦时，又岂必华堂美厅？

“桂玉，请你相信我林常平，我一定要让你幸福，我对天发誓！我要你比天底下所有的女人都过得幸福。”

林常平信誓旦旦，绝不仅仅是在向桂玉表决心，而更像是发自内心深处的宣言。不仅仅是对桂玉，更是对命运。因为他是个男人，是个自信跟别的男人不一样的男人。

他们爱情的结晶很快降临人世，洋娃娃一样让人心疼的大女儿晓辉诞生了。

林常平在供销社里扑下身子打拼，为了这个家，为了妻子女儿的生活，他是个永远闲不住的人：手脚闲不住，脑子更是一刻也闲不住，无论做什么事情，他都想做得跟别人不一样。

供销社的状况很不景气，苍蝇飞舞的商店，一样样土不拉几的商品，供销两滞，拿四个字来形容：半死不活。

身为采购员的林常平一年四季忙于为供销社采购，每次出差都是千里迢迢，住小旅店，睡广场、公园、火车站候车室。他有犀利的眼光，智慧灵动的商业天赋。他就像一条旷野上的鬣狗，一眼就能看出商机，当即便做出判断，且行事果断，从不拖泥带水。而最主要的，还是他的诚信。他的那一腔热情，他对朋友，对所有的商业伙伴都是诚信第一。他恪守的信条是哪怕生意做不成，也决不能输了人品。所以林常平一路走来，朋友遍地。

供销社的生意很快地红火了起来，而且一天比一天红火，由亏损到盈利，由小盈利到大盈利，而东跑西颠的林常平却为超支的出差费打了好几千块钱的欠条。单位盈利迅速上升，个人负债却一再累加。而小女儿晓晴又紧跟着美丽的姐姐晓辉呱呱坠地。这就是摆在林常平面前的现实：一个民办教师的妻子，两个比花朵还可爱的女儿，一个贫寒的家庭，他们夫妻两人的工资加起来才80块钱。

他是这个家庭的当家人，他是家庭这一艘船的船长，如何才能稳稳地把好舵，将这只小船从风浪中驶出小小港湾去，开向前景更加广阔的大海？

继续当他的供销社采购员？自己贴上差旅费成年东跑西颠？每次出差回来，桂玉迎接到的都是丈夫那疲惫不堪的身影和手里拎着的一包脏兮兮的衣服。难道就这样干下去，一年，两年，三年五年，十年八年……

这样的前景甚至连想也不用想，闭上眼睛就能看得见那最终的结果。而眼下这小小的供销社的天地对他林常平来说，简直是太小太小了，他就像是困在鸟笼里的一只雄鹰，无论如何都扑腾不开，不但个人的付出与回报很不成比例，种种令人厌烦的掣肘又一次次挫伤了他的积极性。有的人开始怀疑他，有些人开始嫉妒他，有些人则开始限制他。嫉妒，诽谤，诬陷，摩擦……

林常平目无领导，狂妄至极！

林常平假公济私，自己从中揩油！

林常平一手遮天，唯我独尊！

林常平沽名钓誉，欺上瞒下！

事情往往越不顺心便越添堵，有次，竟然有个所谓的朋友趁他出差之际，请桂玉出去看电影，趁机想调戏她，却被性格刚烈的桂玉回敬了一顿臭骂……

难道他林常平赤条条来到世上，就是为了枉做一场男子汉吗？不，他这只困在鸟笼里的雄鹰要冲破鸟笼直飞蓝天，扶摇而上，去搏击云水的世界！

阴云和雾霾都遮不住金灿灿的阳光，他可以默默而生，但不愿默默而死。

一天深夜里，桂玉操心为女儿喂奶，醒来一翻身，见刚刚出差回来的丈夫还大瞪着两眼望着多处有屋漏痕的天花板发呆，外面已经鸡叫三遍，天将五更，屋子里竟还飘浮着一股淡淡的劣质烟草的气味。

她惊讶地问："常平！你怎么还没睡？"

"桂玉，我在想……"

"天都快要亮了，还想什么哪？快睡吧！你过几天又要出差去呢。"

"我睡不着啊，怎么都睡不着啊。"

"又操心供销社的事哪？"

"桂玉，我前前后后想了一夜，这次我是彻底地想好了，我想辞职，我们自己干！"

林常平一巴掌拍在枕头上。

13 下海去

留职停薪。这是多少欲商海养潮的人在中国的改革开放的大潮中做出的一致性选择。当时最流行的一个名词：下海。

汹涌的大海忽然涨潮，浪沫飞溅，暗流涌动。

下海去！下海去！下海去！

十万创业者下海南……

孔雀东南飞……

在沉寂了十多年的中国大地上，一时间，"老板"这个词汇忽然像瘟疫一样流行了。到处是皮包公司，扔出一块砖头出去就能砸死一堆"老板"。

然而，当林常平对桂玉说出想要辞职的决定的时候，桂玉还是着实吃了一惊。尽管她比谁都了解自己的丈夫，了解他那从不向艰难困苦低头的坚毅性格，更了解他的聪明智慧。尽管如此，她还是满心忐忑不安。

于是，就在那个黎明前的时刻，赤膊伏在枕上的林常平娓娓道来，将他心里逐渐成形的设想方案向贤惠的妻子和盘托出：他林常平再也不愿意为他人作嫁衣裳了，他要自己开公司，自己当老板，自己跑采购，自己组织货源，自己找市场，自己当供货商。总之，他要做自己的主人，自己主宰自己的命运！

而要做到这一切又谈何容易？且不说他自己，就连桂玉都得准备好承受一般女人所承受不了的东西。生意场上风浪险恶，可能会一飞冲天，也可能会一败涂地；可能会左右逢源，也可能会如一条涸辙之鲋。所以，必须得准备尝受一般人所尝受不了的苦和难。

桂玉的精神上准备好了没有呢？

话是这样说的，其实林常平更有许多让桂玉宽心的理由：每一个流通的环节他早已掌握手中，每一个供货的渠道他早已烂熟于心，商业的信誉他已经在朋友们当中建立了起来。而霞浦本地的滩涂海鲜又是中国一绝，丰富无尽的海洋资源正是内地渴求的宝贝。那么还有什么难的呢？

难的只是起步的资金了。

他算了算，只要一万块钱，他就可以开始创业了，就可以有自己的公司了。

可又到哪里去找这一万块钱呢？

桂玉沉静地想了想："我去想办法。"

桂玉急如星火地去找她的母亲做工作，几次三番，苦口婆心，但善良的母亲还是犹犹豫豫，一万块钱啊，换句话说，就是将一生的积蓄统统打包，那能是咳嗽一声的事吗？要是万一打了水漂可怎么办？往后还怎么过日子啊！

"桂玉啊，这事情……你看人到底准不准啊，常平他这人到底怎么样啊？到底靠得住靠不住啊？"如同站在地狱门口的母亲思前想后，忧心忡忡。

桂玉说："妈，事情终究会怎么样，因为没有走到那一步，这我也给你说不上，还真不敢给你老人家打包票，但是有一条，我太知道常平他这个人了，我一万个相信他，就因为他是个真正的男人，只要是他认准了的事情，他就会舍出命去做的！"

精诚所至，金石为开。丈母娘冒着绵绵细雨，去到祖坟那面溜达了一整天，才终于开了金口，狠下一条心，颤抖着双手，拿出了几乎所有的积蓄。为了自己的宝贝女儿，也为了那个不知天高地厚的女婿，她老人家倾其所有，一咬牙全豁出去了，相伴的是热泪涟涟……

于是，在噼噼啪啪的鞭炮声中，林常平的贸易公司正式开张了。在整个霞浦，林常平成了第一个吃螃蟹的人。

鞭炮的浓烈硝烟还没有散尽，林常平的八爪章鱼计划就已经启动。东风西吹，西云东聚，以霞浦黄花鱼、石斑鱼为龙头的海鲜货源突然火了起来，滩涂的天赐之物海带紫菜和各种的海鲜等等，仿佛在一夜之间突然天下皆知。而霞浦本地紧俏的货物又经林常平之手，从四面八方源源不断地涌入霞浦。且不说别人，只说林常平原来供职的那个供销社，后来委派的新采购员辛辛苦苦采购回来的货物，竟比林常平一个电话就从外地发过来的货物质次价高。不是说实践是检验真理的唯一标准吗，选择林常平作为更理想的供货商，自然就成了供销社维持经营的唯一捷径。而供销社的那点儿需求，却仅仅不过是林常平旗下供货的一个小渠道里的随手分流而已，雄心勃勃的林常平之目光所及，早已超出了霞浦这小小的弹丸之地……

林常平灵敏的嗅觉在四面八方寻寻觅觅，商机每一次微弱的闪现，他都能闪电般牢牢抓住，像鹰隼一般快速出击，全力地扑将上去。他发挥本地特长，大搞南调北运，使尽了搏击腾挪之术。他心里明白如水，做生意当然是要冒风险的，但若是将万事都要算得不差一分一厘才肯付诸行动，那说不定到嘴巴的肥肉还会飞掉，可做生意又决不能不顾法则，只靠冒险也是断然不可行的，你心里若是没有八九分的胜算筹划，金山银山也会眨眼间赔个干干净净。

做生意的对象是人，人分三六九等，做生意就是同各种各样的人打交道，形形色色，五花八门，良莠不齐，什么人都有，纨绔之人、刁滑之人，阴险奸诈之徒，别有用心的掮客，用微笑藏起利齿的鳄鱼，待价而沽、不见兔子不撒鹰的富孀，疑心重重、步步紧盯的货主，说大话如流四海、钻鼠洞拉不出来的货色，空手套白狼、翻脸不认人的恶主……

鲜花里藏着刀剑，酒桌上布满陷阱，危险和机会缠绕，常常就在你前后左右晃悠，算计和设局更是层出不穷，步步惊心。丛林法则到处在起作用，你连睡觉都必须睁一只眼，稍有差池，你此前的一切努力就会在不经意之间无声无息地打了水漂。要不怎么说商场如战场呢！还是中国那句俗话说得更一针见血：生意场上无父子。

小心驶得万年船。林常平的大船一路顺风顺水。他开通了霞浦的第一部大哥大，那种带着一根镀铬的天线，像砖头一样笨重的无线通讯工具，在当时人们的眼里，那便是“土豪”的象征物。

过关斩将，逢山开路，遇水架桥。在险恶的风浪里，林常平养成了识人的眼光，锐利如锥，一眼看过去，不用说什么话，他就能将面前的人判断个八九不离十。

在呼风唤雨，挥斥方遒之余，当林常平偶得闲暇，坐在藤萝架下，透过细细密密的绿荫瞻望无际星空的时候，犹如望着桂玉的眼睛，忽然再一次庆幸命运对他的赏赐，桂玉是他真正的福音。在林常平心里，桂玉真的像一尊滴水观音。桂玉的钟爱每每让他细细品尝幸福的滋味。

“桂玉，你一定是上苍派来改变我林常平命运的女人！”

他这话反倒说得让桂玉一时摸不着头脑了，她伸手摸了摸他的额头："你没发烧啊？"

"我说正经的呢，桂玉，你要听我说下去，"他继续说，"在我认识你之前，我林常平是一个什么人，你晓得不？"

"你？你不就是小萝卜头当了个住乡工作队长的差吗？"

"那只是表面，不是我的内心。"

"内心什么样啊？"

"其实，说到根子上，那个时候，你见到的那个林常平差不多是个对生活满怀仇恨的人。"

桂玉吓了一跳："仇恨？你仇恨谁啊？"

林常平怆然摇摇头："我也不知道，反正就是恨。"

桂玉轻轻地叹了一口气："我可以理解，这跟你那些痛苦的经历和那个年龄的人不曾经历过的孤独有联系的。是吧？"

"没错，那个时候的林常平，我眼里的人们统统都是那么的神情冷漠，个个好像都心怀叵测，即使是他们在朝你笑着的时候，也会露出锐利的牙齿来让你禁不住打个寒噤。面对如此的世界，我林常平还能怎么样呢？我不是一个圣人，又被一只无形的手牢牢地压在生活最底层，我还能怎么样？我只能把自己深深地封闭起来，可越是这样，我的内心里就越成了一片孤独的世界，在那里，连荒草都不能生长。渐渐地，不知不觉间，我的内心世界就变得阴暗、自私，甚至都有几分猥琐了。那个时候，我心里常常充满了阴暗的念头，我玩世不恭，我嘲笑一切，甚至以讥笑人类最美好的情感为乐事……可说来也怪，自从认识了你之后，我就不知不觉地发生变化了，才知道我林常平其实是情感的幸运儿，我根本就没有权利抱怨人生……桂玉你别打断我，听我说下去……所以我渐渐地开始怀疑自己之前的愤世嫉俗了，那究竟是一种深刻呢，还是十足的浅薄呢？经历苦难当然可以让一个人情感逐步走向成熟，但享受幸福是不是就一定会导致庸俗呢？这又是个问题。那个时候我因为郁郁不得志，藏在心底里的那些恶毒的咒骂，自己现在听来也觉得是那么刺耳。那其中究竟有多少是真的受了委屈，而不是因为我林常平更大的贪婪心没有得到满足呢？"

桂玉认真地望着他："嗨，你今天怎么有点像个受虐狂了？说出来的话连我都有几分听不懂了呀。"

林常平却只顾自言自语，继续发他的感慨："但愿这受虐心理不要成为改革时代的一种时髦病，最终要成为被嘲笑的可怜虫那可就糟了……”

林常平一番贴心贴肺的话，让桂玉又透过他坚毅的外表看到了他内心深处，那里是一个波涛涌动的大千世界。

林常平没有说错，桂玉绝对是他此生的福音。桂玉真的像一尊滴水观音。当林常平细细地品尝桂玉的钟爱滋味时，好似才发现自己变了，变得从来没有过的平和、乐观、豁达、开朗，而且越来越多的自信如源源不断的流水涌入内心。他能在商海里如鱼得水地冲浪搏击，绝不仅仅是他林常平一个人的能耐，被桂玉潜移默化之后的林常平，已经不再是从前那个稀里糊涂地受苦，稀里糊涂地对社会心存厌恨的林常平了。

林常平的奋斗一年便初见成效，还清了所有的公债和私债，还买了一块地皮，把妻女的户口也转到城里，又趁势而进，翻过年，他再接再厉，乘胜追击，扩大战果，居然又旗开得胜，挣了200万！必须说明的一点是：当时的中国刚刚才流行开所谓“万元户”的叫法，也就是说，拥有一万元人民币在那个时候便被公认为家庭富裕的耀眼标准。

14 意外骨肉

国门初开，风乍起，忽然间，万象迷离。

三沙，这个地处闽东的小小渔港，在中国经济复苏的大潮中，竟因为海上走私而成了全国最闻名的地方。一船一船的走私电子表、折叠伞、尼龙布、8088收录机……这些小小的物品，竟然搅动了当时中国人的经济生活。在荒无人迹的荒岛之外，在茫茫的公海上，福建渔民的渔船同台湾开来的机帆渔船热闹地进行交接贸易，深沉的夜幕下，但见一筐一筐的海产品从这面的机帆船上扔过去，一口袋一口袋的电子表、打火机便从那面的船上扔将过来……

随着8088收录机、打火机、尼龙布、电子表从无数个孔道的涌入，三沙那几条狭窄的街道也一夜之间变了模样，大街两旁摆满了墨绿色的台球桌，日本人发明的卡拉OK把大排档哄闹得比任何时候都火爆，洗头的发廊犹如雨后春笋，每家洗头店门口都有漂亮的捞妹们在热情而又神色暧昧地揽客。在邓丽君《何日君再来》的醉人歌声中，全国各地的美女像蜜蜂蝴蝶一般翩然飞来。而更多涌入霞浦的则是那些鼻子比鬣狗还灵敏的投机生意人，他们仿佛约好了似的，在一个早上从四面八方蜂拥而至，顷刻间遍布于霞浦的大街小巷，所有的旅馆爆满，连澡堂子里都成了沙丁鱼罐头，他们的影子犹如攒动在夜幕下的幽灵……

当然，当地政府对走私的打击也同时在紧锣密鼓地进行中，明堵暗截，私查暗访，几乎天天都有不法商人“失足落水”，并立即被课以重罚乃至锒铛入狱。

林常平根本不想去驾着渔船偷偷摸摸地到海上冒险走私，他才不屑于去干那种偷鸡摸狗拔蒜苗的勾当，那不是他林常平想干的营生。当然，也不是说那些从公海上走私进来的水货对他就没什么用场，譬如他要到江浙以外的地方巡游生意，随手掏出两块电子表来，至少就能解决生活方便的问题。贸易谈判桌之外，一管口红、一把折叠伞就足以让公关小姐笑逐颜开。然而这些小玩闹对林常平来说，不过都是些边边角角，鸡毛蒜皮，搂草打兔子的小事，他之所挟者大矣。

生意场上热浪滚滚，林常平比以往任何时候都要繁忙。各种的交往越来越频繁，酒桌上的日子不知晨昏，醉意蹒跚之中，有突如其来的惊喜，也有从天而降的烦恼，天天都有脱不开的应酬，各种各样的面孔如走马灯似的在你面前旋转，有方方面面的公家人，更有商场上的对手和朋友。推杯换盏之间，各自暗判利弊；言来辞往之时，心中速决优劣；快乐朵颐之态未必发自内心，鸡零狗碎之事则可能牵扯大局；快意的时刻尤其谨记不可稍有忘形之举，不称心的当口，反倒必须仪态恬然，泰山崩于前而面不改色，该硬着头皮硬撑的时候，必下破釜沉舟之决心，捕捉战机的功夫又须得磨炼守株待兔的耐心……

林常平抱定初衷，以不变应万变，但有一条始终是他的铁律：不管他如何忙碌，不管生意是顺是逆，他都让自己永远记着一条：他是个男人，在家里，喜怒决不形于色，尤其是遇到一些不痛快的不好的事情，他更得放在自己一个人的心里，默默地承受，而决不会去影响他心爱的桂玉一丝儿心情。

桂玉面对一天比一天忙碌的丈夫，她既心疼，又常常伴随着几分忐忑不安的担心。每每见到丈夫心事重重的时候，她便总想要小心翼翼地催问个缘由。

林常平则会对心爱的妻子说：“桂玉啊，该告诉你的事情我一定会告诉你的，有些事情，我可能没有告诉过你，但我今天不告诉你，明天不告诉你，后天我肯定会要告诉你的，总之一句话，就是心里藏着什么秘密，我也迟早会竹筒里倒豆子，统统毫无隐瞒地告诉你的，在心爱的人面前，应该彼此都没有什么秘密可言，这是我林常平做人的一条原则……”

林常平生来就是个货真价实的拼命三郎，做起自己认准的事情来，往往会爆发出魔鬼般的激情，更多的时候，他仿佛不像是一个精明的企业家，倒更像是一个疯狂的行吟诗人。他驱车跑生意，像个逐日的夸父，一年三百六十天，天天超负荷运转，连车子都受不了。

有一天，大中午的，他的车子在半路上突然抛了锚，检查来检查去，什么毛病都没有，但就是怎么折腾都发动不着。说来也巧，焦渴得喉咙冒烟的林常平抬头一看，前面不正是当年梅姑的那个村子吗！

是的，是梅姑所在的那个村子，不同的只是从前那条崎岖不平的小路早已经变成了平平整整的简易公路，但村子却依旧还是从前的模样，村头那棵大榕树更加地绿出一片爽然的绿云来，巨伞般的绿荫里，足可以憩息一个连队的士兵。

他忽然想，一晃又几年了，似乎也该去看看梅姑了，况且已经走到了门口，不去似乎怎么都说不过去呢。可是且慢，等一等，容他仔细思量思量，去看望梅姑？究竟好不好呢？过去的那一段和梅姑的情事如在昨日。但那也只能是属于永远的过去了，眼下的林常平已不再是当年那个孤魂野鬼般的单身汉了，更不是那个背了画箱给人家画棺材的油漆匠了，他不但已然成家立业，有了心爱的妻子——女神般的桂玉，还有了两个可爱的女儿，更有了他所追求的事业，他凭着他的才智和能耐，已经一跃占据了霞浦企业家的首席位置。

一切都今非昔比了。

究竟是去看望一下梅姑，还是索性不去了呢？不去看望一下曾经与他春风一度的梅姑，好似显得他林常平既寡情又无义，而去看望梅姑呢，又好像对不住桂玉和两个女儿，特别是对桂玉，他会有一种莫名的负罪感。而如若做人做不到坦然的程度，林常平自己心里又会难受地纠结成一团。

林常平犹豫着，心里矛盾极了。他得借助一支三五牌香烟仔细地思量思量……

罢罢罢，既然他已经同桂玉走到了一起，既然他已经确定无疑地找到了自己的幸福，那就且让他和梅姑的那一段过往的情感经历永远成为过去，让它烟消云散去好了……

然而话又说回来了，世界上许多事情原本不是说你想烟消云散就能烟消云散的。当林常平手中袅袅的香烟还缭绕着的时候，忽然，迎面颠巴颠巴地走来了一个戴着草帽的男人，走路的姿势明显有点跛。林常平还没有反应过来，就听一声惊讶的呼唤：

“哎呀！这不是常平吗？”

那一瞬间，林常平惊呆了，面前的那农民正是梅姑的丈夫！

“……大哥？”

林常平对那男人的称呼是大哥。因为那男人在家排行老大。俗话说，三邪、二怪，老大买菜。一般说来，几乎所有的老大在所有的家庭里都是最辛苦、最劳碌的。

尴尬的场合，却是命定的际遇。一切都应了那句人算不如天算的老话。于是，由不得林常平细想和推脱，他们去到了梅姑家。

他必须活脱脱面对现实，一切都无可回避，也不容他回避。

事情过后，林常平怎么都回想不来自己的双脚当时是如何迈进梅姑家的门槛的。当时他那副窘迫的模样应该像是什么呢？

忐忑不安的林常平如怀里揣着一只活蹦乱跳的兔子……

几分期待？

几分懵懂？

几分悬情？

或许更多的还有几许忏悔，几许内疚……

恰似一个从来也不会做贼，但却又实实在在做过一回贼的人，重又回到了当初作案的现场。

梅姑家里的情景并没有什么明显的改变，一切都是旧日的模样，只是那只三条腿的小板凳磨得更光滑了。梅姑乍然见到不期然而至的林常平，手里织网的梭子差点掉落在地上……

女人老得快，梅姑的额头上已经出现了抬头纹，脸色也比林常平记忆中的那个梅姑似乎黢黑了许多，更显出几分劳累后的憔悴。或许是天气太热的缘故，梅姑的一缕刘海汗巴巴地贴在额头上……

唯独没有变化的是梅姑的笑容，那笑容依旧还像从前那么沉静，从她眼波里瞬间闪过的惊喜，林常平看得一目了然，梅姑的动作显出几分措手不及的慌乱，她想让自己显得自然些，却更加下意识，更加显出了几分不寻常的慌乱，随之的借故掩饰更平添了几分别扭……

只有林常平能敏感地觉察到梅姑身上的每一个细微的细节。梅姑的男人，那位老实巴交的大哥却一边手忙脚乱地备酒，一边搓着巴掌，东一句西一句地说着别的什么事情。

家里已经有一个孩子了，是个牙牙学语满地蹒跚的小女孩，冲着林常平这个神情尴尬的不速之客，咧开粉嘟嘟的流着涎水的小嘴儿直笑，一双胖乎乎的小手则调皮地拨弄他的衣角，还用那只藕节似的小胖手噼啪拍打他放在膝盖上的那只黑色公文包，仿佛对这物件更情有独钟……

表面上看似东一句西一句地闲言碎语，实质上却躲不开各自心中的块垒。

天气晴好，和风煦暖，穿堂入户。左顾右盼的林常平却感觉到了一阵闷热，这闷热使他显得越发不自在了。

神情比他更不自在的是梅姑。她借故陪着林常平在院子里前前后后地走了走，说是要看看各处的变化去，却是醉翁之意不在酒，趁着只有他和她两人在后院徜徉的时候，梅姑瞅个空子，忽然悄悄地附在他耳边急匆匆低语：

"孩子是你的……"

梅姑这句几乎比耳语压得还低的话，在林常平听来，却不啻是一声滚过长天的炸雷。

他顿时呆若木鸡……

15 心事交叠

林常平离开梅姑的那天，回到家里的他是步履蹒跚、大醉而归的。然而，桂玉却不知道自己的丈夫内心经历了怎样惊心动魄的一场风暴。

桂玉看见面如灰土的丈夫踉踉跄跄地晃回家里，一屁股塌坐在沙发里，脑袋无力地歪向一旁。无论她问他什么，他都只是暧昧地摇头……突然，他踉跄地扑向卫生间，便是一阵翻肠倒肚的呕吐，桂玉几乎抱着他的后腰，而酩酊大醉的他就像个溺水的人，几乎像一摊泥要瘫倒在卫生间的瓷板地上了，桂玉柔弱的体力哪里撑得住他那棕熊一般健壮的躯体！

过后，浑浑噩噩从酒醉中醒来的林常平，耳畔依旧回响着梅姑的那句如雷贯耳的话："孩子是你的，你看，她哪里哪里都像你呢……"

桂玉寸步不离地守着他，由不得埋怨："常平，你怎么会醉成那个样啊？"

他能说什么好呢？他只有晃着脑袋含混不清地咕哝："嗨，还不就生意场上的那些破事……"

桂玉审视着他躲闪的眼神："不对，你一定有心事瞒着我呢。"

"嗨，给你说不清，你就别问了，没有的事……"他嘟囔，口气则完全不像以往说事那般斩钉截铁。

桂玉于是更加肯定了："不，你肯定有心事的，不然你不会是这个样子！"

他一挥手，像要从眼前赶开一片梦魇："嗨，没有就是没有……"

但桂玉还是固执地摇头："你肯定有。"她更相信自己的直觉。

"桂玉，你听我说，任何事情……我林常平都不会瞒着你的。有事我一定会告诉你的，你就别刨根问底了，好不好！"他话是这样说的，心里却在噗通噗通地敲着小鼓。此时此刻，他只能想办法让桂玉相信他的话。

不仅是这一次，在以后的无数个日子里的许多次，心里有鬼的林常平为了让桂玉相信他心底坦荡，时不时地，甚至不得不来点恰到好处的信誓旦旦。但他心里再明白不过了，梅姑在那一瞬间发出的惊喜的眼波，以及梅姑的那句让他听了一佛出世、二佛涅槃的话："孩子是你的。"就像是电影里带着回声重复三次的关键台词：

孩子是你的！

孩子是你的！

孩子是你的！

你的！你的！你的……

而那一阵，身为老板的林常平正当春风得意马蹄疾。为了生意场上的应酬，他身边不时会冒出几张年轻女性的漂亮面孔和几个如玉树临风的倩影。但林常平自己心里十分清楚，这些其实都不算事，只不过是商场上脱不开的交际应酬的需要罢了，她们里面没有一个人是能走进他心里去的，他和她们之间更不会发生什么浪漫的故事；虽然在旁人看来，凡是灯红酒绿、花枝招展之处，必定会让人想当然地疑窦暗生。

桂玉对此的警惕则也是自然而然，完全无可厚非。她越是深爱着这个男人，就越是对他的一言一行、一举一动特别地在意。尤其是眼下，他们生活的场景已经发生了变化，一切都时过境迁、今非昔比了。所以她就更需要在日常的生活中不断地为自己找到一个又一个证明，找到比撮土为香时期更有力的证明，以证明他心里只爱她一个人，只有她，才是他生命的全部。

而林常平心里想的，则是关于他同梅姑那段终生不可忘却的隐情，那是他胸中的块垒，终究不吐不快。他一定要找个适当的机会向桂玉倾吐个坦坦诚诚、明明白白，向她说明白自己当时身无立锥之地、四处流浪的无奈处境，说明白自己陷入和梅姑的恋情的时候，根本没想到他以后的生活里还会出现桂玉美丽的身影，他更要说明白如今他内心万分珍惜自己心爱的妻子，珍惜用自己的全部血汗建立起来的温暖的家庭，向她说明白……哦，对了，还要对桂玉说明白，那个在梅姑家满地乱跑的可爱的小女孩，其实是他林常平的私生女。

然而，每当林常平望着桂玉那双明澈如水的眼睛的时候，他就怎么都张不开口了……

第 四 章
DI SI ZHANG

命运的敲门声

16 风高则浪急

林常平的贸易公司扬帆起航，劈波斩浪。

不久，林常平便捕捉到了一次巨大的商机。

一位不但神通广大，而且有着耀眼的荣誉，已经在八闽大地红极一时的企业家的目光瞄准了正在迅猛上升时期的林常平，不期而至地找上门来，紧跟着，酒过三巡，一笔大生意的订单立马签订——林常平只要当好一个供货商，就可以获得一笔非常可观的财富。林常平的贸易公司只需负责按时提供两样主要货物：大批蘑菇罐头和安哥拉长毛兔的兔毛。

组织货源的时间很紧很紧。

问题是林常平的那个贸易公司究竟能否一口吃得下这个大单？能不能保证按时保质保量地发货？

后来他才得知，这批货物是运输到香港去的。

推杯换盏之间，林常平飞快地在心里暗自掂量了一番，他丝毫都没犹豫，当下便一拍胸脯，爽快至极地满口答应了下来。

林常平又大胆了一回。要不然，他那些商界朋友们怎么会称呼他“林大胆”呢！

林常平拍着自己胸脯的时候，他心里究竟是怎么想的？难道他真有那个把握吗？他就敢保准他不会爽约，以至于赔掉自己的最后一条内裤？

林常平不但看过《三国演义》，而且对书中的每个人物，每个故事细节都滚瓜烂熟。

你知道什么叫草船借箭吗？

你知道什么叫借东风吗？

你知道什么叫火烧赤壁吗？

所有的企业家的所谓“白手起家”，不过是说给那些庸庸碌碌的生活消费者和故事消费者们听的。真正的企业家都会借力、借风、借势、借人、借钱……

当时福建的现实又是什么样子的呢？

政府号召农民大面积种植出来的千万斤蘑菇严重滞销，大量积压，单是闽东地区就积压了一亿多元，千万家蘑菇种植户嗷嗷待哺、叫苦连天。而当初曾经满口许诺农户保证蘑菇销路的政府，面对购销双向堵塞的市场又全然无计可施，只能发布红头文件，号召帮助农民排忧解难，但只能看着火烧眉毛，徒呼奈何。

林常平心里首先就考虑到了这一点，此乃得势。

地处闽东大海边的霞浦又是个穷困之地。基本上没有什么工业，可怜的几个小工厂往往又苦于拿不到订单，全县人口就业萎缩，而这一商机正好犹如雪里送炭。取得县委县政府的官方大力支持乃完全在情理之中，此乃借力。

改革开放之初，霞浦那曾经繁华一度的三沙港又完全可以提供运输之便，此乃借地。

于是，无需多费口舌，利益共同，便一拍即合。

眨眼之间，整个霞浦便被搅动起来了。

这笔买卖从头到尾似乎一切都是公开、透明的。那位一贯具有亲民作风、口碑甚好的老县委书记，甚至在大会上声情并茂、慷慨激昂地大声疾呼：同志们啊！我们霞浦这个地方实在是太穷太穷了，我们霞浦的老百姓也实在是太穷太穷了，我们这个地区的改革开放，就更要胆子再大一些，步子再快一些，扑下身子大干他一场，把这个可恶的穷字扔到太平洋里去！

由此可以想象，林常平的大宗商业计划是何等令人振奋的了。光是蘑菇一项粗略计算一下，价值4000万元！

整个霞浦上上下下迅速总动员。

两样主打的商品：美味的蘑菇罐头、安哥拉长毛兔的兔毛。接到大宗订单的霞浦的罐头厂，日夜二十四小时加班加点，开足马力，火速生产成吨成吨的美味蘑菇罐头。

安哥拉长毛兔的兔毛一时成了身价百倍的软黄金。

收购！收购！大量收购！

本地的兔毛统统都收购完了，还不够，远远不够！

于是林常平星夜兼程，移师向北，到江浙一带去紧急收购。

当时，人民币的百元大钞还没有面世，最大的面值也不过是十元的人民币。大量收购兔毛要现钱交易，于是，一麻袋一麻袋的现钞被抛上警车，由解放军荷枪实弹一路押运，由林常平带路直下江浙一带。于是，一辆辆满载着长毛兔兔毛的大卡车便接踵飞驰而回，开进霞浦的三沙码头。曾经畸形繁华之后又一度沉寂了一年的三沙码头，忽然再度空前地热闹起来。不但政府各部门闲置的车辆统统开动起来，甚至那些穿着海魂衫的海军战士们也嗨哟嗨哟地加入了搬运。三沙港停满了货船。从蚂蚁搬家般的肩挑背扛，到起重机装卸，各种手段齐上。仓储的库房不够了，让附近的老百姓腾房子，紧急租用……

八面来风的林常平空前忙碌，幸好他有着魔鬼般超人的旺盛精力，每天睡不了三两个小时，走起路来却还是虎虎生风。他行事果断，三下五除二，快刀斩乱麻。他火眼金睛，六亲不认，谁也别想在他眼皮底下打马虎眼，即使是自家的叔伯兄弟、大舅子、妹夫，他也毫不讲情面。只要你犯了错，他一顿霹雳雷霆兜头就来！

运筹于前必胜券在握。而仅此一举，林常平在短短时间里就为国家上交税700万元，一跃成为霞浦县商贸经营贡献国家财政之首户。

与此同时，林常平的慈善助学计划也开始实施了，他慷慨解囊，捐款修建塔岗路，资助霞浦几个学校的贫困学子……

1985年1月19日，福建广播电台记者闻风而至，专程采访了霞浦声名鹊起的企业家林常平。

记者问林常平："林总，你是霞浦商界升起的一颗耀眼的新星，你的成功让众人瞩目，但不知你想过没有，假如有那么一天——我是说假如——假如有那么一天，你的贸易公司万一破产倒闭，你该怎么办？你将如何面对呢？"

不能不说这是个很不吉利的提问。

林常平微微皱了皱眉头，沉吟片刻之后便直截了当地回答："你提的这个问题我早就想过了，如果仅仅是由于我林常平个人经营不善而导致企业破产倒闭，那还有什么好说的呢？我林常平决不会怨天尤人的，东吾洋上又没有盖着盖子，噗通地跳下去，一死也就了之了，我这个'林大胆'也就彻底地不再逞能了。如果是因为非经济因素造成公司破产，我们这些小猫小狗、蝼蚁之辈就好比老虎吃天，完全是无能为力了。"

俗话说，怕什么就来什么。

天有不测风云，人有旦夕祸福。林常平话音未落，他头上的那把看不见的达斯克里斯之剑就直直向他的脑顶斩落了下来……

17 奇怪的鸟儿

在林常平锒铛入狱的前几天的一个多雾的早上，林常平家二层楼上的新房子里突然飞进来一只鸟儿，那是林常平从来没见过的一种鸟。那鸟儿落在飘窗的光洁的大理石板上，看样子冻得够呛，一声声吱吱唧唧地呻吟着。他轻轻地走近那鸟儿，伸出手，心里喃喃着：小家伙，别怕，我不会伤害你的，绝不会伤害你的，你别怕……

那鸟儿没有怕，不但没有惧怕，反而蹒跚着跳着两脚向他走来，居然跳到了林常平伸开的那只手掌上。他惊讶极了，轻声喊随后进来的妻子：

"桂玉，你快来看啊……"

桂玉也惊讶非常，怜惜地说："它一定是冻坏了呢，它找不到食吃，快要饿死了！"

桂玉立刻去拿了些米饭来喂那鸟儿。鸟儿果然饿极了，吃了米饭，也没有想要飞走的意思。看样子它还没有暖和过来。他和桂玉拿了一只小纸箱，铺上棉衣，让那鸟儿在里面睡觉。中午，他和桂玉操心着，又给它喂了食。

就这样过了三天。

三天之后的一大早，林常平在阳台上把那鸟儿放飞了，从他手掌上飞出去的鸟儿，在空中盘旋了好几圈，又飞回来，飞落到他的手掌上，他再次将鸟儿放飞，那鸟儿在半空盘旋了几圈，又恋恋不舍地飞回来，朝向他鸣叫了几声，像是感谢他，然后才飞出了他的视野……

林常平过后回想起来，那奇怪的鸟儿可能不仅仅是感谢他，或许还是特意来向他报警的。

几乎是在最后一艘货船装满货物驶离三沙港的同一时刻，在某一天的夜里，一副锃亮的手铐突然亮在了林常平面前……

18 530囚号

就像歌剧院的一次盛大的演出，刚有了个大气磅礴的序幕，却突然又无声无息地谢幕了……

就像一支歌刚起了个头，刚刚调动起艺术激情的歌手却突然被扼住了歌喉……

林常平被关进了福州郊外一座特殊的监狱——省看守所。时间是：公元1985年3月14日凌晨5点钟。

林常平的囚号是530。

在那特殊的历史年代，“林大胆”始终没有弄清国家的外贸政策，始终觉得自己是无罪的。他深陷于被冤枉的痛苦和桎梏中不能自拔。

林常平记得很清楚，那天，两个审他的人已经神色疲惫，口干舌燥地咽着吐沫，悻悻地站起来，收拾桌上的公文包，看样子，今天就到此告一段落了：

“我警告你林常平，你心里可要明白一点，摆在你面前的现实是，你交代也得交代，不交代也得交代，这可完全由不得你了。你若是一意孤行，准备抗拒到底，再不老实交代的话，那我们就只好把你老婆张桂玉带到福州来配合审查了……”

林常平浑身一抖，顿然震怒了：“……等等！你说什么？我没听清楚，你能不能再说一遍给我听？”

办案人员一字一句，冷冷地说：“如果你林常平还是抗拒不交代，我们也只有这样做了。这回你听清楚了吧？”

林常平的一张脸马上就变黑了：“那我也告诉你，一人做事一人担，该杀该剐，你们尽管冲着我林常平来！我的一切事与我的妻子没有关系，我再说一遍，跟她没有丝毫关系！”

办案人员冷冷地瞄了一眼血脉贲张、怒发冲冠的林常平，一声冷笑：“是吗？但那只是你自己说的，我们可不这么认为。我们下一步就看你认罪的态度好不好了。”

19 苦海

那一夜之间，林常平满头茂密的黑发竟然统统变白了，像是突然落了一头的皑皑白雪……

被关押在几平方的小号里的他，起初犹如一头跌入陷阱的困兽，左冲右撞，痛不欲生，度日如年。那天，当他对着桶子里的水面照了照自己的脸，惊骇地凝望着忽然间覆满头顶的白发——这水中的人影会是他吗？他顿时浑身窜过一阵痉挛，忽然忍不住想要大声号啕一场，号啕个涕泗滂沱，然而冲出喉咙的却是一串令人心碎的怪异大笑，连他自己听了也觉得毛骨悚然！

自从那天之后，一切的活的表情都从林常平脸上消失了。

渐渐地，他沉寂下来了。他的表情与号房里凝滞的空气以及那时不时地闪过铁窗的刺刀寒光同一个调子了。

“惚兮恍兮，其中有象，惚兮恍兮，其中有物。”这是老子《道德经》里的句子，精神渐渐地呈现出一种恍惚状态的林常平，仿佛觉得自己已经进入了那种“有即是无、无即是有”的大境界了。那是一种类似于梦游的状态，通常，他痴痴地望着落在墙壁上的一只苍蝇，甚至可以目不转睛地呆望足足一个小时……

他每天就这么痴痴地面对铁窗，默默地为远在千里之外的妻子、女儿祈祷。

没几天，他的心脏病就发作了，头昏脑涨，眼冒金星，脸色发黑，双腿发沉，胸部阵阵刺痛，从肩胛下面向四处散射……

他向来是个急性子人，大起大落的情绪极容易失控，一旦急躁起来便会不顾一切陡然而起，连一分钟也坐不住。医学上称这种性格为A型性格。林常平正是A型性格。往往长期的紧张和亢奋，会导致激活体内肾上腺的活动，血管会骤然贲张，心脏功能也就随之紊乱，久而久之，就成了冠心病合并高血压。

林常平非常明白，心绞痛、心梗的终极是猝死。

那天，在提审回来的路上，他突然眼前一片白光，噗通地倒地昏厥过去了。醒来的时候，发现自己迷迷糊糊地又和臭虫一起躺在那张窄床上了，不过身边多了一只氧气袋，鼻孔里已经插上了氧气。

“既来之，则安之，让体内的抵抗力慢慢生长，自己完全不用着急……”这是谁说过的话？他记得这好像是伟大领袖毛主席写给一位友人的信中的话。

犹如一个坠落悬崖的人，此刻要做的，不是再爬回悬崖上去，而是先检查检查身体各个部位的伤势，看看胳膊腿儿还能不能动弹，然后再做求生的努力。

林常平渐渐地沉静下来了，他那日夜骚动、四下里奔突的灵魂也在黑暗的空间里渐渐地安顿下来了。身处险境的他，最牵挂的自然还是自己的亲人，桂玉和两个女儿。漫漫长夜里，他给两个年幼的女儿写了一首诗：

当你们在外面玩耍
千万不要和陌生人讲话
有些人阴险狡诈
有些人尖声唬吓
你们应该靠近家门口玩耍
如果有陌生人同你讲话，
必须赶快奔回家

除非陪你的是妈妈
不认识的汽车千万不要往里爬
你们不能随便走离家
你们在哪儿玩
应该随时告诉妈妈
千万要记住爸爸的话……

第五章

DI WU ZHANG

约会苦难

20 死神之翅

1986年12月17日，中级人民法院宣布判决结果。这将是一道生存与死亡的分水岭了。

天公的态度也甚是暧昧，一连好几天都阴沉沉的，那天，大雨又倾盆而下。滚过苍穹的隆隆雷声在壁垒森严的法庭里也听得见。

穿着囚服的林常平走进法庭的时候，他扭头朝旁听席那面扫视了一眼……

那是谁？是桂玉吗？

是的，坐在旁听席里的正是他那日夜苦苦思念的妻子桂玉，她就像是一只被雷电击落的鸟儿。她明显瘦了，憔悴了，眼窝微陷了下去，脸色也略显苍白，但一身素衣的她虽然立在悬崖的边上，也照旧还是那么端庄……

近在咫尺却远隔天涯，千言万语却无法诉说。

他和她在目光中相遇了，拥抱了，那是一个含泪的拥抱，是满含着千言万语、无穷滋味的拥抱……

此刻，从千里之外一路奔波而来的桂玉痴痴地望着自己日思夜想的丈夫，天啊，这会是她丈夫吗？他那一头浓密的黑发呢？哪儿去了？为何忽然变成了一头雪白雪白的白发！他那原本红润光亮的双颊也像是被冬天的大风给风干了，他的嘴角满是燎泡，脖子里那是什么？是伤痕还是褶皱？那一身囚衣穿在他的身上是那么的不合身，那么的别扭，活像一身丧服！不，她决不相信眼前的人会是她日思夜想的丈夫——那个伟岸的男人，她要看清楚些，她要扑上前去，她要仔仔细细地看看他，她下意识地紧攥着双拳，抑制不住地站了起来，但神态痴痴的她随即便被一旁的人按坐在座位里了……

鸦雀无声，令人窒息的鸦雀无声……

冗长的一套规定程序之后，法官终于缓缓地站起来，石板似的面孔没有一丝表情……

林常平仿佛看见死神狞笑着向他走来，张开血盆大口，要把他整个儿吞噬。那一瞬间，他心里掠过黑色的三个字：永别了。

永别了！大千世界，

永别了！千辛万苦刚建立起来的温暖的家，

永别了！七情六欲的人生，

永别了！充满芬芳欢乐和宝藏的生活，

而他林常平才37岁。

如果说人生就像一场戏，林常平的这场戏才刚刚拉开了序幕，却将要被死神之手将帷幕无情地扯下了。黑云盖顶，大难临头，林常平心中的苦楚无法诉说，纵然有汹涌的泪水也只能往心里流。

“……判处被告林常平死刑……缓期两年执行……”

旁听席上，顿时起了一阵小小的喧哗——桂玉当场便昏了过去……

当囚车缓缓开出法院的大门的时候，囚车里的林常平透过装着铁栅栏的车窗，看见外面人潮涌动，一阵电闪雷鸣之后，大雨倾盆。这天，他似乎有一种超常的感应，囚车疾驰而过的那一瞬间，他从拥挤的人群里恍惚瞥见一个瘦弱的女人的身影，那女人手里还牵着一个脖子里戴着红领巾的小女孩……

好熟悉的面孔！那是谁?

“孩子是你的……”梅姑当初的这句话曾经让林常平灵魂出窍，又惊又喜。

记得他在梅姑家里的那天，面对那个满地蹒跚着的小女孩，林常平仿佛突然面对着一个重大的历史事件，心里如同打翻了五味瓶的他，只有私下里悄声儿对梅姑千叮咛，万嘱咐：

“……梅姑啊，你要千万听我一句话，孩子是我们的，铁定是我和你的。但这事对我来说来得太突然了，我心里毛乱毛乱，一下子还真不知该怎么办了。但有一条，你一定要记在心里：这事已经不仅仅是你和我之间的事情了，而是关系到两个家庭的大事情了，所以这事只有天知、地知，你知、我知，绝不能告诉任何一个人，千万千万啊……”

梅姑是个贤惠的女人。梅姑心里明亮如水。

林常平至今还记得梅姑当时望着他，轻轻地点头的样子，梅姑那轻轻地一点头便是一诺千金了。她面对自己喜欢的男人，没有第二种选择，更不会有任何的要求，好好地抚养好林哥的骨肉，让她长大成人，便是她所能做的一切了。梅姑断不会丝毫难为他，不会难为一个曾经和自己一度同床共枕过，而又是她从心底里喜欢、敬佩的男人。

当林常平从梅姑家走出来的时候，梅姑送他一个清水般的微笑，那微笑里包含着的言语定然是：“放心地去吧，林哥，我早说过，你是个做大事情的人，你自管扑下身子去做你的大事。孩子我会操心的，我会让她好好儿长大的……”

一贯视情重如山的林常平自然不会忘了梅姑，也不会忘了他和梅姑的那骨血。从那以后，他常会尽可能地帮梅姑母女俩一把。当然，做这一切必须是要瞒着桂玉的。每过一段时间，他就会想到托人带一点钱给梅姑悄悄地送去，不管多多少少，那都是他的一颗心；这颗心里有青春的忏悔，有良心的自疚，更有一个男子汉直面人生的道义担当，丝丝缕缕，剪不断，理还乱……

只是从那天之后，林常平就再也没有去见过梅姑，再也没去见那孩子——他的私生女。

平常，林常平应该是个比较粗心的男人，对好多身边的琐碎细节并不是很留意的，但说来也怪，那天的情形真有点鬼使神差。虽然鸣着警笛的囚车贴着警戒线一晃而过，天上还下着滂沱大雨，但在那匆匆的一瞥之间，林常平恍惚中瞥见挤在法院大门前的人群中的一个女人，一个从囚车前倏然闪过的瘦削身影好像是梅姑，如果真的是梅姑，那么梅姑手里牵着的那个戴着红领巾的小女孩，便无疑就是他林常平留下的那个孽种了！

21 你是谁

林常平记不清囚车行驶了多长时间，车终于停下了。车门打开，一个犹如发自地狱里的声音生硬而冰冷地命令道：

“下车！”

两扇高高的黑漆大铁门，隔开了水火不容的两个世界，一丈多高的青石高墙上，铁丝网围绕得密不透风，仿佛是一片多刺的奇怪植物。墙面上，“悔过自新，重新做人”八个红色大字赫然在目，令人望之悚然。

两扇沉重的大铁门缓缓地打开了。

走进大铁门，一抬头，只见那森严的女墙上，巨大的黑色宋体字赫然在目，那是一连三问——

这是什么地方？

你是什么人？

到这里干什么？

这三条令人惊醒的标语，酷似三根无形的杀威棒，狼牙大棒，照准你的脑袋来了个迎头棒喝。

初入监狱的林常平，突然来到这陌生的世界，他的感觉也突然间放大了无数倍，仿佛这里的天空和这里的大地，这里的一切的一切，凡是触目之处，无不惊心，无处不写着两个看不见的黑色大字——绝望。

他林常平从来没想到自己的今生今世还会走进这样的地方。更没想到他将会在这里度过一个男人的一生中本该是最绚烂、最耀眼的美好年华。

他两眼发蒙，充满惊恐，不寒而栗，又满腹悲愤，几乎不能自已。一阵锥心刺骨的痛苦过后，顿然万念俱灰，仿佛胸腔里那颗血淋淋的心被一双无形的手掏出来，毫无遮拦地被曝晒于旷野之上了。他仿佛看见自己訇然跌入一个巨大的冰窟窿里，四野都是白茫茫的冰天雪地，远近看不见一个鬼魂般的人影，更感觉不到一点活的气息，阴沉沉的天空也好像死神的面孔，漠然瞪视着他，他浑身的每一个细胞都被恐惧紧紧地攫住了，他寒冷地哆嗦着，浑身紧缩成一团，下意识地向那一片白茫茫的可怖旷野里发出一声微弱的呼唤，但却听不到一丝儿回音，是的，绝对没有任何回音，他甚至看不到自己的影子。他在这里忽然成了一个无影人，因为整个世界的大门已经在他身后隆隆然闭锁了。他整个的躯壳在那瞬间仿佛已然成了多余的赘物，他颤抖的心在这突然开启的冷库中被速冻成了坚硬的冰块，他感觉自己的全身竟没有了一丝余热，生命已如灰烬一般地死灭了……

这是什么地方？——监狱。

你是什么人？——罪犯。

到这里干什么？——劳动改造，争取重新做人。

好，定位准确。那就废话少说，接下来你就知道你在这里该怎么办了。

一切从头开始。

剃头！

这里的剃头绝非高级美发店里的剃头，这里的剃头是割草式的。给你剃头的是个改造了多年的老犯人，生着一张虐待狂的面孔，他的每一个动作都带着一股乖戾之气，粗糙得没有丝毫耐心，不像是在剃头，而几乎是在刨，犹如一个懒惰的农夫在农田里薅草，薅得疤疤瘌瘌，连揪带扯，一瞬间，你满头的白发便如同秋风扫落叶般纷纷落地……

在你的感觉里，这纷纷而落的白发不是你的头发，而是你最后那点残存的可怜的自尊。

犯人的随带物品是必须经过严格检查的，你那只简单的随身包囊也跟你此刻的处境一样，犹如一条被开膛剖肚的鱼。你的皮鞋，你的高级皮带、马甲以及一些零七八碎的东西统统都不可带进监舍，被搜检人员随手扔出……你感觉到那被扔出去的不是物品，而是你肚子里的五脏六腑，它们被一双粗暴的手掏出来，一样样随手扔在寸草不生的荒野上……

换上囚服，你随即便变成了一个灾难的符号。

当晕晕昏昏的林常平被狱警押着带进监队，当他穿过一道又一道大大小小铁栅栏门的时候，尽管脚底下磕磕碰碰绊着蒜，他混混沌沌的脑海里却居然不合时宜地闪过宋词中的一个句子：

庭院深深深几许……

22 列队

新犯入监，戴着黑色胸卡的新收监犯人必须首先到入监队接受几个月的入监教育，其中有一项内容，便是进行严格的队列训练，目的就是给新来的犯人杀杀青，来个下马威，让你从今往后在监狱里老老实实地守规矩，不得越雷池一步。

这里的队列训练非同于一般的队列训练，首先，站要有个站相，光是“立正”这个姿势，就会让你练上一整天。这姿势也是犯人日常生活中最常用的姿势，每天，犯人见了管教，第一个下意识的反应便是马上规规矩矩地向管教立正，然后来一句：“报告政府”……

脚跟并拢，脚尖自然分开，挺胸收腹，两臂自然下垂，五指并拢，中指贴于裤缝，头部保持正直，两眼平视前方。你得像一根电线杆似的一动不动地立着，这一立便是两个小时，足以让你浑身的关节统统变得僵硬……

几个所谓的教官是专门从严管队派来的护监犯。这几个人虽说也是犯人，但却是有资格协助监狱方面管理犯人的那种经过筛选的犯人。监狱里的严管队是什么地方？是犯人犯错误之后关禁闭的地方。换句话说，那里相当于监狱中的监狱。

烈日当空。

时间一分一秒慢慢地移过去，骄阳高悬，仿佛定在当空不再挪动。没有一丝风……

队列里的林常平早已大汗淋漓，两眼金星乱冒，但他还是强使自己支撑着，不让自己的躯体倒下去……他想起了哈萨克牧民的熬鹰的情形，十分类似眼下的情形。要达到的目的是一样的：叫你像哈萨克牧民手里驯服的猎鹰一样彻彻底底没了一丝脾气，只知道服服帖帖地听命于主人。

中午大约只稍稍休息了半个小时不到，头昏脑涨的林常平还没有回过神来，又听“嘿——”一声尖利的哨子——集合！列队！站桩般的立定又开始了。不多时，队列里便间或有犯人体力不支而噗通倒地……

入监队那铁栅门里的日子是最难熬的，按照监狱的规定，犯人必须首先把《罪犯改造行为规范》这本小册子里的内容背诵得滚瓜烂熟。

林常平眼睛盯着那本小册子上，但却一个字也看不进心里去，那小册子里几乎每句话都是以“罪犯”这个字眼开头，那么刺眼，但又叫你万般无奈，每一个字都像一根削尖的楔子，一根根要直直地钉进你心里去。

然而摆在他面前的事实却是改变不了的，你已经被关进了高墙铁网之内，已经被剃了光头、穿上了囚服，那你林常平就是地地道道的罪犯，就是十恶不赦的阶下囚。在这儿，你的一举一动都得听命于别人，你的一切行为都必须符合绝对强制性的要求。你必须得严格按照监狱里的一切规矩行事，不得逾越雷池半步，否则你会吃不了兜着走。

——听到起床号令，必须迅速起床，整理内务，被子叠放必须棱角分明，大小高低必须符合标准，摆放必须整齐统一……

——队长进入监舍，犯人必须立即起立报告……

——犯人与队长同一方向行进时，不得擦肩并行，在较窄的路上相遇时，犯人必须自动停步，靠边让路，并且放下手持的工具，待队长走过5米后再起步……

23 同一屋檐下

三个月后，入监队的熬煎终于结束，林常平这一批新来的犯人总算熬到了下中队的那天。

林常平被分到了6中队。

当他走进号房里的时候，十几道目光一齐聚焦在他脸上，林常平强烈地感觉到的，是突然被抛进狼群里的那种危险，他眼前那一双双飘忽不定的眼神，不仅让人骤然间失去了安全感，更令人硌硬、生厌。在这一双双空洞的眼睛的漠然瞪视之下，林常平头皮发麻，根本不知要跟这些人说些什么，他就像被抛掷在荒野兽群里的一只孤单的羔羊，但他的潜意识里却反复叮咛自己：此地凶险无比，必须随时保持高度的警惕，不卑不亢，以静观待变……

眼前这批人中大部分是杀人放火、偷盗抢劫、坑蒙拐骗之徒。有的眼露凶光，有的寡言少语，有的生相刁蛮；还有毒贩子、强奸犯……在他眼前晃来晃去的那一张张脸上，分明写着冷漠、残忍、自私、贪婪、褊狭、固执、恶意，还有那种万事无所谓的懵懂，浑浑噩噩。所有的面孔都是那样的生疏，那样的各自为政，又是那样的互相觊觎窥伺……

林常平做梦也没想到他竟然要在这里埋葬自己的人生了，竟然要与这帮人朝夕为伍，在一个屋檐底下生活，在一个锅里搅马勺了。

他心里只能徒唤奈何，呜呼！

林常平想起了周敦颐的《爱莲说》里的名句："出淤泥而不染。"眼下，他虽然不得不跟这一群从面孔到表情到内心都是一片模糊的犯人们同流，但他决不会跟他们合污的。他林常平有自己做人的底线，无论身处多么险恶的环境里，他首先要为自己作为人的尊严而战。然而他不明白，这种地方本就是让一个人难以不染污的地方。也许苟活二字足以表明眼下的处境了。

一个四十来岁的大块头犯人，一直脸色阴郁地盯着林常平这个新来的犯人的一举一动，即使是目光不看着他的时候，林常平也能感觉到那家伙的脑勺在看他……

林常平还没把自己的铺位完全收拾好，那大块头突然粗声野气地大喊了一声："起立！立正！"

林常平浑身一激灵，扭头一看，原来是中队的队长进号房里来了。

反应迟钝的林常平是最后一个站起来的……

大块头大声喊："报告政府！"

想不到那队长笑眯眯地朝犯人们摆了摆手，又朝手足无措的林常平摆了摆手："随便一点，随便一点，坐下坐下。"

大块头于是又喊一声："坐下！"

犯人们立马规规矩矩地各自正襟危坐。

林常平的动作最迟钝，他是最后一个坐下的……

大块头老到地掏出香烟来，恭恭敬敬地给队长上了一支烟。大块头身边一个瘦猴儿很有眼色，马上咯嚓地打着了打火机递上火。这一套连贯动作都轻车熟路。中队长点着了香烟，悠然吐出一口云雾，然后坐在林常平刚铺开的床上，还随手在床单上扑拉了扑拉，目光锁定了神情不安的林常平：“你就是那个新来的？”

“是。”林常平觉得自己该站起来了，于是便规规矩矩地站了起来。

“坐下坐下，可以随便点……听说你在外面是当大老总的？”

林常平心头一颤：“我……其实不是什么老总。”

“嗨，你就别客气了。生意场上那可是呼风唤雨啊，生活也比谁都滋润，是吧？怎么样？猛然到了这里，感觉落差很大吧？”

“还……”林常平本想说声“还好”，或者“还行”，却终究没能说出口。因为他这一辈子恐怕都说不了违心的话。

队长说：“这里的新环境你肯定一时半会的还适应不了。不过俗话说，到哪山唱哪山的歌咯，既然来到这里，就要面对现实，你说是不是啊？”

“是。”

“既然到了这里，就要认清形势，积极地调整好自己的心态，把屁股坐稳当，踏踏实实地接受改造，最重要的还是好好表现，争取减刑，争取早日回家。”

林常平又点头：“是。”

队长指着眼前的那一群犯人说：“平常啊，我这个当队长的也常常跟他们说起来哩，你们这些人是有期徒刑，可我这个当队长的却是‘无期徒刑’啊。”

林常平说：“管教在开玩笑呢。”

“唉，这可不是开玩笑噢，换位思考一下，事实也是如此嘛，我们这些人眼看着一批批犯人进来，又眼看着一批批犯人从这里走出去，回到自己家里去和亲人们团聚，而我们这些负有管教责任的人却永远得像根钉子似的，牢牢地钉在这里。而且天天在犯人面前我们还必须做出一副不苟言笑的严肃表情，总不能稀里马虎过于随便吧。所以说，不管是谁，在这样的环境里工作时间长了，也就渐渐地麻木了，日子一长，连脸上的表情都变得僵硬了，处理起大大小小的事情来也都没有应有的耐心了，脾气都好似不怎么好。所以，许多事情还需要我们之间多一点互相沟通，多一点互相理解才是啊。”

“是，管教。”

“你初来乍到，是需要适应环境的，往后的日子长着呢，慢慢来吧。你回头呢，先好好学学监规纪律和《罪犯改造行为规范》，那里面的所有规章制度，争取少犯错，当然啦，最好是不犯错啦。”

“是，管教。”

林常平嘴上应着，心里却别扭至极。

24 游戏

高矮胖瘦十几个犯人中，有本省的，也有外省的，好几个都是二进宫、三进宫的惯犯。年龄最大的四五十岁，最小的看样子真实年龄也许还不到十八岁，其余的差不多都是二十郎当岁的样子。初中文化程度的只有两人，其余的大半是小学文化，还有四五个大字不识一个的文盲。

毫无疑问，那个脖子后头起棱儿的大块头肯定是号房里的“牢头”了。

一连三天，林常平同号子里的那些犯人之间竟然没有任何交流，号房里所有的犯人显然都在看那大块头的脸色，大块头那张脸却好似总是阴沉沉的，密云不雨。只要大块头不开腔，号房里所有的犯人便不敢站出来多嘴多舌地跟林常平搭话，他们都知趣地保持着奇怪的沉默，酷似一只只猫，时刻窥视着监舍里的一切微小的动静，从不同的角度观察着、琢磨着这个新来的犯人……

林常平心里默默地牢牢记着“沉默是金”这句贵似黄金的话。中华民族的老祖宗早就有“逢人只说三分话，未可全抛一片心”的教诲。更何况是在十面埋伏的铁窗牢狱之中。你身处险境，时时刻刻都在危险中漫游。你身边没有一个朋友，只要扫视一下周围这些犯人们的目光，你就知道没有一个人是你可以信任的。这一群来自天南海北的人，恰似一个个溺水者，为了活命，都会乱抓乱挠，不惜抓住任何一根救命稻草。所以你绝不要去和号房里的人聊自己的案情。尽管有的犯人喜欢吹嘘自己的所谓本事，那就让他们吹嘘去好了，你则必须好好地管住自己的舌头。能不开口就别开口，非得开口了，那就多一句不如少一句。若不然，指不定你随口而出的一句话，也会给你招来意想不到的灾祸。如果你哪句话讲错了，第二天铁定就会传到监管干部的耳朵里去，你想不到的麻烦也就随之而来了。同一个号房的犯人之间相互检举，相互扯皮的事儿几乎每天都有，司空见惯，数不胜数，见怪不怪。

这三天是非常难熬的。

三天之后的那天下午，在犯人们放风的时候，大块头瞅个空子，靠近林常平，终于瓮声瓮气地开腔了：

“什么罪？”

林常平犹豫了一下：“说是走私。”

“判几年？”

“缓期两年。”

大块头吸了一下鼻子：“够重的啊。尊姓大名？”

“林常平。”

“是个大人物啊！”

“不敢。”

“报纸上都登过你的事。总不会有第二个叫林常平的吧。”

“我没有机会看报纸，不过我相信你说得对。”

“他们都叫我牛哥。你多大岁数了？”

“三十八。”

“头发怎么都白了？”

林常平欲言又止，一声心酸的苦笑……

“那你还真得叫我牛哥了。以后谁要是欺负你，给我说。”

林常平入乡随俗地应酬道：“初来乍到，还请牛哥你多多关照，拜托了。”

本来，林常平是做了充分精神准备的，预料号房里的牢头和那帮老犯人一定会给他来个下马威的，这是监狱里看不见的规矩。然而情形却如此出乎他预料，大块头反倒主动地跟他搭话了。林常平想解开这个谜团：

“牛哥，我有一事不明，想请教请教你。”

大块头瞪着眼白过多的一双眼睛，冷冷地望着林常平……

“我听人家说，凡是新犯入监，号房里的老犯都要给新犯一个下马威的。可你为什么没对我下手呢？”

大块头翻了个白眼：“你说呢？”

林常平摇摇头，等候大块头下面的话。

“我整整观察了你三天。”大块头说。

林常平点点头：“……”

“你这个人，看不透啊。”

林常平几分诧异地望着大块头，琢磨这话里的意思……

大块头眼睛望着路旁树丛里的几只麻雀说：“你这人一眼看上去就跟别的人

不一样，你的眼神里没有惊慌失措，你不是个胆小鬼。可你的眼睛里也不空，是有东西的，好像有很多很多东西，我说不上是些什么东西，反正是我在别的犯人的眼睛从来没有见过的东西，总的来说，你这人叫人横竖看不透。总的来说，你不是个一般人……”

第六章

DI LIU ZHANG

爝火不熄

25 囚笼里的狮子

年仅38岁的林常平，照照镜子，竟然惨不忍睹。他就像一只破船，在凶险莫测的大海上飘摇沉浮。他哪里像是个壮年男人，倒简直像个风烛残年的老者，他仿佛看见自己疲惫地栖身于家乡外浒的那片海滩上，奄奄一息，行将倒毙，他的耳朵里满都是风暴里刮过来的讥笑、羞辱他的言语。凶神扇动着巨大的翅膀，一次又一次企图把他掩埋进漫漫黄沙，就连海边的礁丛也酷似冷漠的旁观者，炫耀着不可一世的淫威，喋喋不休地要将他埋葬进万劫不复的地狱……

忽然，一阵哇啦哇啦的闹嚷叫嚣之声刺进林常平的耳膜——

一副脏兮兮、黏糊糊的扑克牌，七八个犯人，围拢在一张半卷起铺盖的床旁，一双双眼睛瞪得鼓溜圆，一双双手爪急伸急缩，形同火中取栗，他们在赌博，赌的是香烟和小食品……

这是号房里常见的情形。

在戒备森严的监狱里，许多扭曲的灵魂要重新塑造，有许多不正当的欲望要得到遏制。这一切对于犯人来说都是一场痛苦的，美与丑、善与恶的搏斗与较量。

号房里的那个瘦猴儿是个老贼，神偷手，三进宫的老惯犯，每天眯缝着眼，像只卧在屋顶上的老猫，神色淡定从容。身边无论发生了什么事都见惯不惊。这家伙眼快，手快，梁上君子的手段每每演绎得淋漓尽致，让人目不暇给，往往只要伸手向半空中一抓，便变戏法似的，空手能变出一支烟来。

赌赢了的犯人把赢得的战利品麻溜地收入囊中，忍不住得意地哼唱起来，唱的是《啼笑因缘》电视剧里的主题歌：

“六合天地，三江五湖，情为重；大千世界，九流三教，义为先……”

林常平望着眼前这帮形影模糊的“活死人”，深深的悲哀犹如镪水一般腐蚀着他的心。和这些人关在一起，简直叫他无地自容。万万没想到他林常平这辈子竟然会跟这一群人蜗居一室，同呼吸共命运。

心碎、屈辱、痛不欲生。林常平变得沉默如巨石，笑容从他脸上似乎永远地消失了。

一日三餐，粗茶淡饭。穿上囚衣，排队集合点名，1、2、3、4……报数。出工、开饭、放风，收号、熄灯。

多少个日夜里，林常平的意识都似乎在昏睡之中，他觉得自己已经没有了思维，也没有了挣扎，只有无边无际的黑暗和无穷无尽的噩梦。每当他从一个个噩梦中悚然惊醒过来，回过头冷静地想一想，觉得自己像一只蜜蜂，嘤嘤嗡嗡，飞来飞去地酿蜜，却酿成了一坛子无法下咽的苦酒；像一只春蚕，吃了一生的桑叶，却未能吐出一根丝来，如果就此完结了生命，那岂不是天大的遗憾吗！

林常平对自己说：林常平！你必须活下去，不但要活下去，还要活蹦乱跳地回到你那温暖的家里去，你可以用个三五年时间，挣足够的钱，然后……然后你就远走高飞，去一个谁也找不到你踪影的地方，隐姓埋名，销声匿迹，静悄悄过一个最普通的正常人的日子，然后，老了，然后，无声无息地死去……

然而，“活下去”却不是简简单单一句话的事，或许不等他林常平最终走出这片无边的黑暗泥淖，就已经无声无息地陷于灭顶呢！

但只要有一口气，他也不会苟延残喘，绝不让生命之灯黯然熄灭。他那尽管沙哑失声的喉咙里，依然追求着熊熊烈火，他曾有过的豆蔻年华更是历历在目，一声声呼唤着他再度高高竖起生命的桅樯，再度驰骋于东海的碧波之上。从小在大海母亲的怀抱里长大的他，平静地接受了命运之神的严峻考验和冥冥之中的昭示。尽管巨浪锋利的刀剑企图将他拦腰截断，尽管凶猛的漩涡企图将他拖进无底的深渊，但他却毫不畏惧，他藐视风暴、暗礁、恶浪，他仿佛是个剽悍的舵手，发誓要在大海卷帙浩繁的史册上写下他的灵魂誓言。即使是撕裂他的胸膛，一颗心仍然会怦然跳动，如清晨必然会升起的太阳。他要让自己变成一头被关进囚笼里的狮子，虽然不得不自己舔舐自己的血，但毕竟是一头狮子！他要一边自己舐血，一边等待时机，横空出世，东山再起。

26 探监

林常平服劳役的场所是竹器厂。从踏进那座巨大的车间的第一天起，他就跟劈竹刀、锯子、篾机、拉钻打上交道了。将水竹和楠竹破成粗细不一的粗篾和细篾、胎篾，然后根据模子的样子制作……聪明的林常平未经拜师，只在旁边看了一上午就能亲自动手制作竹器了，没几天就成了一个合格的竹匠。

每天都有生产任务，规定的硬指标是必须完成的。而且不会缩减，只会不断地加码，为了完成每天的生产指标，犯人们常常会加班加点地干，板着面孔的管教干部随时在你身后溜达着，绝对不允许任何一个犯人偷奸耍滑……

监狱里的生活条件虽然苦不堪言，但还可以忍受下去，林常平凭借自己早年沐浴暴风雨的强壮身体，还不至于一下子被摧垮，最难以忍受的是牢房里那种可怕的孤寂，那种令人窒息的阴森气氛。

十指连心。

在这寂寥凄苦之中，林常平无日不思念他心爱的妻子桂玉和晓辉、晓晴两个活泼可爱的女儿。每当入夜，号房里除了此起彼伏的鼾声、梦呓声之外，便是死一般的寂静了，他躺在床上大睁两眼，苦思冥想之中，往往神游界外，朦胧之中，妻子桂玉那甜美可人的容貌如在眼前，她那清脆温婉的话语犹在耳畔，两个女儿嬉闹撒娇的样子清晰可见，他看到她们甜甜地微笑着，就站在他面前，伸手可触……然而顷刻之间，幻影从他眼前消失了，在永夜的铁窗之下，一切缱绻的梦都会化为乌有。涌进他耳朵里的是号房里高高低低的呼噜声，和那一具具行尸走肉般的躯体发出的残破梦呓……

这一切的一切，究竟要到哪年哪月才能终结啊！

号房里的犯人们之间，往往三句话说不合适，就会厮打成一团，一个个恨不得你吃了我，我吃了你。但听得管教一声呼喝，便一个个马上正襟危坐，装得跟没事人似的……

当然，情形也有例外，犯人们之间互相穷凑热闹的时候也是有的。比如哪个犯人在望眼欲穿之际收到老婆的来信，那就多半会在号房里掀起一层不小的波澜。收到信的犯人表情激动亢奋，把老婆的来信紧紧地捂在胸前，还拿到嘴边吧吧吧地亲吻，看似乐意和大家分享，倒不如说是憋不住的夸耀。那千里来鸿的内容就会被本人或者被其他闷骚的犯人抢过去，大声而夸张地朗读出来：

"亲爱的，我的宝贝儿：我想你，简直想死你了，日里夜里都想你，想得睡不着觉，吃不下饭……特别是夜深人静的时候，想一想，此时此刻，可我只有抱着枕头而眠，只能把枕头当成是我亲爱的夫……亲爱的，我的宝贝儿！人家想你都快想疯啦……人家想你！想你抽烟的样子，想你……想你一切的一切，亲爱的宝贝，你怎么还不回来！你快回来吧……"

夸张的朗读，每每会被一张张亢奋得满脸通红的犯人们那一阵阵骚动不安的口哨声、喧叫声、拍桌打凳声所淹没。更有犯人馋兮兮地故意作出咯咕咯咕往肚子里咽唾沫的怪相……

林常平在旁边望着犯人们群体发骚的情景，心里禁不住涌起一阵酸楚、一片黯然……

在铁窗牢狱里的林常平多么想握一握妻子的手啊！桂玉的手是那么的柔软，在过去的岁月里，他握着桂玉的手，就像握着空气一样……

此刻，他站在号房的铁窗前，心却飞出了监狱的电网高墙。亲爱的人此刻又在哪里？在做着什么？他心里一遍遍重温他和桂玉那蜜月里的日子，思绪总会越过山水的阻隔，飞到他们当初岭头幽会的那棵大樟树下……

初恋的那一天，
我们见面时她什么也没说，
桂玉说她不会说话，
她走的时候什么也没留下，
只留下了让我永远不可忘却的表情，
我也没送她什么，但她回眸的那一浅笑
却邀去了我的心，
从此以后
我每天晚上都要看天上的星星，
看那颗最明亮的星
那颗星就是桂玉的眼睛……

其实，林常平哪里能想象桂玉的苦啊！

桂玉每天睡觉之前明明反锁好的门都要看好几遍，夜里一有点风吹草动就提心吊胆。看见人们的神色就会神经过敏，听见邻居家里大声地呵斥孩子，她也会疑神疑鬼、心惊肉跳。夜里的时光尤其难熬，她常常会做一个连一个的噩梦，常常会梦见两个可爱的女儿突然间就走丢了，她便发疯地满世界里去寻找，但一路所见到的却都是些怪异得不可思议的面孔、冷若冰霜的表情，她到哪里也找不到两个女儿的影子，急得大声向四下里呼喊，这一喊便从噩梦里骤然惊醒过来，才发觉自己一身冷汗，看到身边熟睡的两个女儿，这才闭住眼睛，让狂跳的心渐渐平稳下来。有什么夜鸟突然扑棱棱地飞过，桂玉就想到了杜甫的诗句："恨别鸟惊心……"春夜悠悠的思念又越过关山飞到了狱中的丈夫身旁，她怎么都想象不来他在狱中苦熬的生活，只感觉到那里一定是个非常可怕的地方，那里的犯人过的肯定不是人过的日子，她那可怜的丈夫一定会在阴暗的牢房里活受罪，他每天吃的什么？喝的什么？他身上的衣裳会不会很单薄？那些犯人们会不会欺负他？那些管教他的狱警们会不会难为他？

许多个不眠的长夜，桂玉就这么睁着眼睛望着天花板，熬到东方发白，又得匆匆忙忙地从床上一骨碌爬起来去照顾两个孩子，为了不让孩子在外受委屈，她必须让自己强打精神，挺起柔弱的腰杆，挑起家庭的重担子。她心里很清楚，她自己是万万不能垮下去的，她要是垮下去，铁窗牢狱中的丈夫的那一星星希望之火便会倏然熄灭。

桂玉身边会常常有一些诱惑的眼神，但桂玉却完全视而不见，每天上完课就急急忙忙往家里赶，买菜煮饭，浆洗衣服，还要辅导女儿的作业，哪天不是拖着疲惫焦虑的身子扑倒在床上去的……

比林常平小八岁的桂玉当了十几年的民办教师，工资微薄得可怜。生活清苦，她会节衣缩食，精打细算，还要给狱中的丈夫买食品和他想要读的书籍，在孤苦无依的日子里，桂玉心理上要承受的，甚至比生活上的压力还要大得多。寒窗冷月，独自徘徊，在狱中的他，再怎么想象也想象不到桂玉的苦。桂玉的苦，更多的是心里的苦。但桂玉又是那种柔韧性极好的女人，外表上看似柔弱，总好像怯生生的，但她的内心却藏着十足的坚忍和毅力，百般的母性怜爱和似水的柔情。

每月的10日、20日是探监日子。

这一天，如大旱之望云霓的犯人家属们拥到监狱前面的接待室，在狱警的严密监视下同狱中的亲人见面，那乱哄哄的场面让人揪心，让人凄楚。

有的犯人当妻子隔着铁栅栏当面提出离婚时，受不了这突然的精神打击，当场昏厥倒地，不省人事……

有的犯人听说家里出了大事，而自己却只能干看着，绝望无助，只能捶胸顿足、徒然哭号……

也有一些得过且过、好像没心没肺的犯人，抱着家人送来的东西，喜气洋洋……

林常平站在一旁看着这种种情景，眼前一片呆茫，心里郁郁沉沉，他心里无时不期盼自己的妻子女儿来看望他，但又不敢想象她们将会是怎样一副备受熬煎的样子……

别的犯人和家属恋恋不舍，林常平则在心里茫然自问，他此刻究竟在盼望什么？或许他只盼望上帝会送来一个死神，如同永远沉睡在地狱里一样……

就在他心灰意冷的时候，那天下午，眼看快要到收监的时间了，桂玉带着两个孩子终于出现了，辗转千里的母女三个风尘仆仆出现在眼前。林常平听到桂玉和女儿的声音，他的心都在战栗了，久别的恋人好不容易千山万水来到身边，却不能亲近她，只准看着她，这是何等残忍，何等痛苦的折磨啊。

桂玉晶莹的眼睛望着他，似乎看透了他的心事。

女儿眼巴巴、泪汪汪地说："爸爸，不要你在这里，我们回家吧，我们回家去！爸爸……"

林常平望着妻子和两个可爱的女儿，禁不住泪眼模糊，忽然想到如果他无声无息地死去，变成一具丑陋不堪的尸体，桂玉和两个女儿该是会怎样地痛苦呢！一想到此，他便顿然惭愧了，良心在责备自己，对这个亲手建立起来的家庭来说，他是个父亲，是个丈夫，对这个家，他有着不可推卸的天职，他更是这个家庭的一面旗帜，旗帜是绝对不能倒的！

桂玉轻轻地说了两句话："留得青山在，不怕没柴烧。你一定要知道，你的生命并不是仅仅属于你自己的，也是属于我和两个孩子的……"

"嘘——"的一声，哨子响了。

狱警高声喊："接见时间到！所有犯人立即回到监舍！"

林常平从沉思中悚然惊醒……

望着桂玉离去的背影，他的眼泪忍不住流下来……

哭吧哭吧，
把你的痛苦
把你的委屈
全发泄出来
我的心
是一只夜光杯
承接你珍珠似的眼泪
如同斟满美酒
我知道
当我的心装满了你的泪水，
你就会破涕为笑

27 等待戈多

身陷囹圄的林常平天天做着梦，眼巴巴盼着他的案子有一天会推翻重审，梦想有那么一天，突然获得平反，一纸无罪释放书，然后他便又是春风得意马蹄疾，柳暗花明又一村了……

然而，他照照镜子，却见剃光了的白发又一次长长了，又像飘落了一层严霜，他是比过去成熟了呢，还是更苍老了呢？

直到某一天，林常平恍惚像是从一个长梦里猛然醒过来，收回了仰望上苍和期待青天大老爷的殷切目光，将全部的注意力重新转回到自身。他对自己说：林常平啊林常平，你要记住，只有你自己的才是你最忠实的存在，用你的灵魂来守护你的生命吧，让你的生命来创造人生奇迹吧。你要明白，没有谁能够帮助你，连《国际歌》里都说从来就没有什么救世主，也不靠神仙皇帝。虽然人们常说举头三尺有神明，但你要明白，共产党人是不信神的。说千道万，你林常平也只有面对现实了。

记不清有多少次了，林常平眼前会倏然出现那个在他想象中一遍遍出现过的情景：他明明白白地看见自己死了，浑身是血，他清清楚楚地看见自己僵硬的尸体就躺在冷冰冰的停尸台上，未能完全闭合的双眼还留着细细的一丝缝隙，面对自己冰冷、僵直、苍白的尸体，妻子和女儿撕心裂肺地号啕着扑上来……

想到这里，他不由得浑身一激灵，他使劲地眨眨眼，晃晃脑袋，像是要从眼前赶开一片梦魇似的。

且慢！难道他林常平是为了死亡才来到这个世界的吗？不，他要活着，他必须活着，一定要活着！活着出去！证明自己是条龙而不是条虫。你的心完全可以像龙游大海一般飞腾于死亡的暗影之上，除非你自己心甘情愿地将你高贵的灵魂抛掷到一边。

林常平想起了不知是哪位大贤说过的话：“伟大的心胸应该表现出这样的气概：用笑脸来迎接悲惨的厄运，用百倍的勇气来应付一切的不幸。”

第　七　章

DI QI ZHANG

魔幻世界

28 左眼跳，右眼跳

冬去春来，岁月如流。

林常平忧心如焚，望眼欲穿，愁肠百结，摆在他面前的只有焦灼而漫长的等待，无望的后面还是无望，只能继之以绝望的长号，多少个暗夜里禁不住一回回泪湿枕上。

然而，当每天天一亮，林常平又不得不直面现实，将那一个个噩梦暂时托付给一张空床，穿起囚服，掺和在犯人的队列里，像一条条蠕动的蛆虫般走出监舍，在狱警的严密监视下，该干啥干啥。

那一阵，为了迎接卫生、生活大检查，林常平着实地忙了个鬼吹火，办中队和大队的好几块墙报，写全大队的广播稿，这些都成了他一个人的任务。好在他平常就养成了好的习惯，做每一件事都尽心尽力，力求尽善尽美。他把每一块板报都办得图文并茂，令人赏心悦目。他字斟句酌地写好了广播稿，还亲自用闽东“普通话”为全大队的囚犯们广播。万事齐备，大检查那天，自然一路绿灯，全部达标。中队大队干部们的脸上便都笑盈盈的了。接下来，又遇上了年中结算，百分考核，评定奖金，领导又加派了林常平一件工作：在竹器车间负责管账。林常平办事十分认真，十分卖力，而且一丝不苟。每一笔账他都记得清清楚楚，一天到晚忙个不停，这一切，管教干部自然也都看在眼里，林常平相信他们对他的积极表现应该还是比较满意的。

但说不清为什么，那两天他的眼皮老是跳，俗话说，左眼跳财，右眼跳灾，可他这次是两个眼皮轮流着跳，而且跳得很厉害。这又作何解释呢？

福兮？祸兮？

收号的时候，中队指导员说：“林常平留一下。”

林常平：“政府，有什么事？”

指导员说：“明天监狱长要见你。”

林常平怀疑自己的耳朵出毛病了：“……监狱长？见我？”

指导员说：“你进来之前不是做过企业吗，有关监狱生产方面的事，监狱长想跟你谈一下，听听你对这方面的看法。我跟你先通个气，你心里预先做个准备吧，到时候，话可要说到点子上噢。”

那一夜，林常平辗转反侧，翻来覆去睡不着，指导员说的这事究竟怎么个意思？监狱长？那可不是一般人物，监狱长居然要找他谈生产上的事？这又是个什么兆头呢？

他两只眼皮还是跳，而且跳得更厉害了。

翌日上午九时，中队指导员来竹器车间，拍拍正在干活的林常平的肩膀说："你来一下。"

林常平跟着指导员去到办公室的那一路上，心里七上八下。

指导员边走边望了望天，随口说了句："今天天气不错嘛。"

林常平不知该接茬不接茬，只是含糊不清地嗯了一声。

"放松点，别紧张。"指导员望着他，一丝淡笑。这句话是对他说的。

林常平随即也表现出一点礼貌："谢谢政府。"

办公室里，监狱长果然已经在那里等着了。

林常平遵照监规，忐忑不安地在办公室门口喊了一声："报告政府！"

"哦，林总来了？快进来进来，不要客气，坐下坐下，放松一点，别拘谨。"监狱长竟然做出了个起身的姿势，虽然这个姿势只做了一半，只是意思了一下，但这已完全超出林常平的想象了。

更让林常平愕然的是监狱长竟然称呼他为"林总"！怎么个意思？难得太阳从西边出来了？

监狱长一摆手："坐坐坐，喝茶。"

怎么？桌上竟然还有一杯热茶！

林常平下意识脱口道："不不不……"

说出了这三个不，他才忽然觉得有点不对劲儿，才意识到在监狱里这么长时间，他竟不知不觉地习惯于天天受人颐指气使，处处低声下气了。由是，一股窝心的难受窜过他的神经末梢。

"喝嘛喝嘛。"监狱长说，"今天我可不拿你当犯人看待，在我面前，你还就是那个风风火火的林总哦。"

"哪里哪里，不敢不敢。"

监狱长很是直爽："那咱们就开门见山、开宗明义吧，今天请你来坐坐，也没有别的意思，就是来随便拉拉家常，拉拉咱们监狱这个大家里的家常事。目前从中央到省局，都在研究搞活经济的问题，劳改系统也应该为国家做贡献，尽量减轻国家的负担嘛。你林常平是个大能人，在福建名声很大，谁都知道你有干事业的魄力和眼光，今天找你来不为别的，就是想向你请教请教这方面的想法，你不要拘束，尽可以畅所欲言。”

林常平的眼睑略微垂下：“不敢，我现在只是个犯人。”

监狱长却说：“今天不一样，在这里，我可不是和一个犯人讲话，你也不是对一个管犯人的领导讲话，俗话说，能者为师嘛，今天我可是专门来拜你这个师的。”

“不管怎么说，我都是个犯人。”林常平提醒自己牢记自己的角色。

监狱长想办法让谈话的气氛轻松一点：“哦，别尽顾了说话，你喝茶，喝茶。”

“是。”林常平双手捂住了茶杯。

监狱长说：“今后如何发展生产，如何把我们的产品打入国际市场，这方面希望你能多提点宝贵的建议。畅所欲言嘛，但讲无妨。”

监狱长提的这问题，林常平昨夜里就琢磨了一宿。此刻，一口清茶入口之后，他的角色便由一个犯人渐渐地转换为从前那个长春贸易中心的老总林常平了，他神态从容，娓娓道来，向监狱长提供了若干个方面的建议。比方：竹器产品一定要进入精加工，普通竹器用具的生产要向精细化、装饰化、艺术化、礼品化方向发展，才能提高产品附加值。此外还可充分利用空间，大种香菇，养殖长毛兔，以及种植橘子和其他热销的水果，另外还可大量种植药材。更主要的是开拓市场，最好是开展补偿贸易。他建议监狱方面派人去霞浦、宁德、福鼎一带开展贸易洽谈，甚至去广交会寻找商机，争取开展对台贸易，在就需要与有关的外贸方面进行紧密的工贸结合。林常平请求监狱方面允许他打电话与有关单位帮忙联系。当然只是搭桥，不要任何报酬。

不知不觉中，三个小时过去了……

当林常平告辞出来的时候，监狱长尊敬的目光在林常平那满头如雪的白发上流连了一刻——林常平的头发又长了，白发一长，人就显得苍老。

林常平对自己那一头白发深恶痛绝，恨不得统统拔光而后快。

号房里的犯人看待林常平的目光似乎明显跟以往不大一样了，犯人们对他说话也多少有些巴巴结结的意思了，甚至连那位大块头牛哥也主动给林常平派烟了。

“能人啊，到啥时候都是能人。”

“这年头，只要有本事，天地就宽。”

“老林天生就是块经商的天才料！”

……

人敬一尺，我敬一丈。林常平也给同号房里的犯人派了几圈儿香烟。他原先那种固有的角色感便在不知不觉间仿佛有了一点小小的淡化，以至于他心里竟生出了一丝丝莫名的优越感。

这种朦朦胧胧的优越感其实是十分虚幻的。

大约半夜时分，林常平听见有窸窸窣窣的响动，是那个大块头如同梦游似的摸到了林常平床头，悄声儿说：

“和‘拔尖’交上朋友了？”

犯人们之间说的“拔尖”，就是指监狱里的管教干部。林常平自然听得出大块头话里的弦外之意。

“也可能是生意方面他们觉得我林常平还有点小经验吧。”林常平说得有点气虚。

大块头在黑暗里发出一声冷笑：“根据我的经验，世上任何人都可以交朋友，唯独不能和‘拔尖’交朋友。”

果然，没过几天，林常平就被当头一棒打回了原形。

29 幻觉消失于瞬间

事情其实是一件小小不然的事，但最终的结果却大出意料。

那天是五一节，林常平的心脏病又发作了，胸闷气短，连续早搏，头晕眼花，但是他身边却没有吃的药了。由于财政紧张，犯人的医药费只规定每人2.5元钱，像他这种病，药费开支很大，每瓶药少说都在20元钱以上。无奈之下，他只好自己想办法托人去买药回来。他请求中队领导，中队领导交代一个姓张的女职工去买。没想到那张某非但不给他去买，还恶狠狠瞪了林常平个白眼。在此之前，霞浦那面的三沙公司曾给狱中的林常平汇款2000元，可他并没有收到。桂玉从家里也汇款200元，可他只收到100元。林常平心里疑惑，就请那张姓女人帮他查一查，谁知那张姓女人立马火冒三丈，一句一声恶骂：

“哈！你他妈的什么玩意儿，竟敢怀疑老娘我头上了？你他妈的觉得你有点臭钱就想随便讹人了？是吧！你他妈的一个臭犯人！你他妈的放老实点！你他妈的要放明白点！你他妈的不过就是个臭犯人，老娘我再不中，也比你他妈的一个臭犯人强一万倍！我呸呸呸呸呸……”

还有许多难听的话，句句不堪入耳……

林常平憋在心里的火气被这蛮横的女人呼啦一下子点燃了，耳听着一声声恶骂，他周身的血液顿时沸腾，一下子涌上头部，他的脸色由红变黑，呼吸急促，受到如此侮辱，而那张姓女人不过是监狱里的一个小小的职工，根本不是干部。

但那张姓女人的亲哥哥却是中队的管教干部。

说话间，那女人的哥闻声一马杀到，老远地就送过来一连三声气势汹汹的吆喝：“……怎么啦怎么啦怎么啦！”

那女人一看自家亲哥哥来助阵，陡然来了精神，一指林常平的鼻子：“他妈的这个臭犯人欺负人！”

林常平太阳穴的青筋暴露，突突突地跳动，他不由得攥紧了双拳：“你再说一声臭犯人？”

“好啊，林常平！你还反了天了不成！”胳膊肘从来不朝外拐，当哥哥的自然是要护着妹妹的。

“臭犯人臭犯人臭犯人！”那女人更仗势欺人，不但重复，而且居然连骂三遍。

张管教，也就是那刁蛮女人的亲哥哥，看样子当场就想要掏出警械来收拾林常平……

中队领导出面了：“林常平，你严重违犯了监规！必须写出深刻检讨，除了向她道歉，你还要在大会上当众念你的检讨！”

俗话说：在人矮檐下，不得不低头。林常平只好忍气吞声。但即就是这样，那刁蛮女人对林常平还是不依不饶。从那天之后，那女人每次碰见林常平，不但立刻就乌眼鸡似的瞪圆一双眼，每每还要故意地照地上大吐一口唾沫。

林常平如何咽得下这口气！

怒发冲冠的他自然想起前一阵见过面的监狱长，他要直接给监狱长写信反映，他不信天底下真还就讨不回个公道了！

信发出三天，没有任何消息……

七天过后，仍然没有任何消息……

大约过了半个月之后的一天，林常平到食堂旁边的那条路上搞卫生，老远就看见那姓张的女人靠着墙，噼噼啪啪悠闲地嗑着瓜子。她是专门在那儿守着等他过来的。她不肯就此罢休，她要当着众人的面，继续羞辱羞辱他才觉得过瘾。

林常平的大扫帚从那女人的脚旁扫过去，将她吐在地上的瓜子皮扫到了一旁。他前脚刚扫干净，那女人又噼噼啪啪地吐了一地，她显然是在故意欺负他、耍弄他。

林常平厌恶地回望了那女人一眼……

那刁蛮女人立刻白眼相向："你个臭犯人！你他妈的给老娘看清楚了！"

那女人骂着，从裤兜里掏出一封信——那不正是林常平写给监狱长的那封信吗！这女人竟然敢连信也不给他寄出，不但不寄信，还当着他的面，往上面吐了一口痰，然后将那信揉成一团，丢进了臭烘烘的泔水桶，还用一根木棍使劲搅动了几下，又往里面大吐了一口痰。

围上来一帮车间里的犯人，一双双眼睛珠子瞪得溜圆，但他们只是默然看着，没有一个人作声……

那一脸俗气的刁蛮婆娘越发来劲了："看清楚了没？你他妈的回去再写去啊，你尽管写好啦，看你他妈的能写出个什么结果来。哼！你他妈的一个臭犯人！"

丢下这句话，那女人面带冷笑，转身便要扬长而去了。再也无法忍耐的林常平忽地窜起身子，扑上前去，他要跟那女人拼命，看那情形，如果不将那女人掐死，至少也会咬下她一只耳朵来！

那贱女人大惊失色，尖声惊叫："臭犯人杀人啦！杀人啦——快来人啊！杀人啦——"

林常平被几个犯人架住了。

但林常平那天是真的疯了，他浑身颤抖着，爆发出一股可怕的蛮力，他挣脱了架着他的两个犯人，闪电般夺过一个犯人手里拿着的工具，那好像是一把鹤嘴锄，他不顾一切地扑向那个女人，女人哇啦的大声尖叫如同拉响了警报器，向四面八方扩散：

"杀人啦——杀人啦——"

监狱里的警卫敏捷地朝林常平扑过来。打扫卫生的一群犯人朝冲动到顶点的林常平扑上去，抱腰的抱腰，抱腿的抱腿。尖声号叫的女人吓得脸色死白死白，飞快地跑到了狱警背后，瑟缩着把自己藏起来。林常平一声怒吼，酷似困兽的绝叫，他用尽力气，将手里的鹤嘴锄朝准自己的脑袋狠狠地砸了一下，顿时血流满面……

周围的人顿时都吓傻了……

第　八　章

DI BA ZHANG

卧薪尝胆

30 彼岸在你心中

那天，林常平做了一个梦。梦里的他孤零零地漂泊在茫茫夜色笼罩下的无边大海上，载沉载浮，狂风掀起一个比一个更凶险的巨浪，劈头盖脸而来，要吞噬他，要撕裂他，要将他卷入海底，将他毁形灭迹，化为齑粉，将他消灭于无形……他挣扎着、扑腾着，喉咙里呛满了发咸发苦的海水，他真切地感到自己这一次定然是死定了，定然是万劫不复了，他已经用尽了浑身所有的气力，他的每一个器官、甚至每一个毛孔都衰竭了，他不想再挣扎，他就要放弃这求生的最后努力了……忽然，天边裂开了一道云隙，他清清楚楚地看见那云隙里竟出现了一道五色祥光，而佛陀便端坐于三层莲花宝座之上，双目俯视，作大法印的手势。于是，林常平如见救星，想对佛陀呼喊，却一点也发不出声音，只是在心里喊："伟大的释迦牟尼！伟大的释尊！快来救救我！我要淹死了，我要沉沦了，我看不见哪里是彼岸，我感觉到我的此生再也看不见那永生的彼岸了啊……"忽听天空中一个声音在清晰地对他说："林常平，你不要徒劳地寻找什么彼岸了，真正的彼岸其实就在你自己的心里。去，到你自己的心里去寻找吧，阿弥陀佛！"

大梦谁先觉?

从梦中醒来的林常平忽然觉得眼前神清气平。

他要从自己的心里寻找到那个永远的彼岸。他必须好好地筹划筹划，他要学习一些他希望自己学习的东西。他要为自己精心铸造一把能够在以后的人生道路上用来披荆斩棘的利剑。

他报考了大学自学考试的法律专业。

——刑法学，

——民法通则

——经济法学，

——行政法学，

——国际法，

——高院的统编教材……

他要好好地研究法律，研究民法通则，他要清清楚楚明明白白让自己不是一个法盲，他要准备投入重生之后的战斗，就得实实在在地积蓄力量。不但如此，他还要下决心通读二十四史，诸子百家，他要从传统文化之中汲取营养，用以对抗精神日甚一日的可怕萎缩，对抗那魔鬼般如影随形的异化。他要让自己的心从封闭的污水沟里探出头去，呼吸洁净、自由的空气，只有让自己的灵魂呼吸那洁净自由的空气，他的生命才不至于在铁窗牢狱之中悄悄地窒息，枯萎而死。

在狱中的每一天，他都提醒自己抓紧那点点滴滴、转瞬即逝的时光，如饥似渴地学习，来一场掠夺式的、狂轰滥炸式的疯狂学习。他要自学成才，为迎接以后的大风大浪，为再一次的出手搏击，积蓄足够的能量。

积蓄、积蓄、再积蓄……

他不再奢望命运之神的格外垂青，他深知，如果你没有深厚的能量积蓄，你只是一小股水，即就是命运把你推向千寻落差，给你点腾飞的感觉，给你点耀目的光景，那也至多是化作一片轻雾散去，稍纵即逝。二十年来，这种昙花一现的人还少吗？当然，话又说回来了，那既是个人的悲剧，更是历史的悲剧了。

他对自己说：回头来开发你大脑里的荒地吧！蓄积那点点滴滴的智慧吧，把你的浅薄渐渐地变化为深厚。让你的涓涓细流汇成滔滔大流，直奔高岸，去造就那惊人的落差奇观吧！

他透过铁窗，仿佛望见了葱茏的山，缤纷的花，还有那青山翠岭上笼罩着的一层轻纱般的薄雾，一颗思乡的心像早已萌动的种子，仿佛顷刻间便会长成一棵参天大树。一片朦胧的情犹如涨潮的海水，一浪浪扑卷而来，他看见在重重阻隔的山那边，也有一颗同样的心，一片同样的情。他对自己的期待不也正是桂玉对他的期待吗！

我是一只搁浅的船，
我是一片漂泊的帆，
心的那边有一道我心中的岸，
我知道那是故乡，
蓝天在我头顶，
青山在我眼前，
只有你，故乡，
才在我心的中间，
故乡，我心中的岸，
我漂泊的帆
何时才能驶向你宁静的港湾

我是一只鸟
一只百灵鸟
这只鸟儿想唱出最妙的歌声
只有先沉默两年……

31 又近年关

走了一批又来一批，犹如接力赛，一棒接一棒是永远没有尽头的。

年关将近，思乡心切，犯人们的心情会渐渐变得烦躁不安，比平日更容易触物伤情。盼着过年，又怕过年，但年年过年都必须要过得欢天喜地、热热闹闹。虽然这两个美好的词汇在这里必须打个引号，大队里照例安排下来，要求监狱各处都要营造喜庆氛围。

但再怎么布置，还能把监房布置成新房？

全大队书写春联的任务几乎全都落在了林常平一个人头上。面对满屋子的红纸，林常平又一次找回来了当年那铺天盖地的“红海洋”时期的感觉，找回了用大刷子、红油漆，满墙书写毛主席语录的那种痛快淋漓的感觉。

春联之所以是春联，内容一定统统得是吉祥、喜庆、发财、平安。但在这阴森森的监狱里，又何喜之有、何事可庆呢！只能是一年一年又一年，熬过今年熬明年，所有被关在这里的犯人，在一天天度日如年的苦苦煎熬中，在一宿宿噩梦连床的长夜里，哪一个犯人不曾幻想过越狱啊！

林常平脑海里一幕幕闪过曾经和家人团聚一起的美好时光。攀着铁窗凝望外面的世界，天空是湛蓝湛蓝的，一碧如洗。飘飘的白云是悠然的，即使是那一棵棵落尽黄叶的树木，也依旧朝向太阳，伸展开遒劲的枝条，孕育绿色的生命的过程一刻也没有停顿，而那些飞来飞去的鸟儿，已经在大树的顶筑好了温暖的小巢……

以往在家里的时候，逢年过节，林常平也常给邻居们写春联。但此刻，他手里的毛笔却变成了一根沉重的铁杵，他绞尽脑汁，怎么也想不起一句合适的词儿来。在这铁窗牢狱之中写对子，究竟写什么内容才好呢？

长夜难明赤县天，百年魔怪舞翩跹？

梅花欢喜漫天雪，冻死苍蝇未足奇？

四海翻腾云水怒，五洲震荡风雷激？

红雨随心翻作浪，青山著意化为桥？

春色满园关不住……

以及诸如此类的什么什么……

林常平心猿意马，好一通奇思妙想、胡思乱想。但最后还是不得不面对现实，费尽心思地搜索枯肠，编造一些诸如“阳光普照高墙内，春色四季人心暖”之类的内容，只不过没一句话是他心里想要说的。至于横批那倒好说，“欢度春节”就可以了。

他运足丹田之气，挥毫泼墨，用潇洒的行书写在一张张中国红的红纸上，那一副副春联贴在牌楼两侧，在彩灯、红花、绿叶的衬托下。监房内黑板报也整块画了灯笼、彩旗，写了“恭贺新禧”四个大字。监房内通道上也挂着彩灯，天井里插着彩旗、彩纸、小闪灯，两只大红灯笼也高高挂起来了。

这中间有一个不得不说的插曲。

就在临近年关的这天下午，从盐田送来一个年纪五十岁左右的犯人。这新来的犯人，满眼惊慌，怵惕不安，连走路的样子都是僵硬的。这新来的犯人在号房里见到的第一个人，便是留监写春联的林常平。

林常平从这新犯的穿戴，从那一张被风雨吹打得黝黑的脸上，从那双没穿袜子的宽大的赤脚上，从那人身上散发出的微辛的气味，一眼就看出这是个地地道道的乡下人，而且八成是住在海边的渔民。

林常平的天性中本就有大悲悯的情结，他这人一向同情弱者，而且总是伸手帮助弱者，因为他自己本身就是个弱者。他安抚面前这位老实巴交的新犯人，让那人渐渐地放松下来，不再惊恐。他热心地帮那人尽快地熟悉号房里的一切。一问，这新来的犯人姓万，是柏杨人，果然是海边的渔民。因为妻子与别人通奸，一气之下打死了妻子，判了个无期徒刑。

林常平对那人说：“那以后我就叫你老万了，我叫林常平，以后咱们就要互相关照着了，你遇到什么难处，尽可以对我讲，不要闷在心里。首先你得照顾好你自己……”

林常平说着这些的时候，那新犯一直盯着他的脸：“你……就是林常平，那个林总？”

这回该轮到林常平惊讶了：“对呀，你怎么知道我的？”

只见那老万二话没说，噗通一声就跪倒在林常平面前：“恩人啊！你可是我们家的大恩人啊！”

林常平惊呆了：“呀！这可使不得！万万使不得！快快起来！”

林常平赶忙从地上将老万扶了起来：“这又是怎么回事啊？”

老万激动得眼泪在眼眶里打着旋儿：“我做梦也没想到你就是林常平！你林总的大名我早就记在心里了，就是没见过你的人，今天可算是见着真人了！”

老万说着，哆哆嗦嗦地从贴身的衣服里摸索着，摸索着，摸出来的是一张皱皱巴巴的纸，是从学生作业本上扯下来的那种纸。“……你看，你看看，这是我儿子写给你林总的信，就是还没来得及发出去。你看看！”

那张带着体温的薄纸上面已经满是汗渍，已经被老万的汗水浸透了。林常平好不容易打开信纸，里面的字迹已经洇得一片模糊……

老万激动地双手捧住林常平的手说：“好心的林总啊！你可是我们家的大恩人啊！我的儿子就是靠了你林总的资助才又能进学校念书的。今年我儿子刚升上县里的高中……你这个活菩萨可是我们家的大恩人啊！我万万想不到在这里能把你见上了！在家里的时候我就对我儿子说过，啥时候要是见了你的面，我一定得给你磕三个头！”说着又要下跪，却被林常平一把抱住了。

那整整一天，林常平心情都好得不得了，一扫心头的阴霾，他多少感到一点欣慰，不，不是一点，而是莫大的欣慰。

他不但在入狱之前是这样做的，若干年之后，当林常平重获自由，重游商海，他更是这样做的。他把帮助失去能力的同胞作为自己事业的一部分，因为他自己就是从重重苦难里磨炼熬煎过来的。父亲出海去便消失在大海的风浪里，再没有回来，而他就是在那个时候呱呱坠地的。六年后，母亲又撒手人寰，大哥就成了他和二哥的唯一依靠。他住在大哥家的那座用几根椽子搭起来的小小阁楼上，尽管那小小的阁楼逼仄得直不起腰来，但那却是让他遮风避雨的所在，大哥家里的生活是村里最苦的，常常会断顿儿，那饥肠辘辘的林常平就到村街上去偷吃晾在乡亲家外面的年糕、粉皮。他1965年高小毕业，却失去上中学的机会，12岁便流着泪离开了母校，当了个小小的通信员。他如饥似渴地读书，练毛笔字，学绘画，学音乐。读凡是能借来的书——《红岩》《钢铁是怎样炼成的》《三国演义》《封神演义》《水浒传》等等，但他却买不起一本新华字典！

俗话说，只有经历过寒冬的人，才知道春天的温暖。林常平深深地知道人在最困难的时候是怎样的情状，那真的是犹如炎夏求雪啊！这就是他为什么首先关注教育，尤其是特别关注那些家庭境况不好的贫困学子的原委，也就是他设立林常平奖学金的初衷。

在学校阳光明媚的操场上，林常平望着伫立在刚刚升起的五星红旗下的那一个个稚气未脱的莘莘学子，望着那一张张如向日葵似的年轻脸庞，内心无法平静。他从面前这一张张年轻稚气的脸上寻找着当年的那个他，那个迫于生计、高小刚毕业便不得不辍学的他自己。他以一个过来人的身份，贴心贴肺地对学生们说：

“亲爱的同学们！我希望你们每一个人的身上都要有一个虽然看不见，但却又是主宰着你们生命质量的强大灵魂！在你们今后的人生道路上，你们每个人都会经历各种各样的考验，甚至会遭遇到各种各样的磨难，面临各种各样的挑战。人生就像一场精彩的演出，有高潮也会有低谷，我希望你们在人生奋斗的途程上，不断地加重自己灵魂的重量，如同打铁一样，锻造一个杀不死、打不垮的灵魂！只有这样，你们才能真正做自己的主人，做一个能顽强地主宰自己命运的人，一个真正的人，一个大写的人！”

32 过年了

要过年了！

失去自由的人在牢狱之中过年的心情是高墙外的人难以想象的。那是一种难以言状的痛苦。犯人们最盼过年，好像这过年就像是过了一年似的，感觉上好像又少了一年三百六十五天刑期。其实这纯然是一种自欺欺人的错觉。你还得一天又一天老老实实地熬。所以说，犯人又最怕过年。过年就是过关。孤零零一个人，面对阴森森的铁窗高墙，遥望远方家乡，思绪透过高墙，在浓浓的乡愁里无望地咀嚼孤独，外面的亲人们又该是什么样的状况？想必又是要向那些有头有脸的管教干部头头脑脑们烧香拜佛的辰光了……

不管怎么说，过年至少有两天的休息，大食堂里的伙食也会改善三天。瞅瞅那几个天天在监房里游荡来去的队长、指导员，脸上的表情也像初春渐渐化开的冰河，似乎一改平常那种司空见惯的烦兮兮、凶巴巴的模样，甚至路上见了犯人也会主动和犯人搭讪了。

腊月二十九这天，照例是犯人的晚会专场。表演什么的都有，女犯人也来表演了，“我们的祖国像花园，美丽的笑容多灿烂，娃哈哈娃哈哈……”跳的是

《十五的月亮》《洗衣歌》……

“洋装虽然穿在身，我心依然是中国心，无论如何也改变不了我的中国心。长江长城，黄山黄河……”

“下一个节目，二胡独奏，表演者林常平！”

林常平在雷鸣般的掌声里走上了露天舞台，他凝神运起弓弦，他演奏的是《江河水》，倾吐的是他心中不化的块垒。台子底下黑压压两千犯人，鸦雀无声，犯人们个个神色凄然，这里那里渐渐地大起来的是什么声音？是唏嘘之声……

节前还举办了茶话会。大厅里六张桌子拼在一起，指导员和管教上坐，代表们围在四周。指导员带着笑意，满口都是表扬的词语；管教也是笑容可掬，少不了鼓励一番，让大家谈谈想法和打算，一切都显得喜庆和吉祥。似乎这样至少可让愁肠百结的犯人们暂时忘掉自己的处境，暂时忘掉日夜驱赶不走的孤独、痛苦、绝望。

年三十卫生大扫除，下午三点钟就收工了。

除夕的年夜饭是一年三百六十五天最好的一餐：两荤一蔬三道菜，外加一汤。但监房内值班的队长也比平常多了一个人，他们时不时地到监舍里转悠查看，怕犯人偷着喝酒，犯人一旦失去行为自控力，就八成会出事。而这些犯人没一个人是心情舒畅的，哪个犯人的肚子里能没有说不清、道不明的怨恨和难肠？喝了酒便会借酒发泄。所以监狱里一向严格禁止犯人喝酒。既然喝不到酒，就只好以水代酒了。号房里的大班犯们约三五个合得来的，拼成一桌，以可乐代酒，碰碰杯，意思意思，说说笑笑，啼啼哭哭，来一场精神放风，也算是一种释放。大过年，监狱里统统要放盘三天，这三天内，只要没有打群架的、逃跑的、自杀的，那就算万事大吉。

年饭吃过后，一声哨子，各中队犯人统统集中到操场，围聚于四周。操场上摆着鞭炮和烟火，一个中队一份。大队长一声令下，欢声雷动，刹那间一串串火花腾空而起，漆黑的夜幕里炸开绚烂的烟花。随着烟花爆竹声震耳欲聋地炸响，犯人们顿时欢呼跳跃，森严的高墙内似乎一瞬间变成了欢乐的海洋，犯人们一时竟不知今夕何夕，忘却了自己身在何处了。

林常平仰望着被装扮得绚丽多彩的夜空，忽然鬼使神差地联想起一串诗句：“火树银花不夜天……”“一唱雄鸡天下白，万方乐奏有于阗”。

林常平没有欢呼跳跃，他明知犯人们的欢呼声其实是一种压抑已久的痛苦发泄，是一种借题发挥。

呛人的硝烟还未散尽，满地纸屑还在风中旋飞，一声哨子吹响，各中队集合，排队点名之后鱼贯带回，回到铁栅门内。接下来便开始收看春节联欢晚会，一年三百六十五天中，只有年三十晚上没人抢着调频道，说来道去，春节联欢晚会毕竟还是比别的节目热闹一点的。电视上的春节晚会演到半中间，监狱领导就鱼贯而来，进监视察了，拱手作揖向犯人们祝贺新年。过年过节是最敏感的日子，也是管监狱的人压力最大的时候，他们最担心的事情是犯人们会不会闹事，最担心万一有个三长两短的突发情况。年三十，队长们也不会强迫犯人们早早睡觉的，你尽管看春晚，直到你上眼皮和下眼皮打架，直到你睡意昏沉地熬不住了，自己爬上床去……

这个除夕夜，林常平早早就离开了看电视的大厅，回到监舍，坐在床前，凝神静思片刻，然后翻开了托夫勒的《第三次浪潮》……

33 且将铁窗当寒窗

在高墙电网之中，大年初一的早上恐怕是一年之中唯一比较自在的一个早上了，你尽可以一直睡到自然醒。早餐是炒年糕，等你起来的时候那东西已经硬得嚼不动了。

楼里闹哄哄，无所事事的犯人个个像游魂似的瞎转悠，扯咸淡。为防止囚徒们过节赌博，扑克牌在过年前抄监的时候就统统收掉了，但下棋还是可以的。

外号叫“官头儿”的狱友便端着棋盘来找林常平了。

“官头儿”是外号。此人原是很有来头的，是“文革”时期的副省级领导，在犯人中间，这可算是最高级别的人物了，所以犯人们管此人叫“官头儿”。但再重量级的人物，进了监狱便都是犯人。官头儿性格谦和，肚子里颇有文墨。物以类聚，人以群分，官头儿和林常平也就走得比较近乎了。放风的时候，两个人常常聚在一起东拉西扯地谈会儿天，说会儿地，也常常说说家里的事。官头儿叹息说他儿子要结婚了，又摇头感叹自己的儿子是个大大的不孝子。

林常平诧异地问：“你儿子年前不是还来看过你吗？对你很孝顺的啊。”

官头儿却苦着脸说：“是来过，但不是专门来看我的，是来问这个可怜的老父亲要钱的！”

林常平细问之下，官头儿才说，他身无余财，只能答应给儿子4000元钱结婚，儿子嫌少，要6000元，讲来讲去，最后讲好4500元，成交。

林常平心想：可见这官头儿也并非腰缠万贯，光景也很是一般呢。

官头儿摇头感叹："我在'四清'运动的时候下乡，就住在你们那个赤壁大队，有个叫阿家齐的，他女儿出嫁的时候，她老子就跟男方家里算了一笔账，他也不多算，一天只按一个鸡蛋算，一算就是20年，算盘珠子哗啦哗啦一扒拉，直到把男方给算哭了。"

林常平说："你真是没赶上好时候。你看看眼下，还别说是像你这么大的省上官儿了，就连这小小的处长什么的也很是滋润哩。"

外浒滩的浪花，东吾洋汹涌澎湃，云峰山秀丽迷人，故乡无日不令林常平荡魄销魂，乡音日日绕耳醉人。他想干一番事业，劳心，劳力，四处奔走，含辛茹苦，食不甘味，寝不安席，到头来却偏偏有那么一些无所用心、闲极无聊之人暗中作梗，拦马挡道，上捅下踹，拉帮结派，让你做不成事。顷刻间，让你所有的心血和努力统统化为泡影。

官头儿喀嚓喀嚓在棋盘上摆车马炮了："来，杀两盘！"

林常平却正进入了冲刺，在频频翻书，他摇摇头："不行啊，我可得抓紧了，不然时间来不及了。"

官头儿也知道林常平报名参加了上海某大学的法律高等教育自学考试。

林常平决心把函授的课件统统背得滚瓜烂熟。他自知底子薄，每天一有空就大量阅读。他常常憋着一泡尿，非要等到快尿裤子了，才急速地跑向小卫生间去……

官头儿说他："老林啊老林，你还是比我有点钱的，不买点好吃的补补身体？改造任务这么重，你哪还有时间学习啊。再者说了，人过三十不学艺，你都四十过了，脑子还能记得住啊？"

林常平对官头儿说："我就是要把这铁窗变成寒窗，我必须这样做……骐骥一跃，不能十步，驽马十驾，功在不舍；锲而舍之，朽木不折，锲而不舍，金石可镂。"

官头儿说："哟，这好像是荀子《劝学篇》里的。"

林常平又背诵："咬定青山不放松，立根原在破岩中，千磨万击还坚劲，任尔东西南北风。"

官头儿一击掌："郑板桥！"

林常平又吟诵：“古之立大事者，不唯有超世之才，亦必有坚忍不拔之志。”

官头儿：“……这个说不上了。”

林常平说：“苏轼的《晁错论》。”

34 春梦悠悠

又过去整整两年了，林常平没见到过美丽的夜色，星星和太阳却能看见人间的一切。夜空洒下的星光总是那么冰冷如霜，显得麻木、默然。也许每天出生和死去的人太多，也许人生舞台上天天演出的悲喜剧未免太过频繁，一切都陷入了一种冷漠，如同穿不透的黑暗。

林常平眺望浩瀚无际的天空，心里思念着亲人，口中喃喃自语：

似此星辰非昨夜，
为谁风露立今宵？

眼下毕竟是立春了。他望着铁窗外那棵日渐回春的大树，一种莫名的忧伤潜在心头，又似有一种新的吉兆将会降临到他不幸的命运中。除了他的灵魂，他觉得其他一切都不属于他自己了，也就全都无所谓了，如果有一天他发现是自己的生命束缚了灵魂，他会毫不犹豫地把自己的生命吞掉，而当灵魂完全自由的时候，便是生命消失的时刻了。活着，对他来说是服苦役，他可以坐牢，但绝不认罪。他就如同铁窗前的那棵四季挺立着的大树，任凭风吹雨打，老根却死命地紧抓住岩缝里的泥土……

糟糕的是他的心脏病又一次发作了，重至休克，送医院抢救，他的大脑似乎已经无法支配他的身躯了，灵魂难以控制精神世界，思想连同肉体都被剥夺了自由。肌体在一天天枯萎，思维陷入泥潭里一样呆滞。与其说你还活着，倒不如说已经死了。处于半昏迷状态的他，眼前出现了一幕幕幻觉：蓝蓝的天空，白白的云朵，蓝天白云下一竿嫩竹摇曳，远处的大海在汹涌澎湃。一颗独孤的心，一片荒芜的地，也许心底深处也有一只正欲破土而出的笋，那一定是雷笋了。雷笋，多好听的名字，那是在第一声春雷中破土而出的新笋。然而似乎什么也没有，因为他还没有听见春雷滚动过长空。四野只是一片死寂，只有兽们的嗥叫，没有人的呼吸……

自从他和桂玉被命运之手撕裂开来，天各一方，每天夜里他都会想到她，一想到桂玉，心里就万般纠结。他曾经一次次沐浴着她的爱抚，呼吸着她的温馨。她脉脉含情的呢喃萦绕在他耳畔，她轻盈的倩影缠绵在他身旁，他常常在监房里端详桂玉的照片，一遍遍看她千里外的篇篇来鸿，遐想的甜蜜电流般地透彻肺腑。他心里含泪呼唤：亲爱的妻，你不要离我太远，不要！亲爱的妻，你知道吗，我想念你的笑容，想念你的普蓝色的皮衣，想念你的肉色袜子，和你身上特有的味道，更想你的拥抱和热烈的吻……

桂玉是个普普通通的女人，这个世界上的世俗的女人太多，而桂玉那么庄重朴实，从不事张扬、喧哗，默默地追求自我价值，又显得那么俏丽端庄。面对灾难的打击，她却从不向朋友哭诉，也不向亲戚求助，而是自己一个人默默地承受着一切，还要竭尽全力帮助丈夫与命运搏斗，谁说女人的名字是弱者？可他林常平，一个堂堂的男子汉，却保护不了妻子女儿，他又招谁惹谁了？但又一想，受难之人又何止是他林常平一人呢？从古到今，无数多灾多难的受害者，境遇那么凄凉，结局那么悲惨，他们又招谁惹谁了呢？他们有的是横溢的才华，有的是刚直不阿的气节，但无论再怎么安分守己，循规蹈矩，自有人会招惹你，自有人会跟你过不去，甚至必欲置你于死地而后快！要么是一些奸佞小人，要么是一帮贪官酷吏，他们正是一群孽障，正是灾难的渊薮，他们的能量之大，每每让你避之不及，你无论如何都躲不过他们的阴影的笼罩。

桂玉每一次来探监都是很辛苦的，她早上天还没亮就得动身，去赶那每天只发一趟的长途班车，山间的道路崎岖难行，长途汽车经一路的颠簸之后也仿佛要散架了，在途中还得住一天，第二天倒另一班车，赶到下午，才能赶到监狱那座古堡似的建筑。高墙电网，四角岗楼，持枪的解放军，犯人和家属隔着铁栏杆对话，而且每次只有半小时。狱警在一旁监视着，过滤着每一句话……

在那一个个漫漫长夜里，林常平辗转难眠的时候，就会拿出妻子的来信来看，会在嘴边一次次亲吻桂玉的来信。他发誓要从这里活着出去，就是死也要死在妻子温柔的怀抱中，哪怕是让这一颗心，一颗伤痕累累的心得到片刻憩息。

他开始做梦了。

梦中的他与妻子又相聚在一起了，是那么的自由自在，在她的怀抱里，他的泪水像泉水涌流，他抚摸她温热的脸，桂玉小声地抽泣，他搂住她的腰肢，把她拉进怀里，妻子喘不上气来，软瘫在他的臂弯里，他觉得桂玉不是一个人，而是一个活脱脱的精灵，他身体里积蓄几年的能量在释放爆发，肌肉痉挛，血液奔突……

醒来，他发现自己遗精了。

寒风乍起走天涯，
山遥水远梦归家；
可怜有家回不得，
意游河边望松霞。

第九章

DI JIU ZHANG

修炼无界

35 抢救

时间过得飞快，转眼又是一个冬至了。

林常平多想吃到米果啊！特别是桂玉做的米果，那么的香甜，让人回味无穷。回头再看这狱中的生活，怎一个苦字了得！

每个大队都有一个食堂，食堂像个巨大的车间，光是做饭的犯人就有二三十个。菜自然是大锅菜了，巨大的铁锅里煮熟后，浇点油便起锅装桶。所有的犯人们每天只巴望着能早点开饭，吃过三餐不就又少了一天刑期。大食堂里偶尔也会改善一下伙食，但顶多是在煮熟的菜里夹杂点小鱼小虾，或者索索罗罗、连筋带骨的小荤而已。比如说冬瓜咸肉汤吧，不过就是水煮冬瓜而已，只有少少的一点肉末。等饭菜分到中队里，中队的留监犯再把本来就不多的末子悄悄地咪了，大班犯收工回来便只有闻一点腥味道的福气了。一日三餐，早饭永远是酱菜和稀饭，中餐晚餐也不过是些廉价的过时蔬菜。菜根据人数每个中队一到二桶，由中队到食堂拉回再分，生活犯只分到每个监舍的脸盆里。再由监舍的分菜员分到每个人菜盆里。

三餐没有油星儿，肚子总是饿的。

最近似乎一点菜也没有了，前不久两个中队进行了合并，这一合并之后，规矩就更严格了。以前，犯人们有时候还能私下里托管教干部，帮着从外面买点必需品。现在有了新的硬性规定，规定罪犯不能托任何一个监管干部到外面买东西了。自然，这新的规定也不是没道理的，有些不自律的监管干部常常会私下里贪污、挪用犯人们的钱，这种事情彼此都心知肚明，早已是公开的秘密了。定了新的规矩之后，监狱方面就把犯人的钱集中管理，这样一来，犯人们也就买不到食品了。

每个中队都有一个大账室。那大账室相当于小卖部，通常是些日常的生活用品，真空包装的食品，可口可乐、雪碧、矿泉水，还有就是价格不菲的香烟。大账室里是不卖酒的，也不卖水果和熟食之类。酒在监狱里是绝对的违禁品，水果和熟食则容易变质。大账室通常由一名大账犯负责。除了销售，还管着中队里每个犯人的记账卡。犯人家里寄来钱，就记到犯人卡上，由大账犯通知收款本人。国家每月给每个犯人七元零花钱也在那张记账卡上。

林常平的户头上虽然还有点钱，但大账室——也就是小卖部里却没有什么东西好买，都是些用不着的劣质日用品，眼看气候也一天天变了，一场大雨淋过，他的心绞痛又犯了。吃了药，喝了水，摇摇晃晃去上厕所，一看，号房那间小小的卫生间的门竟然锁上了！

原来，就在昨天晚上，相邻中队的一个犯人半夜三更在号房里的卫生间里偷偷地上吊死了。早起上厕所的犯人一进卫生间，见那吊死在铁栅栏上的犯人舌头吐出来足有三寸长，当场吓得一声鬼叫，魂飞魄散……

监狱里最怕什么？最怕犯人自杀和逃跑。

林常平记得以前也有过类似的情形。中队里下令锁闭号房里的卫生间，虽然有点因噎而废食的意思，这叫亡羊补牢。监管人员再怎么不紧张也还得紧张一阵子了。但那也不过是一阵风的事，风头一吹过去，也就跟什么事也没发生过一样了。

每个中队每天都留十几个留监犯，其他大班犯则去车间劳动，留监犯负责监房内做后勤，生活犯要去大队食堂将一日三餐饭菜和每人一瓶开水拉回来，然后分到每个监舍。

那天上午10点左右，一个犯人做完公共卫生回到408号监舍，忽然发现同号房一个姜姓犯人一动不动躺在床上，身子底下洇出来一摊血，这犯人见状，知道大事不妙，马上窜到走廊里大声喊叫林常平：

“哎呀！老林！不好了！老姜坏事啦！”

当天的留监犯林常平正在床边静静地复习功课，听见犯人的喊叫，立刻跳起身，冲进408监舍，扑到姜姓犯人床前一看，那僵卧在床上的犯人的脸上已经没有了人的颜色，床上流了一大摊血，血泊中还亮晶晶闪着一片指甲盖大的碎玻璃片……

“……割腕！”林常平一摆手，“别紧张！听我的！快给我扯条布带子来！”

林常平采取应急措施抢救，用犯人们递过来的布带子将自杀者的手腕扎紧，止住了汩汩外涌的血，然后说：“保护好现场！”说罢，他立即先跑到楼上的值班室，没人，又三步并作两步，噔噔噔往楼下飞跑……

一楼大堂，指导员正陪着两位监狱长泡茶。他向指导员汇报了情况，几个领导的脸色顿时大变，慌忙随着林常平一起上楼，赶到现场，组织几个留监人员手忙脚乱地把自杀的犯人抬到医院紧急抢救，总算好歹抢回了一条命。

孰料这一场惊慌的阴云还没有散去，仅仅事过两天，又出事了。

那天，林常平随了犯人们在大门口集合，集合之后照例点名，点来点去，发现少了一个人，再次点名，结果还是少了一个人……

少的是谁？是哪层的？

带班干部质问大组长，大组长则把责任轻松地推给楼层的值班员。查来查去，查明白了——原该去食堂挑饭菜的一个犯人不见了！

一种不祥的预感顿时浮上林常平脑际……

中队长立马急眼了，吼叫一声："赶快去找！快去找！"

一声号令，林常平又是动作最快的一个，他噌噌噌上了楼，挨着一间间空荡荡的号房搜寻。406的门朝里面关着，他爬在铁栅栏的窗户上朝里面一看，一个人躺在地上，地上一摊血像洒出来的红油漆，胸脯上还插着一把水果刀！

"不好！"

是犯人老郑头！

老郑头倒在血泊之中，林常平把手伸在自杀者的鼻子底下试了试，只有微弱的呼吸了。随着林常平跑进来的几个犯人手足无措，有个惊慌失措的犯人伸手就去拔自杀者胸前插着的那把水果刀……

"不要把刀拔出来！最好叫医生来处理！"林常平知道这其中的利害，一拔出刀子来，那就会像拔掉葡萄酒桶底下的塞子，鲜血就会像喷泉似的喷出来！那自杀者必死无疑。

情况万分紧急，林常平噌噌噌地飞跑出去叫人。指导员闻讯，脸色大变，立马赶到现场，组织犯人将那自杀者抬到医院，随后才惊慌失措地向值班大队长汇报了紧急情况。所幸发现得及时，且救助得当，自杀的犯人那一条命终于从鬼门关上被拉了回来。

四天，连续两起自杀事件，两个自杀者，一个是因为身患重疾，疼痛难忍，另一个则是因为妻子闹离婚，孩子上不成学了，陷入了黑色的绝望。

36 帮教

学习、劳动、写作，这三部曲成了林常平狱中生活的全部内容。他虽然没办法改变眼下这样的处境，却可以决定自己在这特殊处境之中的精神法则，随波而不逐流。这是一次艰苦的修炼，是身处险地的磨难之中的修炼，他想到了悉达多王子成为佛陀之前的修炼，也想到了西方传说中那个滚石上山的精神不死的勇士——西西弗斯——每天往山头上滚一块巨石，滚上去的巨石又滚落下来，第二天，他照样往山上滚那巨石，如此周而复始，日复一日、年复一年……

林常平只能每天做好手头的事情，那些都是监狱里让他做的事情，而且是必须去做的事情。比方说，劳役之外的管账那活儿，林常平尽心尽力，做得也非常缜密、仔细，这是他一贯办事的习惯。他不让自己认真都不行。

比方说，那些来来往往的发票都要交给他来核算、保管的，仅此一项他就不知得罪了多少人。他为了严格管账，少不了跟犯人较真，犯人便骂他是故意在干部们面前表现自己，是“假积极”，甚至还辱骂他的人格。林常平咽不下这口气，有人就劝他：“你林常平那么较真干啥？你每天都要同这帮人打交道的，如若事事计较你还能活得下去？算了吧，何苦呢！多一事不如少一事，少一事不如不管闲事。凡事睁一只眼，闭一只眼，与人方便，自己方便。”

于是，林常平慢慢也就学乖了，但做账却比以前更认真了，一旦有了什么问题，他索性就推给干部们去解决好了，自己尽量不与犯人做正面冲突。

有一次，林常平将干部们错开的一叠发票交给队长，要求更改：

“报告队长！你看看这些发票，中队一些干部故意做错账，睁着眼睛把9元写成90元，把6.26，写成626，整整相差一百倍！这样做显然是不对的，应该实事求是，该多少就是多少，照这样乱写就很不好了，一是让买方可从中贪污，二是给卖方又造成账目混乱。这事要往严重里说，一旦来个运动，那就跳进黄河都洗不清了。谁敢担这个责啊！”

队长还是很有些修养的，跷着腿，一张张看了看那些发票，脸上既没有高兴的样子，也没有气恼的样子，只是看了看腕上的手表说：“好吧，我知道了。你还有别的事吗？”

除了每天服劳役、管账之外，林常平还负责对十个帮教对象做工作。

号房里吃二次、三次官司的犯人不在少数，他们早伤透了家人的心。这类犯人当中，有父母已经亡故或者是来自单亲家庭，坐牢期间便几乎没人来探望了。这些犯人只知道行尸走肉般加班加点地干活，却很少有管教来找他们谈谈心，也没有人多多少少给他们一点精神上的安慰和及时的思想疏导。这批犯人大半是文盲加法盲，没文化且缺少教育，但更缺乏的还是亲情关爱，假如对他们略施体恤，他们便会顿觉温暖，内心就会满溢出感激之情。对于这些迷途的羔羊来说，关爱就像是黑暗里透进来的一束阳光，哪怕这光线是微弱的，也能融化他们心中的坚冰。

人心都是肉长的，没有哪个人天生就是劳改犯的料。林常平常常想，如果这关爱如充溢于天地间的空气一样，不分穷富贵贱，都可以敞开胸怀尽情地呼吸，那该是多么美好的事情啊！

外号叫“匠人”的犯人被判的是强奸罪，匠人不服，于是三天两头就被抓了去关禁闭，但匠人睡在屎尿里也还是不服，于是就成了全大队的“抗改尖子”，成了一个难剃的头。这匠人不但明目张胆地消极怠工，还动不动就摔盆砸锅，你让他朝东，他却故意向西，处处专门往枪口上死撞，显然是抱定决心，但求一死了。

中队便指派林常平给“匠人”做工作。这不但因为林常平是属于那种比较稳定的，踏实地接受改造的犯人，还因为他有知识，有眼光，有胸怀。平常在号房里，只要犯人之间发生了纠纷，甚至闹腾到互相打斗的时候，只要林常平一出面，三句话十分理，虽则君子动口不动手，但往往就可消弭仇恨于瞬间。“匠人”自不在话下。

37 时间相对论

时间对于自由人来说光阴似箭，而对于牢狱中的犯人来说却是度日如年了。

监狱里热浪冲击，犹如身处火焰熊熊的大火炉里。两个月真不知怎么熬过来的，监狱里的电路又坏了，停电，人心惶惶。林常平的早搏又严重了，大队医务室的医生都吓了一大跳，建议中队每天中午给他歇息个把钟头，以防心脏病发作猝死。

林常平的户头上又没钱了，他不想叫桂玉寄钱，也不想让她寄给他其他物品。他宁肯求助朋友，也不愿意给本来就不轻松的妻子再增加压力。天气如此炎热难耐，他尽量不让桂玉和女儿来探监，虽然他做梦都想见到她们。但他要忍，他也能忍，大忍是必需的。

天天难过天天过。

不但要过，还得表现出个过的样子来，比方说集合列队唱歌儿，所有的犯人必须放开喉咙大声唱，声音要足够大，要压过别的号房。还要拼死拼活地挣分数。犯人每月所挣得的分数那可是非常之重要的。分数是什么？是向法院提请减刑，假释的依据。《罪犯奖惩考核办法》里规定得清清楚楚，每月得分多少，以及年终评奖等内容，涉及每个犯人的切身利益。犯人只有挣到足够多的分数才可以减刑，所以，每一个梦想回家的犯人只有千方百计地多挣分，才能争取早日回家。这尽管是一张世上最昂贵的返程车票，却还得咬紧牙一分一分地挣，一分一分地积累。

回家——这是个多么诱人的词啊！

家，对每个人来说，都是最温暖的避风港湾，只有家才是身心的栖息之地。尤其对于犯人来说，家是唯一能够让冻僵的生命苏醒之圣地，回家，意味着被雷电击落的鸟儿又奇迹般地死里逃生，回到了自己的鸟窝，同家人团聚。回到自己的家里，你就可以重新验证你活着的意义，你就可以自由地看大海潮起潮落，日出日落。然而，家对于犯人来说，却又像天国那般遥远，遥远得不可企及……

犯人对睡觉有着特殊的感觉和说法，在他们的感觉里，似乎睡觉就等于是减刑。

一个美梦带来的好心情往往会延续几天。但美梦醒来的时候却是倍觉凄凉的，空寂无人，明月恰好又当空。每当这个时候，林常平像是一只蝉，被月光笼罩在田野里的蝉，在用全部的心神谛听着、捕捉着。月儿已经升得很高了，照亮他透明的蝉翼，他何时才能回到故乡的怀抱，去看看故乡的那个月亮？

这里的夜特别冗长，
这里的白昼那样短暂
这里的每一颗星星
都透着警惕的目光
这里的每一缕晨光
却带着无限的热望
寒冷和温暖如影相随，
黑暗与光明无声地相抗
这里无时不在进行
灵与肉的决战
明天是一条无尽的路
摆在囚徒面前
悬崖嶙峋

沟壑纵横
荆棘丛生
白骨为路标的荒原
一次与死神结伴的苦旅
唯有爱是跋涉者的神杖，
刻骨铭心的爱
让希望成为旗帜
舞动于死亡之谷的天空
秃鹫便不敢俯冲下来，
而生命的绿洲在前头
虽然只有微弱的呼唤
他已闻到了湿润的气息
手中的神杖引导他一步步前去
向前，再向前
向前，向前……

38 将心比心

管教干部忙不过来，指派林常平负责帮教。

在林常平眼里，犯人也是一个个有血有肉的人，每一个人的胸腔里都跃动着一颗千疮百孔的心。他们也有自己的父母、兄弟、妻子、儿女。人活在世界上谁不渴望友谊与信任？就看你能不能拨动他们心里那根既敏感、脆弱，又柔情尚存的心了。

活着并不等于生活，活着仅仅是活着而已，特别是在铁窗之中的苟活。

每当空闲的时候，林常平就给那些失去了精神支撑的犯人们讲从古到今的英雄豪杰，讲屈原、李白和杜甫，讲近代史和经济学，凡是他在学校里学到的，在铁窗之中学到的，他都会给身边的犯人们讲，如竹筒里倒豆子。他自己也觉得甚是过了一把先生的瘾，很有成就感。他还组织犯人们办起了定期更新的学习园地，每个月出一刊。

在日常生活中，他对所有的犯人都一视同仁，在他眼里，好人坏人都是人，是人便有作为人的最起码的尊严。他只要随时提醒自己在他们中间保持和而不同就行了。在这样的芜杂的环境中，虽然少不了逢场作戏，但真情的感化也时而有抑制不住的流露。

监舍里有两个二十郎当岁的年轻小伙子，是“严打”那阵子被判刑入牢的。一个是组织了两次“家庭舞会”，再一个是拦路抢劫了一辆女式自行车。这两只迷途的羔羊再过几个月就能刑满释放，可以回家跟家人团聚了，他们将要重新踏上他们新的生命旅途了。

那两个涉世未深的年轻犯人最关心的还是爱情方面的事情。他们就请教林常平对于爱情的看法，究竟什么样的爱情才是真正的爱情？

林常平作为一个过来人，面对那两张稚气未脱的面孔，他陷入了沉思，他给他们讲些什么好呢？他自然而然地回想起他同桂玉的爱情，于是就把自己的爱情故事一点点讲给那两个小伙子听。他在给他们讲述这些的时候，其实也是在对自己的心灵在讲，也是对心爱的妻子倾诉他心里的话呢！

桂玉啊，你知道吗，每一个生命都是偶然地来到这个世界的，却终将必然地离去。一个生命与一个生命的相遇是一种奇迹。桂玉啊，你可知道，我虽然从来也没有对你耳边缠缠绵绵地说一声“我爱你”，但我林常平这颗心却早就全都属于你了。你若问我，我爱你的什么？那我告诉你，我爱你的美丽、温柔、贤惠、聪明，这些都对，但还不仅仅是这些，这些美质在别的女人身上也并非找不到。但唯独作为一个生命个体的你，却在这世界上再找不到另外一个了。恋爱可以重新谈，配偶可以另择，身份可以炮制，钱财可以重新挣，甚至历史也可以重演，唯独生命不能。所以，你在我心里永远是独一无二的、鲜活的、爱的生命体！

是的，桂玉是伴随他林常平一起痛苦十几年的一个热血鲜活的生命，她会做甜甜的梦，会有美好的憧憬，会有飘飘乎的幻觉，当然常常也会冒点傻气，会故意做出绝望的样子，会故意背转身去不理睬他，会……桂玉是一个活生生的灵魂，特别是在眼下，桂玉和他林常平是同样孤独的灵魂啊。

他和桂玉的爱情故事听得那两个年轻人羡慕不已，一阵沉默之后，一个小伙子忽然说：

“老林，你有那么好的妻子，你们又是那么相亲相爱，我们真的是好羡慕你。可生活是个万花筒，天天千变万化，歌儿里都唱‘花非花，雾非雾’，如果万一你家里的那位在外面熬不住，变了心呢，那你又该怎么办啊？”

林常平微微一笑，摇摇头：“这世上没有比我更懂得我老婆的人了，她若是你们说的那种女人，当初她就不会和我林常平走到一起来了。”

林常平根据自己人生体验，谆谆告诫那两个年轻人，从监狱里走出去，也只是见到了阳光，接下来的路还很长很长，人生的旅途中，你们将会遇到一个个考验，一次次抉择，或许有些考验并不比狱中的生活轻松呢！人到世上来，决不能白来一趟，不能无所事事地混日子，无所事事的人内心必然空乏，而美好的品德则是内心世界一个重要组成部分。比大海宽阔的是天空，比天空宽阔的是人的胸怀。这是雨果在《悲惨世界》里说过的话。所以做人就要诚实地为人，善良的心底、无私的品行，都是做人的美德。也要永远不要被一时半会的挫折和失败打趴下了，人要不断地站起来，要学习，要不断地积攒自己的能量，才能成为一个真正的男子汉。

林常平这话其实也是对自己讲的。他深深懂得，未来的一切都生长于昨天，而今天便是明天的昨天，所以永远要面对今天，只有积蓄了足够的能量，才可枕戈待旦，以待风云一搏。

相对来说，在林常平和号房里的犯人们的相处中，他对那个老万的关照还是比较多一点的，这里面自然包含了一种特殊的情感因素。再说，老万那一阵的精神也确确实实有点不正常了，号房里的犯人都看在眼里。老万仿佛变成了鲁迅先生笔下的那个祥林嫂了，常常一个人枯坐着，茫然发呆，连走路也眼神呆滞，还自言自语地对着虚空唠叨：“……我就是用板凳砸了她一下，谁知道她那么不经打……嗨！”

林常平见老万日日神不守舍的样子，心里便很为老万担忧，若照这样下去，老万八成儿会要得癔症的。那可活得更不像个人了。林常平心怀恻隐，便常常拉了老万散散心，在号房里也尽可能地和老万多说说话。

第十章

DI SHI ZHANG

涛声依旧

39 空穴来风

高等自学考试的日期一天天地临近了。

闽北山区的气候反复无常，前两天阳光灿烂，到处春意盎然，忽然又乌云密布，雷声阵阵，说话间便下起了瓢泼大雨。准备迎接考试的林常平，一面拼尽全力复习功课，紧张冲刺，一面还得下大班劳动，超负荷的运转实在是太累太累了，他的心脏病再一次发作，他透不过气来，心绞痛阵阵难忍，连续吃药也不见好转，但中队规定每月只能请假一次。整个分队只有21天假期。他做账已经超了，只好忍耐着咬紧牙关，暗暗地对自己说：“林常平，这个要命三关的关口上你可不能退缩，你决不能倒下，你得给我挺住了，你一定会闯过这一关去！”

统一考试的地点在另外一座监狱里。

那天，林常平心跳如擂鼓，早搏时时袭来，头晕目眩，走路都打晃。坐到考试桌旁的时候，他默默地向天祈祷，然后下笔如飞，刷刷刷，一道、两道、三道……所有的考题全都答上了，论述文还有他创造性的发挥，若有良知慧眼一路陪伴。当他在考卷上写下最后一个句号之后，竟再也支撑不住，一头晕倒在桌前……

他醒来的时候，才发觉自己已经在号房里了。中队指导员来看了看他，还替他带来了一封信。

那是一封奇怪的信，下面没有发信人的地址，只写着“内详”两个字。邮戳是家乡霞浦的邮戳。林常平打开一看，愣住了，没想到那竟然是一封匿名信！匿名信的矛头指向他的妻子桂玉，还随信件寄来一张堕胎的药方……

旦失于堂，暮传于国。林常平一向对桃色绯闻非常之厌恶。他扫了一遍那匿名信上的内容，也不由得顿生狐疑，但他的狐疑随即便受到了理智的质疑和反驳：不，桂玉怎么可能是那种人呢？决不会的，这决不可能！

自从他被抓之后，桂玉每天都是提心吊胆地过日子，一有风吹草动，就会兀自一惊，日夜思念狱中的丈夫，艰辛地拉扯着两个女儿凄惶度日，她身虽然不在监狱里，但心却已同他一起沉沦于地狱里了。但她只是个弱女子，一走出她教书的那个小学的校门，熙熙攘攘的社会就似乎同她完全隔离了。眼前只是茫茫然一片陌生的人群，陌生的面孔。她告求无门，更没有能力为他东跑西颠地申冤叫屈，只能在漫漫长夜里手贴在胸口，含泪祈祷上苍保佑自己命运多舛的丈夫，保佑他在凶险莫测的死地千万别连遭厄运，保佑他化险为夷，有朝一日夫妻重新团圆在一起。

桂玉做了十几年的民办教师，就那么点微薄的工资。生活清苦，她只能节衣缩食，省吃俭用，省出钱给狱中的他买一些营养品和他渴望读的书籍，托人送到狱中。每次探监，桂玉见到受难的丈夫，都忍不住心如刀绞，但她又不得不时刻提醒自己在丈夫面前尽量控制情绪，不能袒露出刻骨铭心的思念。为了免除狱中受难的丈夫的担忧，她一定要精心地带好两个女儿。桂玉为人十分仗义，是个有着侠骨柔肠的女人，更是个伟大的母亲。多少次，林常平被精神和肉体双重折磨得精疲力竭；多少次，他几乎被可怕的漩涡卷入河底，眼看灭顶了；多少个黄昏，多少个雨夜，多少次绵绵不绝的盼望，又流了多少眼泪。那一个个黑压压的如鬼魅般的梦魇残酷地折磨着他，他之所以能够一次次地挺过来，就是因为心里燃烧着爱情的熠火，桂玉的目光就像是茫茫长夜里的一盏明灯，一直在温暖地守护着他。

林常平看着手边的这封匿名信，仿佛看着一张鬼头鬼脑的面孔……

舌头是惹祸的根。舌头比魔鬼还厉害，无数杀身之祸其实都是舌头招来的。“能管住自己的舌头是最好的美德”，这是印度古代哲学家白德巴说的。可你能管住自己的舌头，却管不住别人的舌头。

无独有偶。林常平倏地回想起好几年前关于他的一封匿名信，那封匿名信是寄给桂玉的。当时林常平正在埋头打拼，长春贸易中心刚刚起步。而那封匿名信里竟然莫名其妙地说他和自己亲侄女有什么不轨行为！林常平当下气得七窍生烟，差点晕过去，真恨不得杀了那写匿名信的家伙。后来，水落石出了，才知道写那封匿名信的，竟然是桂玉娘家的一个行为古怪的亲人，只是为了拆散桂玉和林常平的婚姻，才使出了那最损的损招。面对那次空穴来风，桂玉的态度是明确而坚决的，她断然道：“我相信自己的丈夫，林常平绝不可能是那种人。”

两件事，何其相似！同样熟悉的笔迹，疑似出于同一个人！

更可笑的是那匿名者为让林常平更相信对桂玉的诬陷，居然费尽心机地弄到一张打胎的药方！恰正是这张堕胎药方，这画蛇添足的一笔，露出了整个事情的荒唐破绽，真可谓愚蠢之极。林常平不由得暗自失笑……

那个夜晚，林常平坐在号房里的床上，无法入睡，他把这几年来桂玉给他的信翻出来，看了又看，他一遍遍端详妻子的照片，“平夫”是桂玉对他的称呼。说起来，桂玉当年还正经是一朵校花呢。有次，一个管教干部看了他和桂玉的合影，禁不住惊讶地感叹：“哇！你老婆长得很美啊！”

但林常平也记得很清楚，桂玉在结婚之初就曾在他面前说过：“美是不可能持久的，美很脆弱，就如同盛夏季节的水果，很容易腐烂。一个人美好的容颜不可能永远保持年轻漂亮，只有美好的内心才会有永不衰老的魅力。”

他再看看那匿名信，不，这绝对不可能。桂玉永远是洁白无瑕的，桂玉比他林常平还执著于感情的神圣，她怎么可能和别的男人鬼混呢？简直是笑话！让这鬼头鬼脑的匿名信见鬼去好了！他林常平绝对不可容忍那些阿猫阿狗的角色往桂玉的头上泼污水。

一人坐牢，全家遭难。长长的苦日子，数不清孤独清冷的日日夜夜，酷似一条永远游不到头的河道，又有谁能体会到桂玉的苦呢？又有谁知道桂玉以多大的耐心、毅力和牺牲精神来苦苦支撑着这个风雨飘摇的家，才不至于让这家的屋厦坍塌于一旦。又有谁能体会桂玉默默将眼泪往心底抛洒的惨状？她拖儿带女，寄人篱下，孤独寂寞，痛苦。但一个女人，只要拥有爱情，只要心有所属，她就可以忍受想不到的巨量悲痛，再孤单、再寂寞的日子也可以挺过来。建设一个幸福的家庭要花费许多心血，但要毁灭却轻而易举，只要一瞬间。他打死也不相信桂玉会背叛他。

但从另一方面想，林常平又万分体恤妻子的难处，他最怕自己成为家人的累赘。妻子的双肩太柔弱了，甚至每次出现在他梦中的妻子也是愁容满面，忧心忡忡。他看到她的神情，心里就如同刀割一般难受。身陷囹圄的他在那无边无际的苦难之中，何尝不渴望得到家庭的温暖和妻子的照料呵护，那永远是一种希望在召唤，是支撑他苦度磨难走向明天的精神支柱。可他又决不忍心拽着她一起走向痛苦，甚至是毁灭的深渊。如果他的落难让桂玉的那颗心走向绝望的深渊，那他就是死了也闭不上眼啊。他情愿将所有的罪统统打包，捆绑在一起，由他一人来担当！

记得他当初在看守所受审的时候，就曾经写信给桂玉，让她把两个幼小的女儿托付给他苦命的大哥大嫂，只身脱离苦海，去开始自己新的生活。但桂玉对他这一要求却根本不予理睬。后来，他从看守所转入监狱的这几年里，他在苦闷得不可开交之际，在给桂玉写的信中也一再地表达过这层意思。桂玉对他的回答就简简单单三个字：“可能吗？”

君子先察后言，关于这封无厘头的匿名信，他给妻子写信的时候是不是要对她讲呢？等一等，还是含蓄一些吧。他知道，犯人的每一封信件都是要通过干部才能寄出去的，在干部们眼里，犯人几乎没有任何秘密可言，还是免得节外生枝吧。更要紧的是他不愿意让妻子无辜地伤心，不愿意给本来就受苦受难的妻子造成再次的伤害，他要把这一切都埋在心里……

枕上惊梦稠，
多少回，
铁窗遥望，
月照狱楼。
冬去春来思悠悠，
独对故乡悲愁；
忘了浒壁唱酬，
薄命难耐朔风恶。
叹人生尽多别离恨，
霜满头，红颜退，
滩头山外夜与昼，
应不思那夜风流，
怎能怪那缘分，
苦楚从今永抛却。
心魂唯守玉身，
但愿得辉晴天秀，
记取妻恩长相依，
将儿女情长恒永生，
别牢狱，盼新生。

桂玉又来探监了。来探监的桂玉，满面尘土，脸色蜡黄蜡黄，她明显地黑了，瘦了。她穿衣也顾不上好看不好看了。林常平端详着自己的妻子，忍不住一阵心酸。他思来想去，那封空穴来风的匿名信，到底还是不要对桂玉隐瞒的好，夫妻之间应该一切都透明，心里一定不能藏一点点不好的事情，不能有一丝丝的阴影。这么多年相濡以沫的生活，一路走过来，林常平深信自己的妻子绝非一个轻薄自贱的女人。

林常平隔着铁栅栏，把那封匿名信和那张堕胎的药方交给了桂玉。

桂玉看了那匿名信，一脸平静，波澜不兴，她抬起头，一双明亮清澈的眼睛望定他的眼睛："你信吗？"

林常平毫不犹豫地摇了摇头。

桂玉说："只要你不信，别人都无所谓了。"

桂玉又说："身正不怕影子斜。想走的，你是留不住的；不想走的，你就是赶她也赶不走。"

分手的时候，林常平把那前一天夜里，在监舍里写下的一首诗给了桂玉——

我愿我的妻是一只逍遥的风筝，
翱翔在无垠的天空，
一根长线紧紧地连着两颗心，
那是我们扯不断的情
假如你被风雨损伤，
请你飘落到我怀中来，
我要为你治好伤，
再送你去寻觅我们共同的那梦……

林常平也没忘了将他在狱中亲手制作的几床竹凉席让桂玉捎了回去，带给大哥大嫂和几个亲人。

"且留网丝席，或有梦来时。"他自言自语地吟诵。

桂玉听清了没有呢？她专注的目光流连在丈夫饱经苦难的脸上，她幽幽地，却一字一句地说：

"我只说一句话，你要好好记在心里——我，张桂玉，活为林家人，死为林家鬼。"

40 夺魁

大学自学考试的成绩很快就出来了，谁也没料到林常平居然得了最高分，一举夺得头魁！

这件事几乎轰动了整个监狱。

然而在久经磨难的林常平心里，很快便波澜不惊了。他常常站在铁窗前倾听未来，他早已经习惯于平心静气地等待希望了。他常常在放风的时候，去那小花园里独自踟躅徘徊，他爱凝视天边血红的流霞，但他最爱的还是夏天，那是个万物蓬勃生长的季节，满目葱茏，人到中年，更崇拜青春的力量，他心中还充满着活力，因为青春总是与希望、追求、活力、创造这些字眼联系在一起的。晨往昏至，春去秋来，虽然他那一头新长出来的头发又像是覆了一层白雪，但满腔热血依然澎湃不息。他常常想，假如人们都能以心灵去理解心灵，用信任去交换信任，那这个世界该是多么美好啊。他落魄到至今，可他从不愿意过多地回忆过去，苦恼只是短暂的间歇，他生命交响乐的旋律是乐观的，永远铿锵有声。

监狱竹器厂的大车间里有个大水池，水池里还养了些荷花，林常平常常望着那水池里的荷花，思绪悠悠。花园里的假山上有座观音像，他也常常面对那观音默默祈祷。

不再对上天满腔抱怨，
纵然在污泥里也有不萎缩的花瓣，
大地给了我天下共同的母爱，
涓涓清流漾动在我的血管
我的歌喉依然圆润清朗
洗去秋夜蛙鸣的凄寒
我向往白云的凝脂，
清清白白是生命的基点
我神追那苍天的浩瀚，
拂去乌云便是秋阳
高高昂起头颅告诉世人
我自有摧不垮的信念和尊严

今天是林常平最高兴的日子，女儿晓辉又给他写信来了。信上的字迹端正，语句通顺，而且写得很有感情：

“亲爱的爸爸：想念你，七月初九是我的生日，姥姥和舅舅给我做了生日蛋糕和潮肉糕，姨父姨母给我买水果，妈妈还给我送了一样心爱的礼物——电子琴，同学们也都为我祝贺生日，亲爱的爸爸，你要是在我身边那该多好啊，只可惜爸爸你不在我身边，爸爸，我想你，就是用整个世界来换你，我也不会换……亲爱的爸爸，还要告诉你一个不好的消息，我和妈妈从报纸上看到了一条消息，有一股强台风席卷了霞浦海边的咱们的故乡下浒，有1000多民众紧急转移，损失巨大，紧接着，泥泞、塌方的公路上又发生了一起重大的车祸，死伤了几十位同胞呐，让人心里好难过、好难过啊……”

从女儿的来信里，林常平更感觉到了一颗幼小、稚嫩、然而却充满爱的阳光的心灵。从女儿的来信背后，林常平看见了自己的妻子、女儿们的母亲的面容。在漫漫长夜里，桂玉顶着压力，时刻保护着两个女儿的心灵，不让她们感到痛苦、屈辱，让她们跟其他孩子一样，脸上永远有欢笑。但桂玉自己却一天天变得瘦弱，变得更加沉默寡言，她在周围的人们面前，常常会忐忑不安，纵然是学校里的同事们向她投来同情的目光，她也会浑身紧张，精神过敏。但桂玉又是坚强的，她决不在女儿面前表现出丝毫脆弱。那段时间，巍峨教堂里的圣母玛利亚成了桂玉的偶像。

家乡受灾遇祸，焉能坐视？

林常平心意沉沉，当即给桂玉写信，要她一定要想办法，代狱中的他向福建省红十字会捐款2000元。就是向亲戚朋友们去借，也得想办法借到这笔钱。

他随后又专给大女儿晓辉写了一封短信，讲述了他看到她的信有多么的喜悦，他提醒晓辉，心里也要想着小妹妹的生日，晓晴的生日是12月25日，到时候一定要记得提醒妈妈为妹妹好好过个生日。

他给女儿写信的时候，眼前竟出现了美妙的幻觉，仿佛他已经重获自由，回到自己那个温暖的家里了，静谧的夜晚，那可爱的小女儿就熟睡在他的身旁，鼻息可闻……

夜阑，我被噩梦惊醒
忽听一阵清脆的笑声
如摇响飞檐的风铃
身旁睡着我的小女儿
原来她在做梦
我梦见的是破碎的往昔
她做的却是甜梦
我真想把她唤醒

问问她梦见了什么好事

或给她讲讲苦涩的人生

泪水忽然涌上心头

静静地

我要守护她的梦……

41 命悬一线

一个月之后，红十字会的工作人员便敲锣打鼓地将两面红彤彤的锦旗送到了监狱，那两面锦旗上两行金色的大字写着：

陶育美德润物无声

特殊园丁改造新人

锦旗送到的时候，林常平正躺在医院的急救室里，脉搏130，血压110—200，脸色铁青，失血的嘴唇呈现灰白的颜色……

每次心脏病发作休克，送医院抢救，病痛已经把他折磨得五脏俱裂，大脑无法支配身躯，灵魂难以控制自己的精神世界，思想连同肉体都被剥夺了自由，肌体在枯萎，思维陷入呆滞，在凝固，与其说活着，倒不如说更像一具僵尸。不知多少个日日夜夜仿佛一直在昏昏沉睡之中，没有思维，没有挣扎，只有无边无际的黑暗，无穷无尽的噩梦……

不知过了多久，他醒过来了，又一次从鬼门关上挺过来了……

负责抢救他的是一位中年女医生。那位女医生是林常平永远难忘的。

女医生："好好躺着，你的生命先由我安排，如果我安排不了，那就交给上帝去安排了。"

"那如果上帝也安排不了呢？"心如止水的林常平虚弱无力地喃喃，说这话的时候，他满心想的其实是一个黑色的字眼——死。

女医生一笑："你这人，都这时候了，你还挺幽默的，如果上帝也安排不了，那就只好还交还给你自己去安排了。"

他从鼻孔里喷出两股冷气……

她问他："你平时的心情怎么样？"

林常平惊讶地瞪大了眼睛："你这不是明知故问吗！心情怎么样？还能怎么

样？我是个犯人，在监狱关了这么些年了，天天度日如年，你说我的心情怎么样？我还能怎么样啊。”

女医生说：“从你的年龄和外表看，不应该冠心病二期，如果不抓紧治疗，你会很快进入三期的，那可就麻烦大了。你得好好配合治疗呢……”

林常平轻轻叹了一口气：“可我这个囚徒根本就没有自己的选择权，配合治疗？我？这事难道能由得了我吗？”

女医生当时就给他刷刷刷地开了一张纸的处方：“呶，你把这个带在身上，努力试试看。”

“这是什么？”

“开给你的处方。”

他将那张纸从头到尾看了一遍，看得很是仔细。女医生开给他的处方是：经常听音乐，欣赏令人愉悦的电影，定期去名山大川游览；时间安排要留有余地，以免临时遇到情况焦急不安；绝对避免和那些可能会让你勃然大怒的人接触；养成耐心听别人讲话的习惯，不要打断别人的话；交几个知心朋友，而不是泛泛之交，丢掉用数量衡量成绩的习惯，放弃做超人的想法。

他看完禁不住自嘲地苦笑一声：“音乐？电影？名山大川？那是神仙的日子！我何尝不想这样生活，可谁又让我这样呢？”

女医生神色沉静，一本正经地道：“我可不是跟你开玩笑哦，即使是听不到，看不见，去不了，你心里也一定要有这些东西，你要在你的想象里听自己灵魂的音乐，用你的心灵去游历所有的名山大川。而且每天都要这样。请你记住我的话。”

女医生那同情怜悯的目光，那充满母性慈爱的神情，虽然只能聊予安慰，但她的眼神林常平却永远记在心里了。

他相信生命之火不是那么容易熄灭的。他不会听天由命，只要尚存一点火星，就会复燃起冲天火焰来。他要充分调动体内的燃料和能量，与可恶的病魔搏斗，与所有的不公正搏斗，同那条看不见的生命抛物线抗命，释放出他最后的冲刺力……

听啊，鸟儿的鸣叫声好美，多么自由啊。

第十一章

DI SHI YI ZHANG

苦海浮槎

42 向前走，莫回头

官头儿就要获得新生了。

在生命最孱弱的阶段，在如此艰难困苦的环境里建立起来的牢友情谊，往往比社会上铁哥们的义气更深一个层次。

劝君更尽一杯酒，西出阳关无故人。

林常平想起了风萧萧易水寒，想起了坐在太子丹身旁的高渐离击筑为壮士荆轲送行的悲音，此时此刻，无筑可击，他只好拿了一只粗瓷碗当缶，为狱友击缶而歌了，他用筷子敲打着饭碗，放开了沉闷沙哑的喉咙……

长亭外，古道边，

芳草碧连天，

晚风拂柳笛声残；

夕阳山外山。

天之涯，地之角，

知交半零落，

一壶浊酒尽余欢；

今宵离别梦寒……

林常平肃穆的表情伴随着颤抖的声音，饭碗的敲击声，声声敲在大家心上。官头儿忍不住地唏嘘了。林常平眼角闪溢着晶亮的泪光……

官头儿感慨连连：“如今咱已是‘日落西山红霞飞’了，在位的时候，咱老老实实地遵照党的教导，不谋私利。如今这一改革开放，老一套的东西全过时了，就是从这里走出去了，你又怎么能跟得上这让人眼花缭乱的形势呢？跟不上形势，你就得自认倒霉了。说来说去，还是前世作的孽，岁月不饶人啊！”

官头儿一声长叹：“以后还不知道能和你老林下得了棋不，来来来，咱俩最后再杀一盘。”

林常平也喜欢下棋，当然多的时候还是在一旁看别人下棋。人生如棋局，对手就是你眼下所处的环境，有的人会想到几步，十几步，早早就做了精心打算；有的人则只看到眼前，目光短浅，容易被诱惑，结果一着不慎，全盘皆输；有的人看起来落子如飞，却错误百出；有的人举棋不定，本来该走的好棋也因为犹豫而反倒下了一着臭棋，结果自然适得其反；有的人则不到最后关头决不悔悟；而有的人却稍有不妙就捶胸顿足懊悔不已；有的人为贪图一时之利，不惜铤而走险，最后落得四面楚歌……你如果落错了开首的棋子，后来必然加倍苦恼，捉襟见肘，穷于应付。你若能找几个高参在一边提醒着，说不定会悬崖勒马，化险为夷。面对人生残局，如果不懂得周密规划，便是一个很差的棋手；如果没有几个参谋，你便是孤独的棋手了；如果输不起，早早地就掀翻了棋盘，那你就是个神经脆弱不值一提的棋手了。

他林常平是哪一种棋手呢？

官头儿一声长叹："棋总是越下越少，人生总是越来越短啊！下着下着，最后就成了一盘残局了。"

有人告诉官头儿：监狱是个很不吉利的地方，从监狱出去的时候，在里面用过的生活用品都得扔掉才好，不然就会把晦气带回家去的。但有些东西是必须要带回家去的：一条你盖过的被子，一只你喝水用的杯子，这两样东西的谐音都是"一辈子"，万万不可把你的一辈子都留在这里啊！官头儿在监狱里待了十二年，生活用品，衣裤什么的，好些还没有穿过，又不忍心扔掉，于是都送给了号房里的那些无人关照的"三无犯"。只将自己用的那一条被子和一只喝水的杯子留着，打算拿到监狱大门外再扔掉。虽然似乎是个迷信的说法，却也不得不信，反正不过是举手之劳罢了，免得以后心里嘀嘀咕咕犯纠结。

管教派人进来通知官头儿说，家人接他回家的车已在大门外候着了。按法院判决书规定释放日期是明天，释放证要明天早上才能开，开了释放证才能离监。但官头儿的关系户在下午下班前已经开好了，日期填的是明天。但晚上十二点一过就算明天了，按说就可以离监了。但半夜三更地放人，怎么说都感觉总是不大好，比释放日期提前三两个小时倒还可以说得过去，这属于擦边球。关了十年、八年、二十年监狱的人，谁个不想早离苦海啊！哪怕是早一天，早一个小时，早一分钟脱离这苦海也好，归心似箭啊。

天下没有不散的宴席。意犹未尽，林常平仿佛带着阑珊醉意似的，和这老狱友互道珍重。望着官头儿渐行渐远的背影，林常平不由得一声喟然长叹，又有谁能品出他这声叹息里包含看多少的意味呢。

等送别了官头儿，林常平恍然地一拍脑袋，才想起自己竟然忘了一件十分要紧的事情，他竟然没好好叮嘱叮嘱官头儿：一旦走出监狱，便谨记着一直往前走，千万莫回头！

"向前走，莫回头"——在监狱里度过难熬的岁月的犯人都知道，这是犯人在出狱之日的一个不成文的讲究。当初，林常平刚进来监狱没几天，就听监舍的犯人在一起谈论出狱的事情，老犯人说：

“你有朝一日走出了监狱的大门，那你是万万不可以回头看的。在里面生活了好多年，离开的那一瞬间，大半的人都会自然而然地回头看一眼这高墙和这阴森森的大铁门。这一回头可就瞎了，甩不脱的霉运就又会像影子似的跟上你了。”

一个“二进宫”立刻证实道：“就是就是。老子上次释放时，心里给自己叮咛：别回头，千万别回头！可还是鬼使神差，忍不住回了一下头，你想么，这扇大铁门关了老子八年多，都有感情了，忍不住就想回头看一眼，这就叫鬼打墙。结果怎么样？嘿，倒霉透了，这不，没过一年，他妈的老子又进来了。”

“这可不是讲迷信，是很有道理的，出了监狱的大门不能回头看，不能留恋这几年非人的生活，要忍住千万不要回头，眼光朝前一直走，一回头铁定会再进来。”

林常平心里默默地记住了这个不知道究竟是不是迷信的说法……

43 救火

“双评”一结束，年前最重要的就是那个奖惩大会了。说得确切一点，实际上一般都是奖励表现好的犯人，为的是弘扬正能量。而照犯人们的说法，应该叫减刑大会才更加名符其实。

那天的天气可谓天朗气清，惠风和畅。大墙内，明亮的阳光下，聚到一起的黑压压两千人端端正正地坐在各自的小马扎子上，一个个眼巴巴，耳朵竖起来，脖子伸得长长的，都在期待着谛听到那仿佛来自天国里的福音……

犯人在改造中有突出的悔改、立功表现，依照法定程序，报请人民法院裁定后，可实施减刑或假释，并且要在全监狱犯人大会上进行公布，有的犯人在公布之后当场就可以释放回家。这种做法自然是出于褒扬正气、贬抑邪恶的目的。对所有的犯人来个现身说法，让他们看到光明尚存，希望犹在，只要好好地改造自己就能够提早回家。

黑压压的犯人整齐列队坐在大队操场上。主席台上坐着监狱领导，以及中级法院和检察院派来的代表。

法定的程序是：先由法院代表宣读对罪犯的减刑、假释裁定书，然后由检察院的代表监督程序的合法化，并就法院宣读的裁定书当场问在座的犯人们是否有异议。

当然是不可能有人有异议的。

那天要减刑假释的犯人中，就有林常平他们号房里的那个大块头牛哥。

照例，台上的领导要依照程序，当场提问大块头：

“牛某！你回家后是否有住房？请你回答！”

大块头喀嚓地来了个标准的立正，挺起胸脯，十分响亮地大吼一声“有——！”

“是否有生活来源？请你回答！”

大块头又响亮地大吼一声：“有——！”

“请你过来签字！”

大块头迈着受阅部队雄赳赳走过天安门广场那种正步，咔咔咔地走到主席台下面的一张小桌旁，当场刷刷刷签了字，放下笔，又是“咔”的一个立正。说不清大块头的这一连串的动作究竟是发自内心的呢，还是故意整景，或许还藏着点黑色幽默什么的？台子底下的犯人群里，忍不住漾过一阵低低的哄笑。监狱长朝台下扫视了一眼，全场立刻又鸦雀无声了……

监狱长庄严地宣布：“好！牛某！从现在起，你完全自由了。你可以马上离开监狱，回家去和家人团聚了！”

“感——谢——政——府——！”大块头最后这声几乎是竭尽全力地吼。

大块头牛哥就是在这天回家去的。

林常平知道，大块头虽是个犯人，但还是“劳积会”的主任，还兼着统计，平时分配月考评分和年终奖励。性格尤其独特，好像在娘肚子里便练就了一身太极神功，从来不显山露水的人，当然也就很少洒汤漏水了。

林常平心里说：别了，牛哥！别了，大块头！

犯人们的心情是极为复杂的，有的人满腹痛苦失落；有的人垂头丧气，默然无语；有的人傻傻地惊叹；有的人则垂下头悄然流泪……

林常平心事浩茫……

要不是那天发生了一个意外的插曲，那坐在小马扎上，在犯人堆里的林常平，还真不知该如何打发那难熬的分分秒秒呢。

监狱里突然发生了火灾，起火了！

滚滚的烟雾是从竹器厂飘起来的，转眼间浓烟就翻卷着扑向晴朗的天空……

大操场上的犯人们起了一阵明显的骚动，主席台上的领导更是首先下意识地站起来了。他们紧张地交换着意见的时候，从竹器厂那面跑来一个惊慌失措的干部，这更证明了起火的地点是林常平他们的竹器厂无疑了。主席台上的监狱长当即发布了紧急命令：

“竹器厂的犯人！立即由监管干部带队，跑步回竹器厂去救火！其他犯人谁也不许动，保持肃静，减刑大会不受干扰，继续进行！”

救火的过程是谁都可以想象的，林常平自然是冲在最前头的一个。火海中，滚滚的浓烟呛得他喘不上气来，窒息般的感觉，他心跳如擂鼓。那一刻间，他什么都顾不得了，只是拼命地一趟趟往出抢救那些竹器产品、半成品、制作竹器的原料……就在他抱着一堆记账本跑出来的那一瞬间，燃烧的屋顶轰隆一声，可怕地坍塌下来！林常平下意识地一个肩顶，将身边的老万一肩膀顶出了火海丈二远……

是犯人们把被砸在下面的林常平拖出来的，他满头满脸都是血，已经成了个血人……

在监狱医院的抢救室里，从疼痛中苏醒过来的林常平，一眼看到的是一张减刑裁定书。由于林常平在改造中有突出优异的表现，他的刑期，由死刑缓期两年执行，破例地改判为有期徒刑20年。

林常平蘸着自己的鲜血，在那减刑裁定书上按下了一个血红的手印之后，随即又昏了过去……

大梦初醒的黎明，那个阳光四射的早晨。围绕在他身边的死亡气息渐渐离他远去了。从现在起，划一道线，过去，确定无疑是属于死神了，而未来则似乎属于林常平自己了。

然而，未来人生路还很长很长，很远很远……

44 把酒问青天

生命的秋天已如期而至，像飞雪一样的白发过早地积满了他的头顶，若要寻找他，在这几千个犯人中发现他是极其容易的。发虽白，人未老，他的脸色呈健康的红润，他的心尤其年轻，甚至带有几分像这样年龄的人所不该有的固执、天真；他的眼睛并不是很大，但却时时透射出热情、善意、诚恳和执著，当然也难免一缕忧郁，但更多闪现的却是信念的光芒。他对着脸盆里的清水照照自己那一头白发，很自然地想起了苏东坡“故国神游，多情应笑我，早生华发”的诗句。

电视机又被犯人砸坏了。

监狱里的电视机坏得最快。每次放电视，上百个犯人就像一群苍蝇围着一块臭肉，你要看这个，我要看那个，争争抢抢，遥控板总是被夺来抢去，谁也不依谁，抢不到就动手调频道，你把我推开，我把你推开，于是便斗鸡一般吵起来，甚至索性砸坏电视机，谁也别想看！

今夜是八月十五，可是天上没有月亮，只有淅淅沥沥的绵绵秋雨。但对家的思念却更浓了，耳听窗外风声雨声，耳边萦绕着妻子的呢喃，他恍惚间仿佛听到妻子匆匆而轻盈的脚步声一路向他走来，他抑制不住心头的狂喜，向她奔去……

然而却只是一个梦，惊喜坐起的他又颓丧地躺下，怀着无边的寂寞，孤凄地睡去，但愿再能梦见她。每天睡前他都是这么祈祷的。有时候，别的犯人都去看电视了，他会一个人跪在蚊帐里，望着窗外繁星点点，拿出桂玉的相片，给她无数个吻，向她诉说心中的思念之情，望着皎洁的月亮默默地为她祈祷：“但愿人长久，千里共婵娟”。长夜难眠，外面电视机里的笑声更增加了他心里的荒凉感，有时候就把枕头当作桂玉，紧紧地抱在怀里。真是“枕边泪如阶下雨，隔着铁窗滴不停”。他就干脆坐起来拿出日记本来写日记，那一字字都从心里流出来的，像血，他不是在写日记，而是杜鹃鸟在啼血，一直写到手指发麻，心绪才能渐渐平定下来。但到了提笔给妻子写信的时候，那就另当别论了，为了不加重妻子的精神负担，为了不扰乱桂玉的心绪，为了不至于影响桂玉在学校里的工作，林常平心中的苦水永远都不会向自己妻子诉说，每次写信都是安慰、鼓励……

白发不等于衰老，正如青丝不一定等于青春。他依旧还是一腔热血，仍旧还是固有的那般男子汉的气质，那股浩然正气无日不在他体内运行着，他眼里看到的这个世界，虽然远没有小学老师在课堂上讲的那样美好，但事实上也不像有些人讲的那样糟糕，他没有理由不去热爱这个世界，热爱生活，事业是他的生命，为此他曾付出了极其昂贵的代价，但却至今不悔；热爱生命的人怎能不重视生命的意义和价值呢？他林常平不是一只完美的苍蝇，他是一只飞低了的雄鹰，即使身上一无所有，他还有一颗热血滚滚的心昼夜怦然不息。

“夜阑卧听风吹雨，铁马冰河入梦来。”这是谁的两句诗？反正不会是杜甫。杜甫只会“忽闻官军收蓟北，漫卷诗书喜欲狂”。杜甫不但人比黄花瘦，连胯下骑的驴也羸弱得很，如何能想到铁马冰河？他林常平不要做杜甫，他要呼唤自己心中的铁马冰河，去长天大野之下疯狂地奔驰，驰骋纵横，去建功立业，去缔造辉煌；哪怕这辉煌只有一瞬的闪现，那便也是他人生的灵光了！

眼下，他必须先得卧薪尝胆，厉兵秣马。

自古至今，投身变法维新力求富国富民的英杰不知有多少，从大秦帝国的商鞅，赵宋王朝的王安石，到大清帝国的康有为、梁启超、谭嗣同，他们顺乎潮流，推波助澜，忧国忧民，誓图中兴，可到头来一切皆都付之东流，可惜一个个雄才大略无奈地陨落！而历史发展到今天，山雨欲来风满楼，中华民族的又一次振兴的机会似乎要到来了。

离离原上草，
一岁一枯荣，
野火烧不尽，
春风吹又生。

45 宿命乎？

彼岸无人
溪水淙淙
目光的琴弦兀自呜咽
水之上
天籁在云端
波动高低错落的音符
花丛，歌唱的小鸟
渴望涉过清澈的溪流
彼岸无故事
岸边与岸边
哪一边是起点
哪一边是终点
只是隐藏的锋芒，

浮云，飘絮，水泽

隐藏的锋芒

冷笑如箭……

林常平从小小年纪起便四处游逛，张大眼睛看这个陌生的世界。但他却总躲不开一次次迎头撞来的厄运。有时候专门想着法子去躲开它，却正好又是直直地迎着厄运而出，恰恰让厄运逮个正着，无异于自投罗网。就连从海里捞上来台湾的宣传品，立即小心翼翼地交上去那件事，也居然成了一个政治问题。他总是处在风口浪尖上，把自己完全暴露在火力杀伤范围，成了一只秃头上的虱子，一只过街的老鼠，难道这一辈子他该着是这样的命运吗？

1975年，他接到通知，恢复了小小公务员的工作，到下浒供销社，又派他去下乡当领导农业学大寨的工作队长，结果他偷偷地给农民们扩大了一倍自留地，放胆搞了一年，农民们家家大丰收，心中暗暗地将他当成了活神仙。但转眼之间，他脑袋又重重地挨了当头一棒，又什么都不是了。好在因祸得福，那灾难也成全了他和桂玉的爱情，天地做媒，撮土为香，他和桂玉结为伉俪不久，他们有了大女儿晓晖，长得像“古兰丹姆”，人见人爱，仅仅一年之后，又生下了二女儿晓晴……

1983年5月到1985年春天，在铁饭碗眼看端不住的严峻形势下，他组建了长春贸易中心，端起了自己的饭碗。创业的几百个日日夜夜里，他每天连轴转，每天工作16个小时，在松城那座不起眼的办公楼里干出了一番轰轰烈烈的事业。他为人耿直，办事认真，丁是丁，卯是卯，甚至连妹夫姐夫也不留情。那个时候，他忙得每天只睡三四个小时，一出差就是三个月，连给妻子写信的时间都没有，更不要说陪妻子孩子去看一场电影了。

怪圈似的命运，难道是宿命？

法律是要有人来执法的，执法的人是活生生的人，有七情六欲的人，人是一切社会关系的总和，这不是他说的，是马克思还是恩格斯说的，总之是这两个高鼻子外国人说的。假如执法者不神圣，那法律的神圣地位也将受到污辱。

现在可好，时间多得竟一下子不知从何打发了。

外面的世界很精彩。但他韶华已逝，岁月又步步催人，年年逼人。

桂玉托律师寄来2000元，买药花了几百块，余下还得节约着用，一旦心脏病发作就可能捉襟见肘，他给好几个朋友写信要他们把借款还过来，都快两个月了，不但款子没见汇过来，连信也没有回，什么亲戚朋友，借钱的时候话说得多好，拿到钱转身就又是一副嘴脸了。

林常平为了追讨当年他那个长春贸易中心的被欠款，一次次提诉人民法院，并请求亲友相助，眨眼间，两年快过去了，还陷在一片泥潭里纠缠着，但好在似乎也快见出点眉目了……

这当中有一个小小插曲：

大队里一个有头有脸的特殊犯人居然托人从外面请来了一名据说神通广大、料事如神的相师来算命看相。那相师迈过监狱一道道铁门槛之后，居然在院子里莫名其妙地平地摔了一跤。当时正好有个路过的犯人从旁搀扶了那相师一把。那相师从地上爬起来，抬头一看，呆呆地望着那犯人，惊讶地脱口道："大贵之相！大贵之相啊！"

那犯人正是林常平。

林常平正愕然不知该说什么，那相师已主动拉住了他的手仔细看过，又认真端详了林常平的面相五官，之后说："你这人从小命苦，小小年纪便失去了父母，一直在靠自己打拼，你十五岁时便立下了鲲鹏之志，但你想做之事却往往做不成，非但做不成，反而一再要落难，以致夫妻分离，一对鸳鸯隔河相望，你本该是属虎的，却属了牛，本该是有儿子的，却生了女儿，不过你这人有一样特点，决不往后看，从不走回头路，不吃回头草。你的大富大贵是在后面的，机运当在50岁之后一涌而来，所以你得有耐心。过了50岁，你就逢山开路、遇水架桥，一马平川，再无拦挡了……"

46 向死而生

龙年初五，为了协助政府干部了解犯人，林常平在中队里出资400元，举办了一个茶话会，中队干部都讲了话，希望每个犯人都努力改造，争取早日获得新生，回到亲人身边欢度春节。犯人们都发了言，有的犯人哭泣，有的哀伤，但也有了难得一见的笑容。

也就在那天，林常平又一次严重地犯病了。胸闷心绞痛，呼吸紧张，起不来床了，自己摸到速效救心丸，起床洗脸刷牙，头昏眼花，摔倒在地不省人事，醒来已经在急救中心的病床上。他后来才得知，自己已经神志不清两个小时了，确诊为心肌梗塞前综合征。医院里建议立即住院，但这事必须通过检察院的，请示上去，得到的回复却是三个字：不同意。

人类从远古洪荒艰难地走来，经历了无计其数的灾难、饥饿、瘟疫、杀伐、战争，却绵绵不绝地繁衍生息到如今，是因为人类有一颗共同的良心，中国的儒家叫这种良心为“仁心”，西方的基督教叫作“爱心”，东方佛教再叫作“菩萨心”。人性的关怀无疑是人生路上一盏暖暖的灯火，它可以使冷漠消失，隔阂不再，让每一段路程都是一首欢乐的歌。相反，一旦关闭了这扇善之门，世界将会陷入一片无望的黑暗。

改革流离多风雨，情天恨海不扬波。屈指算来，林常平快要熬过十年的牢狱生活了，他已是身心俱疲，真的是太累太累了。

何处是归程？长亭连短亭……

林常平凝望广袤的夜空，正有一颗耀眼的流星拖着光亮的尾巴划过苍穹，眨眼间便消失于沉沉的黑暗。林常平又一次从那只小皮箱里拿出了早就写好的遗书来看。万一死去，他的遗书就在皮箱里，请分队干部交给他的妻子和女儿……

女儿又来信了。

“亲爱的爸爸：女儿想念你！是刻骨铭心的想念！你一定要当心自己的身体，不要太容易激动了，你一定要让自己快活起来，你一个人在那面一定很孤独，很寂寞，但你只要想到女儿的心在时刻为你跳动着，你就不会那样孤独了。等到你出狱的那一天，一直到以后的长长远远的日子里，女儿都要好好地孝顺你，永远孝顺我的好爸爸……”

“女儿啊放心吧，在追求幸福的路上，爸爸永远要做个强者，爸爸的前半生是遗憾地结束了，但爸爸的后半生才刚刚开始。爸爸相信自己，正如爸爸相信我的宝贝女儿一样！”

每个人的内心都有一种力量，或许他们不知它在哪里，但每个人都不会忘记创伤，也不会放弃治愈创伤的机会。岁月只会褶皱了你的肌肤，可怕的绝望却褶皱着、吞噬着你的灵魂。烦恼、恐惧、绝望，会加速摧垮你的精神，使你元气伤耗殆尽，无法恢复。最珍贵的永远是战胜怯懦的勇气以及永远敢于冒险的精神。南非总统曼德拉在监狱里那样的忍耐和坚持，那是需要强大的信念支撑的。气是血之帅，气行则血行，气滞血亦滞。一个美好的心情比十服良药更能解除生理上的疲惫和痛楚。不良的精神状态、恶劣的情绪可以引起多种疾病，高血压、冠心病、精神病都与人的精神情绪直接有关，无休止的烦恼，暴躁、忧郁、苦闷、自卑、都会自损自毁，人并不是为了苦恼才来到这个世界的，但命运给他如此多的苦难，让他心理上很不平衡，如斯，他必须学会自我疏导，千万不要糟蹋自己。

他像一个慷慨赴难的义士，他横下一条心：向死而生！

47 只要还有梦，灵魂就不会死

他又频频地做梦了。

梦境里，桂玉近在咫尺，双目微闭，躺着，优雅迷人的美，惊心动魄的美，销魂荡魄的美，像个睡美人，他仿佛能嗅见她的淡而芳馥的发香和女性诱人的气息，他不由得一阵晕眩，眼前如云似雾，心弦战栗，热血沸腾，胸口像滚雷般的鸣响，浑身燥热难耐，他仿佛就要把握不住自己的感情冲动了。但他立即从迷茫的梦游中醒了过来，让急促的呼吸渐渐地平定下来。他不要失态的鲁莽，他要理智地堵住感情潮水的闸门。他翻坐而起，在床上木然僵坐……

11年的苦苦挣扎，他的双眼早就露出了疲惫的眼神，一张风吹雨打的脸上又多了几条让人联想丰富的皱纹，又一层雪白的头发如同落了一层严霜，但他心里知道，有人天天在默默地为他祈祷，盼望他重回人间。那就是他的妻子，他的女儿。

天一亮，大班犯一出工，监舍里就成了留监犯的自由天地。监房里没有队长，各中队铁栅门也都敞开着，可以串门儿，看看电视，再不就蒙着棉被睡大觉。

他则抓紧时间给妻子写信：

“玉妻，此刻真是别有一番滋味在心头，我神不守舍地念你、想你，在一回回梦中与你相聚。我们每一次见面，我都恍惚觉得是永别。以为今生今世再也见不到你了，多少次泪湿枕巾，可你还在痴情地等待我。如果我有分身术就好了，一半在监狱，另一半则可以随时飞到你身边去。你还是那样多情、漂亮、潇洒。我对你有说不出的感激，如果不是这残酷的约束，哪怕是单独和你在一起几分钟，哪怕只是轻轻地吻你一下，我都会感觉到自己是世上最幸福的人。多么想让织女牛郎相会鹊桥，再度一个甜蜜之夜，让我的梦幻化成春雨吧。玉妻，我想你，每时每刻都在想你，但也只能期盼早日团聚了，我的爱只能专一地奉献给一个人，那就是你——我亲爱的妻！”

他又一次开始同死神搏斗了，他昏迷不醒，一连几天都在抢救中。省高院和监狱医院见他病重，和霞浦法院取得联系，通知桂玉来榕城监狱医院看护。

他和桂玉又是一年多未能见面了，桂玉看到他病态的身躯，强忍着，没有让泪珠从眼眶里滚落下来。而且在路上，桂玉就一再叮咛两个女儿：见到你们爸爸的时候，谁也不准哭，你们爸爸的病情经不起伤心，你们一哭，爸爸的病情反倒会加重的，两个女儿非常懂事，都强忍着不让自己在他面前流下眼泪。两个女儿一左一右，搀扶着步履蹒跚的父亲从病床上下来，让他和她们的母亲坐在医院走廊的一条冰冷的板凳上，然后就躲到一边去背过身悄悄地抽泣起来……

林常平和妻子在那条冰冷的板凳上默默地坐着，此时此刻，语言似乎也成了多余，而最能连接起他和她的神经的便是那一幕幕温馨美好的回忆。他和她的心流连在他们每一处幽会之地，月影，风声，蝉鸣，幽幽的目光犹如月下的渊潭……

此刻，林常平的目光在对桂玉诉说："自从分别的那一刻起，我一直沐浴着你的爱抚，呼吸着你的温馨，你脉脉含情的呢喃还萦绕在我耳畔，你飘逸的倩影还缠绵在我身旁，我每天都在监狱里端详你的容颜，读你从那千里之外的来信，甜蜜的遐想如同电流，穿透我的肺腑……如果能许一个愿，我要时光倒转，重温那旧日的梦……"

桂玉的目光也似在幽幽地诉说："梦是不会死的，平夫啊，你就是我桂玉的梦，有你在，桂玉的梦就不会死……"

他面临的是一场生与死的冲刺，他的生命已经被浓缩了几十倍，他的欲望与别人不一样，正像接近于光速的物体那样，他就像是用特殊材料制成的一个物体，具有极强的硬度、韧性与冲刺的力量，即使是变成一颗流星，也要在坠落的刹那间，闪出一道耀眼的光亮。

人可以默默而生，却不能默默而死；在这有限的生命里，去努力于毕生追求的事业，至少也要把自己的一生的苦难经历写下来，留给后人。雁过留声，人过留名。未来并没有对他封闭，他要重返人生大舞台，去创造生命的奇迹！

第十二章

DI SHI ER ZHANG

重回大地

48 飞出牢笼

离离原上草，一岁一枯荣。

在常人难以想象的铁窗牢狱中熬过整整11年之后，林常平终于获准了保外就医。

当他走出监狱大铁门的那天，他心里牢牢地记着老犯人们的叮咛，谨记着那不成文的迷信式规矩——向前走，莫回头。他强迫自己，真的没让自己回头再看一眼身后的高墙电网，只用自己的耳朵听那大铁门沉重关闭的声响，仿佛一声惊心动魄的叹息之声。他咬着牙，始终没有回一下头……

没有人来接他。因为他没有将自己的出狱日期告诉任何一个人，他在人生历程之中，从来都喜欢天马行空，独来独往，仿佛只有这样才更能感觉到自己生命的律动。

一个飘零者，站在灵魂的十字路口……

一种强烈的错位感。

十一年的铁窗生涯，超常的孤独和痛苦把从前的那个林常平变成了一个沉默寡言的林常平，他似乎已经完全习惯了孤独，他不喜欢交朋友，甚至内心已经没有一点欢乐的因子了，他用怀疑一切的目光看待每一个人，无论睡着还是醒着，他都保持着魔鬼般的冷静，无论对面的是些熟悉的面孔还是些陌生的面孔，他都像鼹鼠一般，保持着高度的警惕性。

他就像是一个孤独的牧羊人，他更像孤独的牧羊人厌倦一件破烂不堪的旧皮袄那样地厌倦自己，他把自己看成一个不过是暂存在这世上的某种赘余的物件，无论什么人都可以不搭眼地忽略而过，可视而不见。命运摆在他面前的，似乎只有一条忽闪着微弱光亮的小道，仿佛他只能徒然地等待有那么一天，慈善的命运之神会把他召唤到一个一切都像云朵一般轻飘飘的自由的天地里去，那里不再有思想，不再有苦恼，不再有孤独，不再有恶毒的诅咒，不再有阴谋和算计。当然，也不再有爱情和任何梦一般的向往。

恍如隔世的感觉使他微微晕眩了，他的内心里忽然惶慌起来，这情形就像一条几乎被风干了的鱼，面对一片风浪莫测的汪洋大海，它当初是从哪里来的，但它还能够重新回到那里去吗？

他记得在坐牢之前，社会上流行的是什么牛仔裤、流行歌、紧身衣、紧身裤、尖头皮鞋、奇装异服。眼下则是各式各样了。斑斑驳驳的光、影、色在他眼前形成一道奇特的瀑布，并且在不停地旋转……

在拥挤不堪的住宅小区里，林常平碰见了往常比较熟悉的几个邻居，但却没有一个人同他主动打招呼，那几张貌似熟悉的面孔上明显地写着惊讶的表情，遥远得如隔天涯。他们似乎都在下意识地回避着他，绕着弯从他面前讪讪而过，他无意间一回头，却发现他们又从拐角处探头探脑地窥视他，就像望着一个刚刚从坟墓里爬出来的鬼魂……

楼前面的几棵树，他离开的时候刚刚移栽不久，只从光秃的枝干上绽出几片艰难的新叶，看上去很单薄的样子，可眼下，却绿荫垂挂，已经长得很高了。

总算回到家了。如死而复生的他张大眼睛，贪婪地留神家里任何一点细微的变化。阳台上摆着几盆绿色的植物，其中两盆他最喜爱的兰花已经进入花期，最早的花蕾已经绽开，满屋子里漾开的奇香就是兰花的香味，雅致宜人。

出狱之后的那个晚上，他与妻子相聚在一起，他们自由自在地拥抱在一起，她的泪水像泉水涌流，他轻轻地抚摸她的脸颊，她小声地抽泣，双唇微微张开，等待他的亲吻，一头乌发微微地向后仰着，忽然，他的手插进她蓬松的柔发之中，忽然，他的手僵住了，他惊讶地发现了她头上的一缕白发！如闻雷鸣，心绞痛发作似的一阵剧痛……

在这个百感交集的长夜里，他和她全然没有了一丝睡意，心里积攒了数不清的话要向自己心爱的人倾诉，然而那一句句断断续续的话从嘴里说出来，却怎么都不到位，仿佛不是自己原本想要说的，言语的表达力显得如此窘迫逼仄，刚止住的泪水又流出来，他吻去她美丽的眼角的泪水，那泪水是咸的，是海水的味道……

寂静无声，只有挂钟滴滴答答走动，在林常平的鼓膜间竟骤然间放大了无数倍似的。时间，十一年的牢狱生活，完全磨钝了他对时间的感觉，他的脑子仿佛经历了太过长久的冬眠，对时间的感觉早已麻木迟钝，甚至可以说已经陷入了假死状态。而这个夜晚，他就像一个在荒野上被冻僵的人刚刚苏醒过来，他不但重新获得了对于时间的感觉，而且是如此敏锐钻心……

49 为自己的盛宴

从监狱的大门里走出来的林常平，关注的是周围人们对他的目光。在经历了11年铁窗牢狱生活，在号房里苦度了4000多个日日夜夜之后，他最想看到的是什么呢？

他要看到沸腾的生活对他再次敞开怀抱地接纳！他要看到人们对他依然如故地尊重！

他要像一只养好了伤再次呼啸山林、冲下山来的老虎，他要问心无愧地重新投入到生活的激流之中去，再来一场惊心动魄的漂流体验……

林常平决定大张旗鼓地请一次客。

那更像是一次豪华的盛宴，个中滋味十分难言。

他请到了一大帮朋友，花了一大笔钱。其实林常平是在享受一种幸福感，尽管是有几分空洞的幸福感。他要用这一次豪华的盛宴，向人们证实他林常平确切无疑的存在——作为一个有尊严的人的存在。他要找回一种久违了的认同感和幸福感，这种认同感及幸福感超过金钱不知多少倍！

这时的他，虽然还只能说是个临时的自由人，从身陷囹圄到眼下的自由。他要享受这种巨大反差所产生的那种解脱了重压之后的轻松感、幸福感。从这个意义上说，与其说他是在宴请朋友，倒不如说他只请了一个客人，那便是他林常平自己。

是的，林常平是在圆自己的一个梦，在囚牢里几乎每天都要重复做的梦，他要重新回归生活的激流，他要重新寻找一种自由人的感觉，寻找一种正常人的幸福感，眼下，他对这种感觉的追求，竟然比任何时候都强烈得不可言状。

杯觥交错中，林常平在细细地体味酸甜苦辣俱全的人生，言谈之间，他往往会忽然走神，恍兮惚兮，云里雾里，他终于明白为什么哲人们说“痛苦即财富”的道理了。

这世纪末的五年，无论如何，他林常平都得越过这片人生的沼泽地去……

大醉酩酊的他独自吟哦：

十年磨一剑，
霜刃未曾试，

今日把示君，
谁有不平事！

50 寻找

这是一次放风，不是铁窗高墙里的放风，而是一次真正的人生放风。

林常平是个审时度势的明白人。他深深地知道，眼下，他首先必须调整自己的心理状态。十一年狱中的生活将他的性格几乎整个儿改变了，原先不曾有的自卑犹如一条混浊的小溪，已经不知不觉地混杂进他身体的每个细胞里了。

一颗沉重的心是无法负载奋进之舟的。

被自卑感深深困扰着的人会自知气短，会甘居人下，会怀疑自己、缺乏自信，那就根本无从发掘自己的优势，只能畏首畏尾，在和人的交往之中，由于胆怯而习惯于随声附和，唯唯诺诺。连眉头都舒展不开，哪还敢直抒胸臆，更不敢大胆地力排众议，提出自己的见解。这可怕的自卑感会磨损你独特的个性。一旦笼罩在精神的阴影里，你就会怵惕不安地防范一切，怀疑一切，猜忌一切，甚至猜忌自己，你会用不信任的眼光看待一切外界的事物。你会神经过敏，捕风捉影，节外生枝，疑窦丛生，结果只能是自寻烦恼。如此的心底里又怎么可能培植出友谊之花呢？与自卑感共生的便是怯懦了。一朝被蛇咬，十年怕井绳。你越是萎缩，你的性格便更趋内向，辞令尚未出口就已变形；你举措失当，却还莫名其妙地排他，画地为牢，宁可封闭自己于狭小的空间里，也不去延伸自己意识的触角。随之而来的便是逆反心理和冷漠心理了。为了保护自己那点可怜的自尊，往往会态度孤傲，表情冷峻，高视阔步，最终却落入孤芳自赏，落落寡欢，只能向隅而泣……

不，这些病态的玩意儿都不是他林常平所需要的，他要把所有那些消极的灰颓，那些身体里滞带着的负能量，统统弃之如敝屣。

林常平决定独自远行，先到外面的世界里去走一走，看一看，一边遍访名医为自己治病，一边进行一番全方位的社会考察。他已经被那高墙电网隔断正常的社会生活十多年了，心里自然会形成一种断崖般的落差，他必须将这段缺失的生活再度填补起来、连接起来，进而去寻找一条可一搏制胜的道路。他先后去了上海、温州、福州、宁德等地。这一路也捎带着收收账，收回十多年前长春贸易中心在外面的被欠款。

一个人如果长期处在一个相对不变的环境里，循环往复地生活，没有新的信息激发他去思考，去比较，那就很容易思想僵化，很难有预测未来的能力；相反，一个人如果能生活在广阔无垠的天地里，天天处在不断变化的环境中，不断地接触到新的信息，摩擦生热的法则就会发生作用，就会思路大开，就会不失时机地找出事物发展变化的内在规律，尔后才可预测未来，谋而后动。作为一个商人，必须顺应社会发展的大趋势和大潮流。潮头涌来，也分前浪、后浪，中国版图巨大，某些地方的今天往往就是另一些地方的明天。而这个时间差便是稍纵即逝的商机，便是招财进宝的生意了。

在那“放风”的一路上，独自远行的林常平遇到了许多新的问题，碰到了许多熟悉的和陌生的面孔，这一切都逼着他紧张地开动脑筋去思索，逼着他尽快适应瞬息万变的环境，他这人天生求知欲极强，早已习惯了随时随地地学习、请教、对比、鉴别、筛选，而且，他在狱中苦苦积累的那些知识也全都派上了用场。他走访了几十个朋友，考察了好多家不同类型的企业，广泛的社交让他眼界大开，脑洞大开，信息量迅速膨胀，冲击着他的每一根神经。那种断崖式的落差很快就土崩瓦解了。

大鹏一日同风起，扶摇直上九万里。假如风歇时下来，犹能簸却沧溟水。

人争一口气，佛争一炉香。他林常平可以吃苦，可以受罪，但决不允许别人拿他不当回事，更不允许别人不尊重他的人格。他抱定一条决心：男子汉的战场绝不是在家里那一亩三分地里。他一定要大胆地杀回商海，重新崛起，再造辉煌。

林常平沿着大江南北的这一趟考察，也让他的内心多了几重忧虑，他所到之处的所见所闻，见到的各色人等，让他沉入思索。十一年脱离了主流社会的他，惊讶地发现人们的意识观念全都变了，人与人之间变得从来没有过的复杂，他所接触的社会热切追求着两样东西：权势和金钱。

人间正道是沧桑。

初心不改的林常平印堂发亮，满面红光。更何况他经历了一般人不曾经历过的苦难，也看惯了人情世态的炎凉，他如今谁也不欠了。眼下，他不是掂量着自己究竟能做多少事，而是自己必须做多少事。他眼下已经没有更多的人生资源了，他必须拼命折腾打拼一番，来个鹞子翻身，以求实现自己生命的价值。然后再来个华丽的转身，飘然而去。他必须这样做。他没有任何理由让自己缩下去，委顿下去，那决非林常平的性格。

三十年河东，三十年河西，好运气排长队也总该轮到他了！

51 重振旗鼓

严峻的现实摆在林常平眼前，他必须让自己尽快适应这眼花缭乱的现实，必须尽快地从困境中杀出一条血路来。

一个人要创新，必须具备三个基本要素，识、胆、才。三方面要素的形成，很大程度上取决于一个人拥有的信息量，而信息量的多少又同他的工作环境、居住条件、流动性有很大的关系。

没过两个月，在朋友们的鼓励和支持下，一家独立的私营企业——“安平实业有限公司”便正式挂牌了。林常平纵身一跃，再次投入到市场经济的大海里去了，他鼓足勇气决心大力拼搏一番。

一旦下到波涛汹涌的海里，林常平就陀螺似的忙碌起来了。他那整个沉睡如死的生命忽然间就被唤醒了。他这人在商场上总是出手不凡，安平公司成立之后的第一笔生意就做了数百辆摩托车，还不算经营钢材和铝锭。

巨人一旦坚实地站立在母亲的大地上，那他就是不可战胜的了。林常平又一次寻找到了一股神奇的力量，这再一次游回身体里来的力量，足以对抗头上笼罩着的阴影，足以对抗拉着他的双腿每天都要将他拖向沉寂深渊的恶力量。好像那种拔河的游戏，他要和那种力量拼命地拔河。林常平又回到了自身，灵魂已经向他发出了猛士般的召唤，这打不死的灵魂便是他高高擎起在手里的一面鲜红的旗帜了。

林常平又像是变魔术似的，他屁股底下又有小车坐了，手里又拿起了大哥大，而且还不止一部。出出进进的货物像流水般涌来，又像流水般涌出去，他两眼放光，在生活这张纷繁的大网里来回穿梭，竟不知疲倦为何物了。

随着林常平不可遏止的再度崛起，桂玉的担心也越来越多，十一年的风雨飘摇、担惊受怕的苦日子她真是过怕了。只要道听途说到一些风言风语、流言蜚语，她便会忧心忡忡、忐忑不安。

木秀于林，风必摧之，树大招风啊！

桂玉真不希望自己的丈夫再有个什么闪失，她只希望这个家从此以后能真的像个家的样子，平平安安、团团圆圆地过普通的日子。过那种普通日子其实是用不了多少钱的。她将这心思说给自己的丈夫听，林常平却偏偏最不爱听这些话，她唠叨得多了，他甚至会浑身烦躁起来。

不管桂玉如何忧心忡忡，林常平的胃口却是越来越大，劲头儿越来越足了。

一个企业家的发展，仅仅靠白手起家是不可能的，除智慧和胆量，能信用地借贷别人的资产发展自己的事业，那才是真正的企业家。林常平的朋友们都知道他这个人从来都喜欢出奇制胜的大手笔，而且招招总有不同凡响之处。这次，他回到家乡，屁股还没坐稳当，东西南北、五湖四海的朋友都知道他回来了，各种信息如雪片似的往他这儿集中。林常平仿佛一下子长出了十八双耳朵。各路朋友早在以前的相处之中就大大认可他的人品和诚信了。当林常平重整旗鼓披挂上阵的时候，他们便闻声而来，纷纷和他痛痛快快做起了生意。市场经济运作到今天，不论是成千上万的国有企业，还是三五人的小私公司，要想在竞争中立于不败之地，都有个如何闯出个金字招牌的问题。不能只想着如何一夜暴富，如果你只想一锤子买卖，骗人宰人，那就连做人的最起码的原则都没有了，谁还敢跟你做生意呢？更遑论什么金字招牌了。那你便死定了。而“林常平”这三个字就是一块金字招牌，他做生意的宗旨就是信誉、创新，再加上大胆的决策。

他的人格力量就像一块磁铁，吸引了无数同道。他的名声早就飞出了霞浦，飞出了八闽大地，甚至连精明的外商都直奔他而来了。

霞浦的大海里有的是世界上最好的鳗鱼，而日本人最喜欢吃的东西就是鳗鱼。活的鳗鱼自然不好运送，更不好保鲜。林常平脑子一转，如果是加工好的鳗鱼呢？烤鳗！利用外资，建他一个烤鳗厂！

林常平相信他的商业头脑是独一无二的。

商业计划书很快形成，一切都整得清清爽爽，投资九千万的烤鳗厂计划再一次搅动了整个霞浦，也搅动了国外目光锐利的商人。地方政府方面，乃至银行、税务、工商全都鼎力支持。这其中，没有一个人是他林常平鬼鬼祟祟私下里用钱去收买的，诚信和信誉才是林常平一再立于不败之地的真正的金字招牌。

俗话说：风水轮流转，今年到我家。大运来时谁想挡也挡不住。林常平感觉到自己的大运又一次到来了！

林常平面对担惊受怕了十几年的桂玉，他只能耐着性子给妻子宽心。他告诉她，此一时非彼一时了，如今的形势跟十一年前大不一样了，他手头做的，再不是什么安哥拉长毛兔的兔毛和蘑菇罐头了，他这次是正儿八经的引进外资，一切都做得光明正大，有法可依，有规可循，每一个环节都经得起检验，再也不会担心被什么人无缘无故地扣上一顶“走私”之类的罪名了。他建立这个烤鳗厂，恰恰是为振兴家乡的经济腾飞助一臂之力。

但不管林常平怎么给妻子宽心，桂玉心中的忧虑还是消除不去。他在外面干得越是风风火火，桂玉内心的担忧就越不可排解，有时甚至会忍不住跟丈夫急眼。就连两个聪明的女儿也都觉出了母亲情绪的反常：“老爸，妈妈是不是更年期提前了啊？怎么老是忧心忡忡的样子啊？”

往常的生活里，桂玉少有甜蜜的话语，柔情的抚爱，在林常平的记忆之中，桂玉几乎就没在他面前撒过娇。林常平在狱中的时候，桂玉的闺密看了她写给狱中丈夫的信，闺密就劝她给狱中的他写信的时候，多写一点甜蜜的话，桂玉说：“你以为这是在谈恋爱？写那软绵绵的话做什么呢？”

现在，桂玉心中不仅仅担忧树大招风，也担忧再次乘风破浪的丈夫会在如沐春风之中把持不住自己。如果哪天晚上他迟点回家，桂玉心里就会发毛，拐弯抹角非要套出个答案来，去哪了，和谁在一起，做了什么，而且非常注意他的神色，往往看得他浑身不自在，他越想要好一点，反倒显得不自然，越是不自然，桂玉心里便越是生疑。疑心生出暗鬼，于是便会更加捕风捉影，杯弓蛇影，草木皆兵。但不管他心里再怎么急火，也还得尽量耐着性子，一遍遍向她解释……

平心而论，这又能怪得着桂玉什么呢？

十一年，整整十一年。他们的爱情犹如烧红的铁条被突然扔进冰水里淬火。而眼下，这被命运冷却在一旁的铁条在重启的炉火里刚刚烧出了新的火星子。在这之前，他和她的爱情被冰冷的现实一再切割，酷似只有丝连的断藕——年年岁岁人隔天涯，日日夜夜魂牵梦绕。他和她错过了多少花前月下，错过了多少卿卿我我，错过了多少相濡以沫啊！情感的空洞正渴望弥补，一切都需要一次报复性的反弹，需要一次轰轰烈烈的放浪……

吞噬生活之舟的，往往不是惊涛骇浪。

第十三章

DI SHI SAN ZHANG

天外来鸿

52 阿英

人的一生中总有一个终生不能忘怀的时刻，而且这个时刻总会在你生命波纹的高点或者低点上自然而然地闪现。要说起来，命运实在是个非常奇怪的东西。灾难和幸运都会在你毫无准备的情况下骤然而至。

扑下身子创业的男人也有许多的难处。所谓交际，也就是来来往往，来而不往非礼也。每天人来客往，不管生意谈成谈不成，都得礼尚往来，上朋友家，不能不捎点礼品；朋友带小孩子来家，不能不给孩子塞点利市钱。熟人的红白喜事等等都不能不表示。外出一趟那就更得许多花销了，如果事事都打报告，等批示，不仅误事，反倒被人瞧不起，所以林常平不希望妻子过问得太具体，太仔细。他期盼妻子更应该是个善解人意、聪慧贤良的女人，应该帮助丈夫事业成功。而桂玉却如此忧心忡忡，还得他反三复四做她的说服工作，说起来也真够累的。

林常平心里当然深知桂玉是爱着他的，但他也知道爱情其实又是天底下最自私的东西。爱情的第一属性永远是排他性。爱得越深，痛苦也就越深，桂玉是他最可亲、最可爱的人，但有时她却又像是个可憎的董事长。

正当林常平一心扑在事业上，正当他身边最需要人才的时候，一位叫阿英的女性闯进了他的生活，最后居然闯进了他那骚动不安却又密云不雨的内心世界……

商场宿将林常平的安平公司起步伊始，便得到了党政部门的支持，再一次撬动了市场经济。公司人手一时不够了。桂玉显然是帮不了他什么忙的，桂玉的全部精力都放在学校里，放在孩子们的身上，回到家，便有永远也干不完的家务事，除此而外，她还得细心辅导两个女儿的功课。

林常平身边急需要一个得力的助手。

正巧有一天，一位在政府部门工作的老朋友介绍一个姑娘到他公司来工作。

“这个姑娘，文化程度高中毕业，很有才华，十分聪明能干，有头脑，有眼色。还有组织指挥能力，噢，对了，人家还当过村委会的副主任哪！”

“人品究竟怎么样啊？”多少年来，林常平对人品的要求一向是摆在第一位的，没有好的人品再有才华也是没用的，甚至弄不好还会坏事。

“人品？那更没得说啦，善良，爽快，聪明机灵，还义气。从不藏着掖着，有啥说啥，办事利索，勤快得很，又善解人意。要是人品不好的，谁还敢往你林总这儿介绍啊！”

林常平不是不相信朋友的话，只是担心他手头的这一大堆工作，头绪杂多又纷乱，忙起来往往废寝忘食，根本没有个规律，一般人怕是承受不了的。他原来倒是有个帮手的，还是个名牌大学毕业的硕士生，但只跟着林常平跑了短短两个月，就稀稀地支撑不住了，一张脸变成了苦瓜。只好与他分道扬镳，另择高就去了。

不知这个新来的帮手能不能助他一臂之力？

林常平迟疑地说：“那……先见见再说吧。”

“人就在外面！”

怎么？那朋友居然把人都带来了！

“英子？过来吧！”

随着一声唤，一个姑娘的倩影从屏风后面飘然而入，黑衣、红裙、白鞋子，长发飘飘，亭亭玉立。她不像是从楠木屏风后面闪出来的，却好像是从画儿里走下来的。随着她进来的，是一股春天原野上的风。

林常平仿佛望着一位天外来客……

姑娘主动地向林常平伸出一只纤手，笑容含蓄而又不失热情：“林总你好！”

“哦，坐，请坐……”林常平握住她的手的时候，感觉这只手细腻柔软而又温热。

接下来他跟她说了些什么呢？他后来竟全记不得了，大致是进行了极为简短的交谈，他简单地询问了关于她的一些最基本情况，又对她坦率地说了公司的现状，说了每天超常的忙碌，每天都得东跑西颠，甚至连上厕所的工夫都没有。各种会议，一次次的贸易谈判，要同各种各样的客户以及工商、税务、银行打交道，天天都必须要耐着性子磨嘴皮子……

阿英听林常平述说这些的时候，一直面带着矜持的笑容，她坐着的姿势也很是职性，不但显得端庄俏丽，而且浑身透出一股像她这种年纪的姑娘所不具备的气质，既容和天下，又不卑不亢……

最后，阿英那双明亮的眸子一闪，给林常平的明确回答是：“哈，对胃口，我正就喜欢这样既忙忙碌碌、又富有挑战性的生活呢。”

53 清风扑面

商海有商海的来往规则，商人有商人的生活节律，林常平操心的事情太多，天天都有干不完的事。他一天到晚，马不停蹄地忙个不停，圈里圈外的应酬交际，酒场上、卡拉OK等等。不得不牺牲了许多与妻子共度良宵的时间，他身边的“大哥大”已经不是一部，早已是好几部了，伸手去接电话，往往搞不清究竟是哪一部在响。那真是一种妙不可言的感觉，这种忙碌标志着一个男人自豪的成就感。

一天到晚埋头于工作的林常平，电光石火般的思路一个接着一个地闪现脑际，忙得连轴转，连治病吃药都顾不上，每天非得把当天要干的事情一件件干完才肯歇息，公司又赚钱了，无非就是和员工们一起喝杯庆功酒，他哪里能比得了后来那帮企业大佬们的悠闲，哪里还有时间去爬山、游泳、打猎，高尔夫……

以前，他的办公室总是凌乱的，自从这个叫阿英的姑娘到来之后，情形就一下子改变了。

早上，林常平一踏进办公室，迎接他的是一派整洁明亮的气象，清洁的茶具铮明瓦亮，电磁炉上已经烹着茶，清香飘溢，宽大的老板桌上纤尘不染，一字儿排开备忘录，及时的提醒来电，昨天遗留的事情，收到的电传，最近的财务报表，所有的计划实行情况一一详细地记录在册，今天计划要做的事情，也安排得当，几点几分出外做什么，几点几分必须赶到哪家大酒店，几点几分同什么人洽谈，几点几分要去机场接客人……阿英把一切都规划好了，清清爽爽，有条不紊。一出门，车子已经就停在门口，需要携带的资料几乎不用他招呼，阿英自会备得齐齐全全。天边有带雨的云彩？别发愁，雨伞是随时都备着的。只要飘下雨丝，阿英就会抢先下车去，打开伞，才让他下车……

阿英灵性十足，办事风格很合乎他的脾气和习惯。往往他还没说出口，她就已经为他提前想到了。他一伸手，她问也不问，就知道他要什么，上了电脑，一双纤手在键盘上像是在跳芭蕾。打印机，传真，呲呲呲呲呲呲，得。来了客人，彬彬有礼，大大方方而且又十分得体。脸上永远是那种矜持而可人的微笑，礼貌周到。明眸皓齿，说起话来，语速不疾不徐，腔调中便自带三分亲和力。

没过几天，林常平心里便生出了一种奇怪的感觉，一种反客为主的感觉，与其说是他决定聘用了阿英，倒不如说是阿英发善心反聘了他这个老总呢。

这种感觉真是魔幻，但却又如此真实！你听，阿英几乎没称呼过他“老总”，而是直呼“老大”。没有一丝矫情，反倒更让他心里舒坦、自然。

精灵似的阿英活像一股蹿动的火苗，天天陪在林常平身边，陪着他参加各种会议，参加贸易谈判，处理各种文件，阿英能和男同志一样吃苦耐劳，稍有空闲时间也闲不住，广泛涉猎企业管理方面的书籍，还仔细地做笔记。阿英身上仿佛有种天生的亲和力，公司里的所有员工对她的印象都超好，无不交口称赞。

阿英的气息无处不在，时刻缭绕于林常平身边。他走出办公楼去办事，坐进车子，深深地呼吸一下，车子里的空气散开一股淡淡的芬芳，他寻找那芬芳发出的地方，原来是阿英将一只橙子切开了放在后面，香味就是从那切开的橙子里逸散开来的。

阿英会把文案准备得妥妥帖帖，谈判需要的文件，阿英会提前准备好，要什么有什么。他热汗涔涔的时候，阿英会变出一条帕子来递给他。

“老大，你又忘了吃药了！”

阿英将他每次要吃的药片分出来，细心地分成几份，细心地包好小纸包，随时可以吃。服药的时间阿英是掐着表的，该饭前服的，决不拖到饭后服，他记不起，阿英就在他身边随时提醒他。有时候，他忙得顾不上吃药，阿英就会努嘴生气，是真的生气。于是，他手头再有重要的事情便也得统统放下，乖乖地听她的话，吃药。

“别用茶水，等着！”阿英会去倒一杯白开水来。

“别急，烫嘴呢，等晾一晾再喝。”

阿英仿佛就是他的小母亲。

酒桌上，阿英眼观六路，耳听八方，就像变魔术似的，常常会不露痕迹地把他面前酒杯里的酒变成水。而且很会把握火候，一见醉意阑珊，便空中飞人。不久，林常平在客人们中间就多了一个“林跑跑”的外号。如果林常平实在抵挡不住酒桌上的四面夹击，阿英就会舍命陪君子，醉美人忽然豪气如虹，往往是主人未醉，客已倒……

好多次，阿英凝望着他的头发，那染过又从发根处泛出白发的颜色了。

阿英对他说：“老大，其实你这头发根本用不着染的，一头银发，要多帅有多帅呢！”

林常平长叹一声：“我和你的感觉不一样的。”

“为什么？”

"我是个坐过牢的人。"

"这我知道啊，我也能想象得出来，整整十一年，天哪，老大，你真的是不容易！要换个人，没准儿早趴下了。"

阿英不知道，林常平所以染发，并不仅仅是为了遮掩自己的衰老，而是想让自己的感觉彻底隔断高墙电网的狱中生活。他不愿意回忆，甚至拒绝回忆，恨不得将那一段痛苦不堪的回忆彻底地从自己的脑海里统统抹去，就像大海的潮水漫平那布满游人足迹的沙滩一样。然而，那梦魇般的日子在他心里是无论如何也抹不去的，永远也抹不去的，那一个个日夜已经深深地镌刻在他大脑的沟回间去了。

54 心弦颤动

一个月后，林常平任命阿英为总经理助理。

俗话说：不熟不做。这是办公司的一条铁律。林常平随时都在用自己的言行对跟随在身边的阿英进行熏陶。

"阿英，什么是商人？"

"商人？商人不就是做生意的吗？"

"什么才是真正的商人？"

"那当然是以一切赚钱为目的啦，唯利是图。"

"可怎么才能赚到钱，图到利呢？"

"想尽一切办法呗！"

"小姑娘，听我告诉你，商人必须具备商人的思维，在商人这个领域里，所有那些哲学家、艺术家、甚至法学家都是空想家，这些人在企业里是很难生存的。商人要有商人的操守，必须以平静的心态去投入无休止的竞争。企业家的生活永远处在危机四伏之中，绝没有一天或者一小时的安逸。即使是你看他在悠闲地喝茶的时候，其实他正在居安思危，因为你身边天天都有陷阱和新的挑战，你得有足够的智慧、心力、机敏、睿智，绝不会错过那些电光石火、转瞬即逝的机会。你还得处事谨慎，每走一步都要先谋后动，这样才能搭弓射箭，箭不虚发，命中目标……"

人不能玩弄花招卖弄自己，但也应该有意识地推销自己，积极地推销自己，就能抓住机遇，当你遇到自己不很擅长的事情，也决不能觉得自己就一定完成不了它，而应该充满斗志，燃起试试看的欲望，因为顶风而上逆水行舟的行为本身就蕴藏着机遇，一个善于在逆境中向困难挑战的人，最终必然成功，一个真正的商人要能保持心理的平衡，不温不火，不保守也不冒进，顺应潮流，适时出击，才能随时把握先机。

外表平静，却并不阴郁晦暗，总能泰然自若，心如明镜止水。就像打电话，要是有气无力，别人也不想跟你通话了。人一旦身处逆境，对周围的人和事的警惕性就会降低，常常会无原则地妥协，也就不会有进步了。尤其在逆境中，人要保持高度的清醒和判断力。尤其是他长久地被无端地埋没在困境之中，无法自由施展自己的能力，是多么痛苦的一件事。

“老大，你绝对是个商业天才！”

“小小年纪，啥时候学会奉承了？”

“这可不是奉承哦，这么多天，我天天都跟在你身边，看你做事，跟着你会朋友，看你一个个谈生意，你是那么自信，你哈哈大笑起来，连屋顶都会晃动；你谦和，总是把朋友们一个个地让在前面，而大家对你又是那么的信任，他们每个人的目光里都明显看得出来对你的佩服，你那气魄，简直就是‘谈笑间，樯橹灰飞烟灭’啊。我还真搞不懂人家为什么都愿意和你合作，人家把价值几百万、上千万的产品发过来，甚至连定金都不要你先打，凭什么啊？现在，我好像渐渐地明白了，这就是人格的力量。”

那天夜里，办公室还亮着灯光，林常平还以为是自己离开办公室忘记关灯了呢，结果探头一看，是阿英，阿英还在办公室里，天都这么晚了，阿英还俯在他的老板桌上在看什么，而且看得很是投入，居然唏唏嘘嘘，满面流泪，不停地扯了纸巾擦着……

他在进门之前，轻轻地咳嗽了一声……

阿英才恍然惊醒似的，匆匆收拾起那个本子，飞快地拭去脸上的泪痕……

“阿英？你怎么还不休息啊？”

“……老大啊？还当是谁呢，吓我一跳。”阿英脸上浮起浅浅的笑容，但显然不是很成功，因为她眼眶里还闪着泪光。

“我问你怎么还不休息？”

“哦，我加班……”

“谁让你加班了？没有什么加班的事啊。”

阿英讷讷：“也不知怎么搞的，就是睡不着。反正也睡不着了，索性就来这冲杯咖啡。”

他望了望桌上：“你刚才在看什么？”

阿英掩饰地：“没……没什么啊……”

他刚才分明看见阿英把什么东西飞快地藏到办公桌的抽屉里了。

“打开抽屉。”

“真没看什么……”

“拿出来给我看看。”

阿英只好迟迟疑疑地把藏在抽屉里的东西拿了出来……

他一眼就认出那是他狱中写的十几本日记中的一本。

阿英脸孔微红：“不好意思，老大，没有征求你的同意，我就看了……不过，我想这也许不算是侵犯个人隐私……”

“谁让你看这些的？”

“人家就是……就是好奇嘛！”

林常平叹了一口气：“好奇？我都恨不得把这些东西统统一把火烧了去呢，你倒好奇了？”

“为啥要烧啊，这可是宝贵的历史资料啊！”阿英的神色渐渐正常了，“人家也不尽然是好奇，人家也是在进行……进行一种……一种精神探险，对，绝对是精神探险。”

“哼，你还不如说成是考古呢！”

阿英感叹：“十一年啊，老大！这么长的时间，想一想都可怕，我真的想知道你在监狱里究竟是怎么熬过来的。”

“你可别逼着我回忆啊！拿来！还给我！”他伸手去要那笔记本，阿英下意识地抓了笔记本一躲闪，一杯咖啡翻倒了，正好倾倒在翻开的笔记本上……

“哎呀，瞧我！”阿英失声地叫了一声。

那褐色的咖啡浸入他的那本狱中日记。

55 情愫暗生

当桂玉第一次见到阿英的时候，目光就在阿英身上流连了好久好久。

而阿英对桂玉的关注也丝毫不亚于桂玉对她的关注，甚或有过之而无不及。

阿英在林常平面前不止一次地说到桂玉："老大，我嫂子好漂亮哦，她绝对是个大美人。"

他说："她当年是有名的校花。这么多年风风雨雨的，如今也比不得当年了。"

阿英感叹："好一朵鲜花，人见人爱呢！"

他开玩笑说："那我总该不是一坨牛屎吧？"

"嘿！我说你是牛屎了吗？"阿英的眼睛流光溢彩，"你就是坨牛屎，也是大个儿的啊！"

阿英的话把他逗笑了："可她的性格不跟我一样，她的性格是很内向的，我们在一起的时候，她也总是在沉默，每天跟我说不了几句话的。"

"男人为阳，女人为阴，这一阴一阳，才是天地之合啊。你的热烈外向，我嫂子的沉静内敛，不正好是互补吗？"阿英满口是道理。

"可有时候也未免有几分沉闷啊。"

"得了吧，你别身在福中不知福了，像嫂子这样的女人，那漂亮，那贤惠，打上灯笼都难找的哟。"

他望着阿英放着亮光的脸庞："嗨，我说阿英，你这张嘴巴怎么就跟灌了蜜似的？"

"本来嘛，"阿英体恤地喃喃，"老大，你去坐牢那阵，嫂子一个女人家独守空房，我真的想象不出来，她是怎么苦苦地熬过来的呀？对于一个女人来说，世上没有比这更残酷的事情了，真的是难以想象，就凭这一点，嫂子就绝不是个一般女人，她简直是了不起，太了不起了！"

阿英说的是。桂玉的奉献精神是独一无二的，岂止是林常平倒霉之后，早在有了小女儿晓晴之后，桂玉忙于学校里的事和家里的事，往往就顾不上精心地打扮自己了，成年累月总是那么几件宽宽松松的衣服，虽然年纪轻轻的，可总觉得显出几分老气，在丈夫的眼里就缺乏一种新鲜感了。当时，家里的经济虽然拮据，但林常平每次出差都要给妻子买两件衣服，他自己认为很漂亮的衣服，桂玉却说穿不出去，要么就束之高阁，要么就转给她的女朋友们。他的热情得不到回应，心里便怏怏伤心。有一次，他甚至借酒浇愁，故意发怒，说要把那些衣服统统一把火烧了去，桂玉才勉勉强强地穿在身上，而且只穿了三天。

林常平这人一向对情感方面反应比较迟钝，但自从阿英到他身边来之后，他忽然发现自己仿佛突然间变成了个血气方刚、初涉爱河的青年人了，他心里的那根不易拨动的弦，竟忽然变得十分敏感了。望着眼前阿英跳来窜去的婀娜的身影，他心里由不得暗自比较，英子跟桂玉是完全不一样的两种女人。

桂玉的世界像什么呢？像是黎明时的那般的沉静，桂玉就像空谷里静悄悄盛开着的幽兰，一点也不招摇，只是在山风里默默开放着，将淡雅的幽香飘向自然的天地。而英子的性格却截然相反，像是一团火，总是风风火火，浑身都充满了魔鬼般的诱惑力，她成熟、性感，迷人，美丽的脸庞上总是开放着永不凋残的笑靥。

林常平接触过的人无计其数，他的阅历告诉自己：能将一个人的心底如实地反映出来的一个标识就是笑容，对某个人的秉性你可能久久捉摸不透，但只要对方坦然一笑，那整个性格马上便一目了然了。要了解一个人的内心，当然要看他怎么说话，怎么哭泣，但最好是看他的笑容。一个笑得好的人，一定是个好人。阿英的笑是天使般的笑，她的笑容让人放心、舒心、安逸，那是一种有无穷魔法的笑，就像是一支美妙的催眠曲。

随着日子的推移，随着林常平和阿英的接触越来越频繁，本来性格沉静如水的桂玉居然变得浮躁易怒了，因为她强烈地预感到了某种威胁……

56 不死鸟

大约自从阿英偷看了林常平狱中日记的那天开始，阿英的目光里便似乎多了一层东西，多了一层林常平感觉得到，却说不清、道不明的东西。

那天，哐啷一声，林常平把自己的狱中日记锁进了保险柜。

“老大，你怎么锁起来了？”

“英子，你再不要看那些东西了，我也不打算给任何人看，因为连我都不忍心再去回忆，你就别揭我那伤痕了，更不要往上面撒盐了，好不好？至少，别再在我面前说那些过去的事了，也别强迫我想起那些像噩梦一样的日子了，好不好？”

阿英故作样子地叹了口气：“可以呀，我完全可以从此不再在你面前提起那些往事，可那又能怎么样呢？好像只要不提起那段往事，它就不存在了似的，是吧？你这不是掩耳盗铃、自欺欺人吗？再者说，一旦割去你那段异于常人的生活经历，老大你也就不叫林常平了。难道我说得不对吗？”

林常平无言以对……

阿英进而说道：“我还幻想着跟你一起去坐坐牢呢！”

他吓了一跳：“我的天，傻丫头，你这话比傻话还傻。你以为坐牢那是游山玩景哪？”

阿英却说得很忘情：“说实在的，老大，无论我怎么想都想不出你坐牢的情景，很难想象一个人被剥夺了人生最可贵的自由之后是什么样子的。又是怎么样让自己强撑下来的……”

“其实我也想不到。”

“那怎么会啊，你经历都经历过来了，还能想不到吗？”

林常平长叹一声：“往事不堪回首啊。那一天天、一幕幕，我真的不敢再去回想了。”

“老大，你在监狱里，肯定首先是非常非常的孤独了，是吧？”

“比孤独还要孤独。”

“但不可能是一种毫无希望的孤独吧？”

“正因为心里有希望，所以才更加孤独。”

“那些犯人，他们对你好吗？”

“你说呢？”

可你天天都得面对那些乌七八糟的人。”

“你没有亲身经历，所以你怎么都想象不来。无论我怎么说，你都想象不出来的。”

英子懂他，他也愿意向她倾诉，阿英不是为了讨好他，而是真的从心里关注他，她对他的人生像是着了魔一般地感兴趣，他从阿英的眼睛里能看出来她内心的真诚。

林常平苦笑：“一切都是命运的安排，自打我娘生下我，我就没想到我这辈子的生活竟然还跟监狱联系在一起。”

阿英忍不住动情了，她低首回眸沉思片刻，仰起头，眼里泛着泪光：“老大，我有个要求……”

“说吧。”

“以后我不想叫你‘老大’了……”

“哪你叫我什么？”

“我索性叫你老爹吧，好不好？”

于是，从那以后，阿英就改口称呼他“老爹”了。而且这个独特的称呼似乎也很快就得到了公司里同事们的认同。阿英对他这个“老爹”的关照更加处处尽心尽力了，酷似宝贝女儿在为可爱的父亲尽孝道。而这位“老爹”，不但慈爱无边，可亲可敬，而且还耽于幻想，活泼幽默，甚而还有几分调皮。

阿英对他说：“老爹，你知道传说中有个不死鸟的故事吗？你就是那只传说中的不死鸟。”

第十四章

DI SHI SI ZHANG

情为何物

57 百般纠结

林常平告诉阿英：当他受到打击之初，曾经格外消沉，在那一段时间里，觉得自己像拳击台上一败涂地的选手，被重重的一击击倒在地，眼前金星直冒，头昏眼花，满耳都是观众的嘲笑和那失败耻辱的感觉，他痛苦得简直不想从那台子上再度爬起来，他觉得他已经没有一丝力气可以支撑起受伤的躯体；可最终他还得爬起来，他必须爬起来，不管是裁判数到“十”之前还是之后，他都要自己爬起来。失败对他将会是家常便饭，他得学会慢慢恢复自己耗尽的体力，创伤也会渐渐地抚平，他的眼睛会再次张开来，看见光明和前途。他会淡忘观众的嘲笑和失败的耻辱，会为自己找到一条合适的路，洗刷耻辱，赢得荣誉。即使是不要再去做挨拳头的选手，那也算不了什么。既然确定自己并不适应在擂台上拼搏，那就沉下心来，索性冷静地去找一个其他的突击方向。

他告诉自己不要紧张，不要灰心失望，首先要有时间让自己回复神智，放得轻松一些，过一段时间再去重新找一个正确的方向，先不妨找点自己喜欢的事做做，把烦恼写在日记上，等过一阵后就会发现那失败的痛楚已经逐渐痊愈，就会有新的勇气和力量去为自己开拓新的前程，所以他才有了那十几本狱中日记。

阿英扑闪着水灵灵的眼睛问：“那些日记，我嫂子看过吗？”

他摇了摇头。说实在话，他还真不知桂玉看过没有，这些日记原来是放在家里的，后来才搬到办公室里来，但他总觉得桂玉应该没看过。

“为什么不看呢？其实我嫂子最应该看看这些的呀，这上面写的可都是你的心路历程啊。”

“我想，她恐怕也是拒绝回忆吧，毕竟是不堪回首的一段经历啊。”

林常平是个重感情的汉子，阿英对他的关心使他感觉到从来没有过的激动和温暖，同时又忍受着难以消除的恐惧和不安，不知从什么时候起，他一天要见不到阿英的影子，就像生活里突然少了什么，只要一天听不见阿英清脆的声音，他就会觉得坐立不安。他意识到自己正在走上一条危险的道路，但他又无法控制自己，更无法控制阿英对他那种仿佛是与生俱来的感情。

敏感的桂玉对丈夫猜忌越来越明显了，日子的调子也在不知不觉中渐渐地暗淡下来。不知从何时起，桂玉心中滋生出一种莫名的恐惧，想来应该是他开始有了飞黄腾达的迹象，拿着大哥大，开始日日夜夜地忙碌时。他身边出现了漂亮的女郎，桂玉便开始神经质了。有时候，她会装着调侃的样子巧妙地从旁提醒自己的丈夫，她是怕再次失去他，怕他又成了一个劳改犯，但最怕的，还是怕他变成忘恩负义的陈世美。桂玉的情绪不再是一条起伏平稳的优美曲线了，而成了一条频繁起落的锯齿形狼牙折线，常露出锐利的尖角，她那带芒刺的眼神往往会戳痛他的心。如若他给她一封信，她的情绪就会好一阵，但过一阵就又会神经过敏了。怵惕不安、疑神疑鬼，稍有不如意就会借题发挥，毫无来由地突然发火。如若正好赶上女儿不听话，桂玉就会抑制不住地大声骂女儿："快跟你爸爸去，都是他造的孽！"桂玉的闺密问她："究竟林常平怎么了？犯了什么错了？还是怎么的？"桂玉又哑口无言。

林常平毕竟是个有血有肉、有思想、有灵魂的人，更是个有担当的男人，生活里的诱惑固然无处不在，问题只在于你如何去应对了。他心里明白如水，桂玉的内心里其实是惧怕失去他，她把自己的一切都贡献给了他，将她的所有的希望都寄托于他身上，一旦失去他，那就失去了她生活的全部。她付出的越多，自然戒心也就越大，心中的爱越是炽烈，别扭也就闹腾得愈加厉害。

他记得桂玉从前和她合得来的老师一起聊天，总是称呼丈夫"老头子"，林常平却对这个称呼很不感冒，在一次出差曾经写信给她，开玩笑地说我嫉妒那些无事业感、沉浸在化妆漂亮中的年轻一代，我看到白发就伤心，我为事业家庭操劳都老了，你以后不能叫我"老头子"了，把我都真的给叫老了。桂玉笑说："才不呢，在我眼里，你不老，你也不会老，叫你'老头子'，只不过更感觉亲一点，我们的爱情是一叫就会叫老的吗？我们会永远年纪轻轻，永远有新鲜感的。"

那时候，他每次出差就个把月，甚至几个月，好长时间两人才见一次面，亲热一次，两个人心心相印。爱情的同义词是相濡以沫、患难与共。以前住在那简陋的小平房里，和年幼的女儿做伴，相依为命，整天吃粉笔灰。再往前说，他在监狱里吃官司的时候，假如桂玉要有个三长两短，这个家就顷刻间败了，完了。这是一种相濡以沫、患难与共的感情。

林常平作为一个男人，他生来不会甜言蜜语，更不善于表达自己的情感，他在感情方面就像是一股蓝色火焰，看上去不热，但火力却比红色火焰强得多。他从来没当着桂玉的面说过什么"我爱你"之类的言词，但他们一直互为精神支柱，只要这两根支柱成四十五度角支撑着，就是一个顾盼生辉的世界。那些无谓的随意怀疑只会践踏了夫妻间美好的感情。

他和阿英相处的日子过了一天又一天。阿英在林常平眼里却始终是个谜，他好想解开这个谜，越解不开这个谜，他就越想解开。他需要人爱，也需要爱别人，唯有强烈的爱，才会觉得生活有融融的暖意。然而这种爱又得深深地埋藏在心底里，他必须压制着自己，不让这念头从心里浮出来。这种妙不可言的情感就像是一只担惊受怕的小兔子，总是在心里胆怯地、躲躲藏藏地骚动；又像一只提心吊胆跑到水潭边饮水的小鹿，防备身后丛林里会不会有野兽的袭击。但不管怎么说，至少林常平眼前总算有一个可以倾吐心声的对象了，这便是阿英。

阿英对他的关心照顾比以前更加细心周到了，而林常平却不能像以前那样坦然了，他周围，公司所有的员工都眼睁睁地注视着他这个总经理的一言一行。他又特别注意自己的形象对公司全体员工的影响。而他越是喜爱眼前这个姑娘，他在她面前表现得反倒拘谨，不自然了。

回想起来，他和桂玉结婚才几年，刚尝到几分爱情的滋味，他就不幸锒铛入狱了，在铁窗里一蹲便蹲了十一年之久，失去的真是太多太多了，爱情如何能经得起乍暖还寒？甚至可以说，他对爱情的思考是从监狱里的那第一个长夜里才开始的。然后，一切就在他一个人的想象中进行着了，时而哭，时而笑，揪心也罢，畅想也罢，全都是一个人，一个失去自由的囚徒面对着樊笼似的牢房里进行的。那冷冰冰的高墙不会回应他，那锈迹斑斑的铁栅栏也不会回应他，所以，那至多是孤独、痛苦无解的灵魂发出的喃喃低语。而现在，由于阿英的出现，情况出现了变化。就像一个焦渴的跋涉者行将倒毙的时候，突然在沙漠里发现了一汪清泉，那么沁人心脾，那么清澈见底。林常平心神一清，他有说不出的激动，这种激动只能深深地埋藏在内心里，越是心里有，他在阿英面前便越是不自然，他只相信一个简单的事实：他爱上眼前的这姑娘了。她呢？爱他吗？他说不上了。但对他来说，这种感觉已经就足够了，已经胜过一切了。

58 特殊的礼物

林常平毕竟不是一个好演员，他更不会演戏。

不但阿英是个谜，在林常平看来，天底下的女人都是谜。包括桂玉，桂玉也是一个谜。他自以为这么多年已经解开了桂玉这个谜，其实……

桂玉的神经一天比一天绷紧了。她的精神状态在渐渐地大幅地扭转，她敏感到危险一天天临近，她想制止这蔓延的火势，但很快发现，她内心的这种愿望其实是完全徒劳的。

烤鳗厂的厂房已经建起来了，国外订购的机器也运来了，所有的环节都在加快节奏。哪一个环节都必须一丝不苟，决不能出丝毫差错，更不能失了诚信。而也就在这个时候，有朋友悄悄地来告诉他，有些心术不正的人眼瞅着他林常平如龙腾飞，眼红得几乎要冒血了，都暗暗地盯上他了，背地里说什么的都有。俗话说，小心驶得万年船。朋友从旁提醒林常平，还是小心谨慎为妙，对一些别有用心的人必须尽早提防着点儿。就在那一刻，林常平忽然感觉到从来也没有过的疲惫，这疲惫同他在电网高墙里感受过无数次的那种疲惫完全不一样，他真是太累太累了，真想躺在一双温柔的臂弯里休息休息啊，哪怕只休憩片刻也好。

他躺在办公室的长沙发上闭上了眼睛，昏昏欲睡。蒙眬中，一双温暖的手蒙住了他的眼睛，他不用问也知道，一定是她，是阿英。

“阿英，别捣乱，我累了，想迷糊会儿。”

阿英在他耳畔轻轻地发出命令：“不许你睡着哦。”

他要掰开她的手……

阿英又温柔地下达命令：“乖一点哦！不许你睁开眼睛哦，我要你睁开你再睁开哦！”

于是，他乖顺地等待着。耳畔似有窸窸窣窣的响动……

“好啦！现在可以睁开眼睛啦！1——2——3！”

阿英移开了蒙着他眼睛的纤手，他睁开眼睛，头顶一只巨大的彩球张开了，无数飞扬的金色的、粉色的、蓝色的、橘红色的五彩星星从天而降，像雪花一样温柔地洒落在他全身……

阿英的笑脸像初出天涯的满月照着他……

门开了，一帮公司机关的员工欢笑着一拥而入，簇拥着一块巨大的蛋糕。

林常平呆住了……

今天是他的生日！

在他的记忆里，多少年都没过过自己的生日了，顿时百感交集。

“老爹，我只希望你越来越开心点，人生在世，不过就百年，你呢，光是坐牢就是十一年。你要不好好地爱惜爱惜自己，再不痛痛快快地享受享受生活，老天爷都会埋怨你了。”

阿英双手背在背后，迷人地微笑着：“老爹，我还要送你一样生日礼物。”

“是什么？”

“你猜猜看？”

“巧克力？”

阿英大皱眉，摇头。

“葡萄酒？”

阿英更加摇头，故意做出一副倒胃口的样子：“是一样特殊的礼物！”

“我猜不出来了。”

“好吧，那你闭起眼睛。”

他听话地又闭起眼睛……

阿英说：“好啦，可以睁开啦。”

他又顺从地睁开了眼睛……

“呶！”阿英双手将一只玫瑰色的盒子递到了他眼皮底下。

他疑惑地看看阿英微红的面孔……

“打开看看？”阿英点点光滑如玉的下颌。

他打开那只玫瑰色的盒子，里面原来是一本的粉红色的精美的笔记本，还用了一条黄丝带扎着。

他解开黄丝带，打开。

阿英期待地说：“翻翻看哦。”

他一翻开那笔记本便愣住了，一行行地扫描，里面的每一句话竟然如此熟悉，所有的话都像是出自他自己口中的，都是出自他灵魂深处的，这是什么？这不正是他的狱中日记吗？是一个女孩子纤细的钢笔字，英子一笔一画的小仿宋体钢笔字，工工整整，抄写了整整一本。这还是他的狱中日记吗？但又全然不是了。林常平看着那一行行几乎是小仿宋体的娟秀字迹，看着看着，禁不住泪眼蒙眬，模糊了双眼……

阿英被他的眼泪吓得在一旁呆住了，仿佛突然觉得自己做错了什么似的，她讷讷：

“老爹，对不起……”

“说什么呢，傻丫头。”

“老爹，我让你想起伤心的往事了。”

“你觉得我就那么脆弱？”

“……可是你在流泪呢！”

他下意识地背过身去："哦？是吗？"

"你真的在流泪，我看得真真切切。"

他深深地吸了一口气："知道我为什么流泪吗？"

阿英摇摇头"都怪我，本来说好的，可……我又勾起你伤心的往事了。"

"不，我不是伤心啊，我是感动，是说不出的感动。为你这傻丫头，为你这一颗心。"

曾经沧海的林常平真的被阿英感动了。阿英拨动了他心里最为敏感的那根琴弦……

59 冷战

桂玉的情绪大起大落地波动，似乎比以往任何时候都疑神疑鬼，多愁善感，常常会被噩梦惊醒。他越来越拿她没有办法了，可他就没有退一步想想，这一切又是谁造成的呢？都是他。他内心里越来越忐忑不安，在桂玉面前也越来越不像是从前那个坦坦荡荡的林常平了。林常平清楚地意识到了自己的变化，并为这变化感到惊愕。他感觉到了某种危险的趋势，是渐行渐远的那种危险。

那天，他给桂玉写了一首诗，压在桌上，那诗里这样写道：

我的心都归属于你
你对我如此亲切，
和你在一起，
亲爱的，我很快乐
夜晚和你在一起
和你分享我爱说的思绪
当我们必须分手时，
你的信心和温存是我心中的阳光……

等林常平忙完了一天的工作，疲惫地回到家里的时候，发现他压在桌上的纸条还在那里，一点都没动过的痕迹……

这究竟表示个什么意思呢？

表示桂玉根本就没看见？

那又怎么可能呢！

只能是她看见了，却当没看见？

那又是个什么意思？表示她根本就不予接受，更不会领他这个不痛不痒的情？

像往常一样，桂玉照例给他斟上一杯茶，只是她脸上不再有往常那样隐隐的笑容了，她和他的目光对视了一霎，应该是他的目光先闪开去的。

他的样子显得十分疲惫。

桂玉坐在他对面的沙发里，他们之间似乎已经没有了语言，只有无言地对望……

于是，他们的心在无声地对话：

——常平，这是你写的诗吗？

——……哦，是的，当然。

——你写这些句子的意思是想要表达什么呢？

——我……我是想让你看我的心。

——可难道这就是你的心吗？

——……

——说实在的，常平，也许我太过于愚钝了，我从你这所谓的诗里头，竟然一点也看不出你想要表明的心迹，一点点都看不出来。

——那怎么会？

——你以前也不是没给我写过诗啊，你在监狱里的时候，写给我的诗又何止是一首两首呢？那每一首诗都让我动情流泪、黯然神伤，因为那每一个诗句都是你滴着殷红殷红的血写的，可今天，你自己拿去看看你写的这些不痛不痒、不温不火的句子，这真是你用心写的吗？不是的，我们都别自己骗自己了，这些句子根本就不是我心里的那个林常平写的。每一个字竟是这样的陌生，这样的麻木，这样的无奈……这些难道你自己一点都不觉得吗？

他们在用目光说话，她的目光明明白白地告诉他：过去她一直以为她最理解自己的丈夫，最懂得他，如今她却不得不重新来看看他了，因为她开始怀疑自己的眼光了，在她苦苦地独守空房十年之后，她从他这里究竟得到了什么呢？她甚至觉得没有了生活最艰苦的时候的那种恬淡却充实的安全感，她常常有一种感觉，觉得自己被悬在半空中，上不着天，下不着地。

在这无言的对望中，林常平的目光蚯蚓似的缩回去了。桂玉于是发出一声轻微但却刺痛的叹息，拿起沙发扶手上的遥控板，打开了电视。

60 情为何物

你说我是一个谜
也许是吧
我们其实都是未解的谜
在痛苦中开始
在深沉的折磨中结束
琐屑卑贱的事物把我们拖向死亡
高超的思想把我们提升到诸天之上
而哄我们相信一个灵魂
梦想永远不朽

林常平并不知道，桂玉所需要的，绝不是那些空泛的好言好语，她需要的是一个男人实实在在的从骨髓里发出的爱的语言，而不是从嘴巴里飘出来的几句话，他这所谓的诗，说穿了，只是一种简单的没有温度的敷衍，一种兑了水的浮皮潦草的抚慰，这根本就不是她想要看的东西。

爱情是这尘世的不了情。

当初，林常平突然被逮捕入狱的时候，他甚至没有机会来得及同妻子道一声别。在那突然的打击下，面对一落千丈的现实，桂玉是彻底地蒙了，厄运袭来，顿然翻天覆地。其实，那个时候桂玉完全可以选择和他分道扬镳，去重新选择一个可心的丈夫，开始新的生活，那也全然是入情入理的事情，可桂玉没有，虽然她明知道这一劫将会苦海无边。但不管怎么样，她是非常爱自己的丈夫的，她无论如何也舍不下他。

他记得，他们结婚第三年，因为一件小事情发生过一次口角，桂玉就说他：常平你变了。他则对桂玉说：我是变了，我不想变也得变，难道你愿意自己的丈夫是一个平平庸庸的男人吗？我是要变，而且要不断地变，但我心里有一条是永远不变的，那就是爱。

事实上，他也从来没有在外面吃过“野餐”，总是一头扎在事业上，感情方面难免就粗粗拉拉的，更何况他这人生来似乎就不会那么细腻，他只知道他所干的一切都是为了挣钱，为了强有力地支撑起这个家，让妻子和女儿都幸福得像天使一样。

1984年的一段时间，妻子在他面前总是闷闷不乐，连话都不愿意跟他讲，有一次，她从长春过来，他多看了她几眼，发现她瘦了，他心里好过不去，吻她，做爱。当时她问他哪里不舒服，为何紧锁眉头愁眉苦脸？他真想把一切都向她倾吐出来，但不能，他是个男人，他得自己承担着。

平心而论，他知道自己给桂玉的太少太少，但他不是一个大男子主义者，更不是一个当代的陈世美，他多么希望夫妻两人能并驾齐驱，比翼双飞，但目前又不能一起去做外面的事，必须各有侧重，男主外，女主内，大管家还得是桂玉，兵马未动，粮草先行，稳定的大后方是举足轻重，至关重要的。他在她面前一再地表明心迹，一次次回顾他对她的爱情誓言，他永远不做一个负心汉。要不然，就不配做人。但尽管如此，也解不开桂玉心中的疑团，她满心愿意信任自己的丈夫，但她似乎又做不到。更何况当时的现实是当时中国迎来了第一次离婚大潮。他恨不得剖开胸膛，把心掏出来给她看，她还是疑心生暗鬼。然而在他心里，她永远是他最亲爱的，甚至可以说是他唯一的至亲之人。

记得画屏初会遇
好梦惊回，望断高唐路
燕子双飞来又去
纱窗几度春光暮
那日绣帘相见处，低眼佯行
笑馨香云楼，敛尽春山羞不语，
人前深意难倾诉……

危机感的阴霾日甚一日地充满了这个元气刚刚恢复不久的家庭。桂玉和他之间的冷战仍将持续，并非她愿意这么做，而是形势所迫，她不得不保卫自己的精神领地，保卫自己的自尊。每天桂玉除了搞明白丈夫的行踪之外似乎就没别的事可做了。渐渐地，就发展到精神恍惚了，耳边仿佛总有个声音在对她说：“桂玉啊，你的丈夫跟那个年轻女人好上了，好上了……”她内心妒火中烧，甚至不惜巴望着他被再次收监，以遏制随时可能会酿成一桩天下人皆知的桃色丑闻。

林常平的内心也在深深地责备自己，但又无可奈何，他管不住自己了，眼看就要敌不过他那骚动的灵魂了……

正如一件名贵的貂皮大衣，深藏柜中，不轻易取用，一年不穿，两年不穿，但你天天都在心里想着它，想象着你穿上它之后的气派和风光，想象着别人向你投来的羡慕不已的目光。你就这么天天渴望着、等待着，等待那个最为隆重、最为辉煌的节日的降临。而当梦想的佳期终于降临，你终于打算穿出去的时候，拿出来展开一看，才发现它已经被虫蛀得百孔千疮、不堪一提了。怎么？难道他和桂玉之间的爱竟像是这貂皮大衣吗？

相爱容易相处难。林常平生来不是一个会大献殷勤、讲甜言蜜语的男人，也不是一个温柔的情人，他是一个把爱深深地藏在心底的男人。他不善于用语言表达自己的情感。而桂玉则希望他无时无刻直白地告诉她他爱她，渴望他能时时问候她。他在监狱里的时候，如果他在电话里问她在哪里，正在做什么，极平常的问候，桂玉也会多心，觉得他是不放心、不信任她，芝麻绿豆大的事也会大惊小怪。桂玉属于那种典型的东方女性，外柔内刚，胸怀豁达，坚韧，没有世俗的势利眼和人情冷暖、人面高低的俗气，她当年敢于爱上受难的他，而且不顾家庭的阻力，一意孤行，痴心不改。那个时候的林常平多么幸福啊！

他需要爱情，需要慰藉，需要理解和信任，否则他的人生就太孤苦伶仃了，他感到从来也没有过的焦渴，他的天性不是在追求中得到爱，而总是在被动地等待，感情这东西是任何名利都无法补偿替代的，金钱可以买到一切，却买不来真诚的相互理解。

61 玫瑰！玫瑰！

那天，阿英窜进他的办公室，手里捧着一大捧水灵灵的玫瑰递到了林常平面前。

他愣住了："玫瑰？……这什么意思？"

阿英说："你想想看，今天是什么日子？"

他想了想，想不起来，懵懂地问："什么日子？你说什么日子啊？"

阿英说："人家是问你哪！"

“你不看我都忙晕头了吗？”

阿英说：“再想想看？仔细想！”

林常平还是想不起来……

“你简直了！连这么重大的日子都记不得？今天是你和我嫂子结婚的日子啊。”

他诧异了：“你是怎么知道的？”

“你日记里明明白白写着的啊。”

他恍然……

阿英说：“我猜你还从来没给我嫂子送过花儿吧？是不是？”

他不用想，真的是没有，从来也没有，因为在他的意识里，仿佛这些都是丈夫不为的小玩闹，只是小年轻们折腾的浪漫游戏。

“晚餐已经替你订好了，很温馨的情人座。”

“阿英，你个鬼精灵！”

当林常平把那玫瑰花送给妻子的时候，桂玉足足愣了一分钟：“哟，今天这太阳从西边出来了？”接下来，从林常平嘴巴里说出来的话竟然每一句都是那样的生硬，仿佛不是他自己说，而是另外一个人在替他说。桂玉透过丈夫那别别扭扭的表情，一眼便看到了那个叫阿英的女人的迷人面孔……

这世界上，有不贪财的男人，却少有不好色的男人，因为这个世界还是男人的世界，女人也好比是大人的孩子，大人高兴了就来逗孩子玩儿，是让孩子把他逗乐。这是谁说的？

林常平得感谢阿英，阿英是在教他如何表达自己的感情，就像养花一样，感情也得仔仔细细精心地培育，对他这个“老爹”越来越体贴入微的阿英，就是一个现身说法。

他和阿英相识一眨眼就快半年了，在林常平的感觉中这半年的时光却比十年、二十年更久远，他甚至觉得上帝创造出他林常平这个生命，正是派他来人生的十字路口等待另一个人的，这个人便是阿英。尽管人海茫茫，路途坎坷，但越过千难万险，他们终究相见了。爱是要经历时间、经历特殊的沧桑之后才会产生温柔感，真正的爱也是不要求任何回报的。如果一个人的爱，所追求的，仅仅是短时间得到的回报，那他就会发现那种所谓的爱其实并没有什么价值，相反，没准儿自己的生活会更空虚，精神会更孤独，恐惧的阴影随时会追着你。但如果你一旦明白什么是真的爱，什么是特殊的感情，你就会体会到爱的深度和魅力。你才会发现，正是时间让自己的心换来世间美好的真情。

晓晴和晓辉知道家里出现了那个叫作阿英的疑似第三者之后，便毫不犹豫地和她们的母亲站在同一条战线，共同抵御那个情感入侵者了，因为那个闯入者显然已经对家庭造成了巨大威胁，母女同仇敌忾乃是自然而然的事情。

桂玉的面容日渐憔悴了，她漂亮的眉峰常常紧蹙在一起，温柔的微笑也从脸上消失了。从前她几乎极少埋怨自己的丈夫，而现在，她由不得自己，甚至对他的每一个眼神都充满了怀疑，她开始唠唠叨叨地数落他的不是，以前她很喜欢看书，可现在，就连她最喜爱的泰戈尔的《飞鸟集》，她也扔在了一旁……

林常平和阿英那种暧昧而又心照不宣的情感也在悄悄地升温，日甚一日地升温，虽然林常平预感到这将只能是一场无望的爱情，充其量不过是一支充满酸楚的人生插曲罢了，但他还是身不由己，犹如飞蛾扑火。他不知自己能不能冲破这张无形的情网，但他又明白一条：做人要讲良心，扪心自问，他欠桂玉的真是太多太多了，虽然他心里对阿英有说不出的喜欢，但是发乎情、止乎礼的道理他还是懂得的，理智命令他必须就此打住，不要再往前走……

那天，他和女儿晓晴在海滩上散步，蓝天上缓缓飘动着两片洁白的云团，他便指着那云团问女儿："晓晴，你看天上那两片云，过一会儿会怎么样？"

晓晴望着天空说："它们正在往一起飘呢，过一会儿，它们就会合到一起，变成一片大大的白云。"

"错了。即使是相碰了，好像变成了一大片云了，其实它们还是两片云，它们不过是重叠在一起罢了。两者之间是有距离的……"

经历了一番感情折磨后，林常平最想要躲避的、最害怕的东西就是人的舌头了。世间万物，人的舌头是最可怕的。人人都有这三寸不烂之物，他恨透了舌头，恨透了那些嚼舌头的小人，他也恨自己，恨自己没出息。理智和情感每时每刻都在打架，纠缠在一起，犹如一团乱麻，根本就分不出彼此……

第十五章

DI SHI WU ZHANG

命运急转

62 梦非梦

春节一天天近了，喜庆气氛越来越浓烈了，这里那里，已经响起了零零星星的鞭炮声。

公司发了奖金和物品，春节车紧张，公司有车，他派小车送阿英回去过年，但阿英却非得缠着他跟她一起到家去，阿英说她母亲很想见见他这当老总的。林常平实在拗不过阿英，当然他心里也有一种像走亲戚家似的感觉，他还是顺从地开着车子，随同阿英一起去了她家。

阿英的家是一座新盖的瓦房，门上的红油漆还没有干透，一溜儿黄灿灿的玉米棒子晾晒在屋檐下，一群鸡鸭在屋前散步，透出一派生机。

他们还没走进屋，就听从屋里传出“叮叮咚咚”的声音，是做饭的声音。阿英在炊烟袅袅的暮霭里欢声嚷嚷：

“爸！妈！你们快来看啊，我把谁给咱家请来啦！”

阿英的母亲出来了，林常平一下子傻在那里了。他万万没想到，阿英的母亲不是别人，竟然正是那梅姑！一瞬间，只觉得五雷轰顶，错愕的林常平呆若木鸡……

尽管苍茫的暮色遮蔽着，他还是看清了梅姑脸上和他同样惊讶万分的神色，他顿然尴尬得无地自容了！

阿英的爸爸随即从屋子里迎出来了。还是那个老实巴交的跛腿男人，虽然也明显地老了，但脸上还是那林常平熟悉的笑容。

“哎呀！我的老天爷！这不是林大哥吗！”

经过这么多年修炼的林常平，瞬间回过神来，掩饰住了自己的失态：“……是啊是啊……家里都还好吧？我给你们提前来拜个早年啦！”

接下来便轮到阿英惊奇了，她诧异地问她父亲：“爸，怎么？原来……你们认识啊？”

不等那老实巴交的大哥开腔，林常平赶紧抢过话头：“噢噢……是啊是啊……我们好多年以前就认识的……”

阿英眼睛倏地一亮：“呀！是吗！我真没想到啊，这才真是叫奇迹哪！可见这世界真的是很小、很小。”

“是啊，这世界……”林常平嘴里嗫嗫嚅嚅地搪塞着，心里却如同骤然遇到了一场十级台风。天啊，这究竟怎么回事？老天爷为什么要如此恶作剧地安排！他做梦也没料到22岁的阿英，可爱的阿英，竟然就是他的孽种，他亲生的骨血！他内心的震惊无以言表，犹如乌云盖住了头顶。

阿英拿出他在公司里就书写好了的一副春联到门外去贴了。

六神无主的林常平，呆呆地望着阿英活蹦乱跳着窜出去的身影，回过头来，目光又落在梅姑的脸上，梅姑的两鬓已生出了些许灰白发丝了！

他呆呆地坐着，只听见在门口贴春联的阿英快乐的声音在嚷嚷：

"要过年啦！欢欢喜喜过大年啦！"

吃饭喝酒，好香的菜。但生活却真是一杯难以下咽的苦酒！林常平啊林常平，你就自己把这杯苦酒默默地喝下去吧！不但要喝下去，也绝对不能让阿英知道你就是她的生身父亲。不然，这个家里往下的日子还怎么过啊！而对桂玉那面，他也不能讲出口。什么时候能跟桂玉讲？他也全然不知。

那么，梅姑这面呢？梅姑的心情也该和他一样，她也不会在阿英面前揭开那个谜底的。

此刻，梅姑轻叹一声，语带双关："这真是老天爷的安排啊，只要阿英跟着你，我就放心了……"

一酒桌的好菜都上齐了，阿英的爸爸也把几只酒杯斟满了。没想到，梅姑把一杯酒端到了自己面前，从阿英和她爸爸那几分意外的神色上判断，梅姑以前是从来不喝酒的。可今天，梅姑也要喝酒，而且是主动地将酒杯端到了自己的面前。

阿英满面兴奋地说："我妈今天是真的高兴了，她想喝酒，就让妈喝吧！"

林常平心不藏神，嘴上嘟囔："是啊是啊，人生难得几回醉啊。"他心里却是苦不堪言，比黄连还苦。

梅姑眼里竟闪着晶亮的泪光了，她望着林常平说："今天可就把阿英这闺女托付给你了。眼下这社会，风气乱，我就怕这闺女疯疯张张把不住自己，她虚荣心又强，心气又高……"

林常平心里虽然七上八下，但还得想了话语来安慰梅姑："你们放心吧，我会把阿英照料好的。"

林常平嘴上这么说，心却连呼苍天！

生命是一张单程车票，人生是一次不归路的旅行，林常平问自己：什么时候，到这一趟旅行快到终点的时候，再告诉妻子这件事吗？

——他不知道。

假如进了天堂呢，还有机会再生吗?

——他不知道。

他是不是要用一生的时间来等待一个人对他的理解呢?

——林常平还是不知道。

63 花非花

林常平大病一场，紧急住进了医院。

烤鳗厂的建设也到了关键时刻，过一段时间就可试运营了。躺在病床上的林常平突然得到一个消息：三天之后，省上的领导将要来视察，而且专门点名要看他的烤鳗厂。

他支撑起身子，拔掉了输液瓶，走出了病房。

一到实战之中，他又是那个生龙活虎的林常平了。领导如期而至，前呼后拥，报社、电台、电视台的记者一大帮，豪华阵容。对着摄像机，林常平接受采访，他侃侃而谈，从容不迫，叱咤风云，两眼放光，豪气冲天……

当天晚上，公司的所有员工围拢在电视机旁，收看了新闻，看见新闻里的林总出尽了风头。

桂玉也在家里收看了新闻，她看着镜头中的丈夫，雄心勃勃的丈夫，像一个指挥若定的将帅，但桂玉的眉头却越皱越紧，她预感到了那个极不确定的未来，看到了前途之中的伏兵，刀枪剑戟闪着寒光……

桂玉的心紧缩住了!

她要不要及时地提醒自己的丈夫呢?

但丈夫好像与她渐行渐远了……

桂玉的精神状态渐渐地就发展到恍惚了，桂玉派人或者她自己亲自出马，暗地里盯梢、跟踪他，不知什么时候就冷不防一个电话打到公司，他的好儿部大哥大无论在什么时间忽然就响起来，让他心惊肉跳，搅得他简直没法干事。女儿都跟他讲，妈妈是不是已经到更年期了啊，怎么整天都是一张苦瓜脸啊?只有林常平心里很明白，尽管这些年来他和桂玉缺乏了许多的交流，但说一千道一万，导致眼下这种家庭情感危机的所有责任，其实都在他林常平一个人身上。

桂玉的精神八成儿是出了问题，两个女儿不仅对变得神经兮兮的母亲深表同情和担心，她们也把几许怜惜的目光投射在了父亲的身上，看他陷落在沙发里抓耳挠腮的焦躁窘迫之状，也真的是可怜兮兮。而作为父亲，他在女儿面前对自己的所有事都缄口不言，更不会当着两个女儿的面数落她们母亲的不是，这与其说是出于他的大度，莫若说是因为他心里自觉理亏。所以，也只能是郁闷。

桂玉和两个女儿做梦也没想到，自从林常平随阿英去了她家之后，他那颗曾经一度悠悠荡荡的心，一夜之间又无望地坠入进地狱。阿英竟然是他的亲生女儿，竟然是他和梅姑生下的孽种！

桂玉当然不知道这一切，阿英就更不知道了。

毫不知情的阿英对林常平的追求反倒比以往都大胆而炽烈了。林常平越是有意地回避着她，阿英反倒越发主动。

那天，光焰四射的她出现在他面前，活像一尊美丽的维纳斯的雕像，她忘情地扑向他的怀抱，百无禁忌地向他吐露出自己的心声："我爱你，老爹！"

他顷刻间嗫嗫嚅嚅地不会说话了："阿英你……不行，孩子，别这样……"

阿英滚烫的嘴唇已经亲吻在他脸上。

他心疼欲裂，忽然抑制不住地大声咳嗽着，弯下了腰……

阿英赶紧给他捶背："可能是着凉了，我去给你倒点水来！"

他喘息着喃喃："老爹老了，不中用了。"

阿英把暖暖的茶水送到了他的唇边："再不许你说老，在阿英眼里，我的老爹永远都不会老。永远不会！"

"不，阿英，好多事情你并不知道……"

"老爹，你今天怎么啦？怎么怪怪的啊？大概不会有什么事瞒着我吧？"

他摇摇头："老爹能有什么事啊……"

阿英热泪奔涌，再次扑进了他的怀里。他抱住了她，泪落潸然。阿英抬头看见了他的眼泪，惊讶坏了，眼睛瞪得好大好大，长长的睫毛扑闪着，一双柔软温暖的玉臂环绕住了他的脖子，他能感觉到那双臂的柔韧和温暖，他闭上了眼睛。

"扎人，好久没刮胡子啦。"

"阿英，你听我说，我们也许……"

"也许？也许什么啊？"

"我是说，也许……"

"你究竟想跟我说什么哪？"

"阿英，我们不会有结果的……"

"为什么不会？"

"阿英，也许……不，不是也许，是命中注定我们不会有结果的。"

"我不要你任何承诺，我就是爱你，爱你、爱你、爱你！"

"你没听明白我的话，我是说……"

"我听着呢，你说——"

千言万语，却不知从何说起，他抵抗着心里隐伏着的那个魔鬼，轻轻地，却是果断地推开了她……

阿英呆住了："老爹，你变了！"

"不，阿英，你不知道……"

"我不知道什么？"

"……好多事，你都不知道，你其实什么都不知道的！"

阿英的目光渐渐地冷却了："别说了，我明白了，你并不爱我？你一点也不爱我，对吧？原来如此，竟是我自作多情了。"

阿英扪着脸，夺门而出……

他忘情地追出去："……阿英！"

外面的天空不知什么时候开始飘着细细密密的雨丝了。

命运啊命运，你为什么这样残酷地对我林常平啊？你为什么偏偏要作出这般恶作剧的安排？你是在捉弄我、奚落我吗？你非得要看着林常平出丑，你才觉得开心吗？为什么会这样？你怎么什么时候都不肯放我林常平一马啊！我的老天爷啊！

林常平一拳头砸在墙壁上，手流血了，像一条蠕动的蚯蚓，可他一点都不觉得疼。

那天他从梅姑那里回来，就像是大病一场的老人，虚弱得几乎迈不开腿了，他伤心已极。这是他在二十多年前酿下的一杯苦酒啊！当时的林常平远离故乡，他的心无时不被孤独吞噬着，他眼前的世界是那么陌生而冰冷，只要谁对他投来理解的一瞥，伸出一只温暖的手，他都会感到莫大的幸福，一种被理解的快乐。泪下如雨的他只能在心里说：阿英啊阿英，等到有一天，当你知道了这一切隐秘的真相，明白了你自己的身世之后，老爹希望你千万不要去责备自己的母亲，在那个年代里，我林常平没有妻子，没有家，却不料有了你这么个风雨中成长的女儿，老爹更想不到这可爱的女儿此刻就风情万种地站在我身边，我的魅力和精力已经在被狂风暴雨的折磨中褪色、凋零了，这“恋人”的角色究竟要扮演到哪天去呢？

人生有时也像摄影，选择了一种调子就只能以这种调子寄托情感与向往，尽管世界赤橙黄绿青蓝紫七彩纷呈，你也只能是小小的点缀，他不断为别人制造欢乐的调子，而自己却一直守着一种生活调子放任自流，命中注定伤心的还是他。

64 尴尬的角色

男人总喜欢上天入地，而女人则常常搂着男人的脖子让他重回大地。

桂玉的想象力在捕风捉影之中无限延伸，她面前总是闪现着阿英那张清纯妩媚的面孔，耳边总是回荡着阿英银铃般的欢声笑语。这一切都在刺激她的神经：情感这东西，越是暧昧便越是凸显，往往别人毫不经意的三言两语，就很可能会掀起一场突如其来的狂风暴雨。

现在可好，一切似乎都坐实了，而且目标十分明确，所有的矛头都指向了那个小妖精阿英！

隐私是心灵的伤疤，关乎人格的尊严，容不得触碰。林常平只好开始有意识地躲避着阿英了。然而，阿英却是一个自由的精灵，太过自由了，她激情如火，林常平一次次的退缩和拒绝，反倒激起了阿英那股子魔鬼般的激情。

为了躲避阿英，林常平常常有意识地作出一些独自的行动，而阿英却如影随形般冷不丁出现在他面前：他去卡拉OK，借酒浇愁，阿英会突然冲进包厢，把林常平故意招呼到身边的小姐，没头没脸地扒拉一边去，她一屁股坐在他旁边，她活像一只小狐妖，眼睛里火花哔哔剥剥，她要和他拼酒，还故意叼起他的香烟……

心情郁闷的林常平一喝便喝得大醉，踉踉跄跄晃到卫生间，用手指头压住舌根，哇哇地呕吐，恨不得连苦胆都吐出来……阿英突然冲了进来，她根本不管是男卫生间，况且当时还有个男客人在撒尿。阿英连声对不起都没说，一把就搀扶住了直往地上出溜的他，她忍不住泪水飞迸，沾了他一脸……

桂玉也渐渐地变了，她开始打麻将。但这种消遣却无法排遣她内心的苦闷，她不但是怀疑，而且认定那已经是事实，曾经与她撮土为香的他背叛了自己。

林常平好几次欲向桂玉道明谜底，他想告诉她，那是上山下乡年代的一桩情债、一段孽缘。那个时候桂玉还没有出现，但这样说他又怕得不到妻子的谅解，那样他的处境会更让他走投无路。无论他怎么解释都是没有用的。一看到桂玉异常决绝的态度，他心里就会窜过一阵寒噤，到了嘴边的话又咽进肚里去了。不明就里的桂玉万念俱灰，她想遁入空门，安眠药一大瓶子，开煤气，想从楼上跳下去，一死百了……

场面一度不可收拾。

交错着的两种情感在拼命打架，父女？情人？弄不清楚是哪种更确切些了。在那段时间里，林常平体验到的就是一种被撕裂般的痛苦，双重性格，双重角色。觉得自己无计可施，无路可逃。然而那个过去早已经存在，他是无论如何也逃不开的……

在沉重的压力之下，林常平变成了一个自虐狂、工作狂。他只有强迫自己投入疯狂的工作，让工作压垮自己的脊梁骨，也挤压掉自己内心对阿英说不清的情感。他用全部精力应付生意上不断的摩擦、冲突、竞争，终日紧张地绷着神经，只为保护自己做人的尊严，显示自己存在的价值和人格的力量，一切都让他透不过气来，谁也看不出，他内心里其实是凄凉的一个人。

阿英则是个名副其实的千变女郎，像云像雾又像风。阿英身体里天生便聚集着一股疯狂的力量，她想要得到的，便一定要想方设法得到。为了故意刺激那位酷似海边礁石般浑身是谜的“老爹”，阿英可谓费尽了心机。她甚至大摇大摆地装作公然爱上了公司里的有妇之夫阿永的样子，尤其当着林常平面的时候，阿英故意同阿永显出十分的亲热来，那头脑简单的阿永则稀里糊涂，懵里懵懂，完全听命于阿英的魔棒指挥，身不由己……

那天，阿英精心设了个局，她当着林常平的面，花团锦簇地进了阿永的房间，故意虚掩着门，她算准了她的“老爹”一定会闯进来的。

林常平竖起耳朵，听着阿英和阿永在屋里呢呢喃喃地说话，听着阿英时不时发出的开心的笑声，听阿英左一声右一声地叫着“阿永哥……”林常平再也忍不住了，阿英听见他的脚步声越来越近，在林常平开门的那一瞬间，阿英突然死死地抱住了阿永，一个突然的亲吻，让阿永猝不及防，正在这时候，林常平如期而至，果然推门进去了……

一瞬之间，空气突然凝固了，时间停止了！

65 精神十字架

林常平落进了阿英精心设计的圈套，撞见阿英和阿永亲热的那一瞬间，他的心都碎了，况且那阿永是他的亲侄儿，阿英和阿永应该是堂兄妹啊！这可如何得了！这是林常平万万没想到的事。他如同眼睁睁看着一条哧溜溜燃烧得越来越接近炸药包的导火线……

此事十万火急，刻不容缓。林常平随即强令阿英到自己的办公室，他激动得面孔通红，那样子酷似一只斗牛场上斗败了的公牛。

他望着那年才22岁的阿英，那么任性，那么穷追不舍，他不知道她究竟从哪儿学来的这绝对的自信？她究竟从哪儿学到的吸引男人的能耐，是不是有人教过她？如果是，那便一定是个无耻的男人教她的了！那么，那个混蛋男人又是个什么样的家伙？是在什么环境里教了阿英的？让他来设身处地地想想，来想一想，首先敢肯定的是，一定不会是在众目睽睽之下的广场，那么是在灯光暧昧的纸醉金迷的酒吧间？不，更可能是更糟糕的一个环境，没准是在一张弄得一团糟的床上？一想到这一点，他就几乎固执地认定自己的臆想已不再是臆想，而完全是板上钉钉子的现实情景了。

他面容严肃如铁："阿英……我只想对你忠告一句，你可别给我胡来，千万别胡来！"

阿英却不屑地一扭头："关你什么事啊？我愿意！"

"阿英，你坐下，坐下好好听我说，你不知道的，你其实什么都不知道的，你是个傻孩子……"

"哟，我在你眼里突然变成个傻孩子了？"

"有些事，你是真的不知道啊，阿英……"

"我是不知道，那又怎么样？没关系的，大不了我不在你这儿干就是了，你是个老板又怎么着？我生来就是自由的，我拿起脚就走人。"

"阿英，你必须听我一句劝说，你听我讲……"

阿英："得了吧，你是我什么人？爱人？情人？老板？你到底是我的什么人？"

林常平顿然哑口无言……

"我从来对你都是一种连我自己也搞不懂的情感，我崇拜你，崇拜得着迷，我敬重你，敬重你不同凡响的人格，我甚至把你当作我心里膜拜的偶像……”阿英叹了一口气，双手一摊，是个无奈的手势：“可现在不了，这一切都消失得无影无踪了，我开始可怜你，真的是可怜你，是无可奈何的那种可怜，你知道吗？其实你内心很苦，很苦，可你又拼命地压抑着自己，禁锢着自己，你戴着一副看不见的枷锁在人面前走来走去，甚至在夜里，进入梦乡的时候，你都不把那张虚假的面具取下来，你就戴着你的假面具，跟形形色色的男男女女周旋，在家里也是，你爱着嫂子，是吧，可我要问问你，你跟她有过很深的情感交流吗？在你心里，你只是把女人当成小孩子似的，好像女人的存在就是为了逗弄你们这些男人开心的，是这样吧？这个世界是你们男人的世界，是吧？我们所有的女人只不过都是你们的陪衬而已，甚至是精神的奴仆，我没说错吧？你怎么不回答？说话啊！”

“阿英，你……你也太任性了！”

“你说对了，我是任性，不但是任性，我还特别地任情，我就是为了一个情字来到这个世界上的。你呢？你是为了什么来到这个世界的？你想过没有？在监狱里想过没有？那一个个长夜里你究竟想过没有？你只想一个鹞子翻身，再做人上人，让所有人对你们的所谓价值另眼相看，或者刮目相看，最好是让天底下所有的男人都仰视你，膜拜你！就拿我嫂子来说事吧，从你们结婚到现在，你也没有看过她的裸体，这可不是我说的，是你自己说的，是你在你的狱中日记里说的。我没记错吧？你说你累不累啊？处处注意自己的社会形象。”

“阿英，我可全都是为你好啊。”

阿英高傲地一甩乌黑的长发，嘴角边浮起一丝冷笑：“是吗？那我得怎么感谢你呢？你是如此的崇高？伟大？清蒸鲈鱼？……对不起，我实在想不起更恰当的词来了！”

阿英嘲弄的嘴角刺痛了他的心。他一时竟欲辩无言……

阿英响亮地踏着高跟鞋哒哒哒地走出门去，在门边又回过头来，补充了一句：

“你是个好人，但你其实很可怜，真的很可怜，老爹！”

他只觉得心里突然插进了一把利刃，而且在旋转着来回搅动，难以忍耐的疼痛让他大汗淋漓，他已经没有气力再呼唤一声“阿英”了……

66 钥匙丢了

一个又一个意想不到的冲击波，让林常平天旋地转了。

天啊，他林常平如何对得起养育他的兄嫂？如何对得起列祖列宗？一旦事情败露，他的名声往哪里放？这真是孽缘啊！不行！绝对不行，这事必须立即刹车。

他必须把那隐私的秘密向阿英交底了，必须告诉阿英，他才是她的生身父亲。但他自己不好开口告诉，只有一个人，那就是阿英的母亲梅姑，而且必须是梅姑！林常平决定立即去找梅姑，刻不容缓。

林常平急如星火地找到了梅姑。当他告诉梅姑，发现阿英和他大哥的孩子，他的亲侄子有暧昧关系的时候，梅姑震惊了："这怎么可以啊，他们该是兄妹啊！"

必须赶紧阻止阿英的行为！必须向阿英揭开那个二十多年的情感谜底，是时候了，而且这事情只有让梅姑亲自出面才合适。

他踉踉跄跄喝醉了酒似的摸着黑回到空荡荡的办公室里，没有开灯，坐在宽大柔软的老板椅里，却觉得如卧针毡，黑暗包围了他，他的灵魂在觳觫战栗，他双手卡着两边的太阳穴，青筋一蹦一蹦地跳动，那是血液流动，合着心跳的节律……

那是什么？月光照射在桌上，他的办公桌上放着那一串带着淡淡香水味儿的钥匙，他一看那上面的一只玉坠儿，就知道是阿英的钥匙！

阿英呢？阿英走了吗？

林常平即刻去找他的大侄子。他像个强盗一样破门而入，却见大侄子正蹲在地上掩面哭泣。见林常平冷不防闯进来，吓了一跳，惶惶然站起："阿叔……"

林常平单刀直入："阿英到底怎么回事？她人呢？去哪了？"

大侄子委屈至极的表情："我什么都不知道，阿英她什么都没给我说。她只说她去厦门了。"

"她还说什么了？"

大侄子惶惶然一摇头……

阿英不打一声招呼就悄然离开了林常平的安平公司。而那性格内向的桂玉也几乎到了精神崩溃的边缘。左面是火焰，右面是寒冰，夹在两个女人中间的林常平感受到的是双重的折磨。他真的要崩溃了，或者说他已经崩溃了。偏偏他心里深藏的那个秘密，又无法在这两位他深爱的女人面前坦然揭开。

他疯了似的，一遍遍打阿英的手机，然而回答他的却是一个没有丝毫温度的制式声音：

——Sorry，你拨打的电话暂时无人接听……

67 灵魂飘浮而起

大约在三天之后，阿英终于还是忍不住接了他打去的电话。林常平在电话里冲阿英急切地嚷嚷：

“阿英，你怎么说走就走，怎么也不招呼一声？”

手机里传来阿英低沉的声音，那声音平静得让林常平想立马自杀：“……林总？你有什么事吗？”

他对着手机急切地呼喊：“听我说，阿英！你马上给我回来，你必须马上给我回来！”

“……”

“阿英？你听见没有？阿英？你说话啊！”

阿英在电话里冷冷地反问：“必须？必须是什么意思？”

“有要紧事！一大堆要紧事还没有处理完，烤鳗厂工地也全都乱套了，你偏偏在这个时候撂挑子……”林常平的语气急切得有几分霸道了，“我让你回来，你马上给我回来，少给我啰唆！”

阿英在电话里冷笑：“你觉得你有权利这样命令我吗？”

“好好好，我没有权利命令你，阿英！你行行好，赶快回来吧！就算我林常平求你了，好不好？阿英……阿英！”

电话那头，阿英沉默着……

“阿英？你说话啊，你怎么不说话，你倒是说话啊！阿英！”

手机里变成了一片忙音……

林常平非常担心远走了厦门的阿英会出事，他急急地赶到厦门去。就在他驱车路过南门的时候，一声电闪雷鸣，亲眼看见那株苍老的古树在风雨中訇然折断、缓缓地倒下来了……

那一路上，风雨交加，山洪暴发，多处路段滚石塌方……

他心里对阿英说："阿英，不要离开我！你千万不要离开我啊！老爹爱你，胜过我自己的生命；老爹珍惜你，胜过珍惜世上所有的东西。如果老爹的这善良心愿却让你烦恼，那就请你原谅我吧。你在老爹最困难的时候送给了我温柔的深情，老爹会永远铭刻在心中的，但你千万别丢下我一个人，阿英……"

手机响了……

他以为一定是阿英打进来的，他双手颤抖，慌忙打开手机一看，却是桂玉打来的。林常平看了看表，当时的时间是深夜两点钟，但桂玉还没有睡觉，她问他为什么去厦门，是不是奔着那个小妖精去的？她绝望地告诉他，她已经想好了，把两个女儿托付给姐夫，她就要出家去当尼姑去了，她已看破了红尘，只想遁入空门……

"天啊！"

就在那个风雨交加的夜晚，被塌方阻塞的路上，林常平向天发出一声悲怆的呼号，噗通一声便跪倒在滂沱大雨中，灵魂飘浮而起，他仰面黑漆漆的夜空，脸上已经分不清哪是雨水哪是他汹涌的泪水了……

一个人来到这个世界，匆忙地生活着，不断地产生出许多念头，怀着无数的企盼，等待一天天长大，等待成家，成家之后又等待孩子，后来又等待生活好起来，然而直到那位希望女神告诉他，你的生命将要结束的时候，才忽然发现你一生苦苦等待的东西并没有到来。人生如梦，欢乐的、忧伤的，东西南北奔波忙碌，犹如飞蓬旋转，你满世界去寻找，结果你却发现一切早不存在，或者那曾经存在的一切不过你心里的幻影罢了，而涌过来的又是新的悲伤，新的梦和非梦……

林常平本来想好了，等阿英的母亲梅姑给阿英私下里讲明过往的那一段情史，讲明她的身世血统，让阿英知道他林常平就是她的生身父亲之后，他会把加倍的爱给予她，虽然那只能是海洋般的父爱……

然而一切已经来不及了，在命运的十字路口上，在那个风雨交加的夜晚过去之后的那个雾气弥漫的日子，在混浊的乾坤之下，一副铮亮的手铐再次与林常平狭路相逢了……

第十六章

DI SHI LIU ZHANG

梦魇中的梦魇

68 背影

灯光已熄灭
掌声也隐匿
欢乐像潮水
无声退去
只留下我一个人
环顾空虚
微光迷离
我忽然看不见自己了
急切地四处寻觅
才看见我站在自己的背影里……

命运这东西实在奇妙，一夜之间，能把人变成富翁，一夜之间也能让人沦为乞丐，正如红楼梦所言：运来铁成金，运去金成铁。穷富不过三代，是很有道理的。林常平又一次身陷囹圄，也许天意如此？

这杯苦酒是他亲手酿造的，那就只好由他来独自吞下咽了。

他想起了一位当大学教授的朋友，那位朋友是研究易经的专家，飘飘然来去无踪影，一派仙风道骨。那人常常同林常平喝茶聊天，那大师也曾经给林常平课过八字，当初他同桂玉结婚的时候，这朋友就给他预测过他们的未来，那朋友告诉林常平，桂玉这个女人将是他命中的福星，二人不但会白头偕老，更会幸福无涯。但他林常平的命程里煞气太重，不但会一而再再而三地遇到灾难，而且总是超出一般人想象的大灾大难，想躲也躲不过去的。

易经大师还说："不过，好在你的这位终身伴侣灵魂里自带宝瓶净水，往往能化解灾难，让你遇难呈祥，她将改变你的命运，但你思想上要做好吃苦、受难的准备，这其中的道理十分简单，上天既然要给你大富大贵，就必然要你先尝尽人间之苦。若不然，你就不会懂得珍惜。"

的确如此。十八年后回头一看，桂玉确实改变了他的命运。十年牢狱分离方知情更浓，但天有不测风云，人有旦夕祸福，自古红颜多薄命，他总是想起他和她相识，在下歧她的家里，她打一盆热水给他洗脚的情景。那时候，多么的温馨啊，他心里流淌的是蜜汁。后来，他每次出事前，桂玉都神经紧张，仿佛有不祥的预感，她一再地提醒他，可他就是一意孤行。果不其然，这一次又阴沟里翻船了。

那位易经大师给林常平看一次准一次，半个月之前，林常平又去见过此人，那朋友正在书斋里著书立说，一看他的脸色就倒吸一口凉气：

“哎呀，老林啊，你恐怕要出事了。”

“我？会出什么事啊？”

“你还得进去。”朋友指的当然是监狱。

“不至于吧？”

“当初你是怎么从监狱里出来的？”

“保外就医啊。这你是知道的。”

“那你回到家里来，不好好看医生治病，反倒抛头露面，折腾得比以往更凶了，你这不是自己往枪口上撞吗？”

“可我要是不折腾，那我还叫林常平啊？”

“所以说嘛，你还得进去。就这个意思。”

林常平疑惑地问：“可到底是什么人非要跟我林常平过不去啊？”

教授沉吟一刻：“要说跟你过不去的人，那可多了去了。有些人，你或许根本就不认识他们，可他们却都认识你，有句俗话说：‘笑人无，恨人有。’所以说，一有招百恨啊。你看这世间的人们，不都这德行？但这事要说到根子上，最跟你过不去的，其实还是你自己哟。你要是出来以后金盆洗手，再别下到商海里去瞎折腾，老老实实在家里开一块菜地，种种菜，养养花，采菊东篱下，悠然见南山，乐得逍遥自在，你就立地成佛了；你就是活到180岁，也没人来找你的任何麻烦。可你林常平能做得到吗？”

“我是做不到，绝对做不到，因为我林常平天生就不是那种人。不折腾，那我还活着干什么啊？”

“所以说嘛，我劝你还是收敛点为好，夹起尾巴做人，凡事不要太过张扬，特别是你眼下这种情况，你不但不能招摇过市，最好是让大家都彻底忘掉你才好。如果你总是在人们眼皮底下晃来晃去，提醒他们时时刻刻注意到你，那对你来说就是最危险不过的事情了。”

易经大师算准了，林常平自从获得保外就医之后，他满以为监狱的两扇大铁门“咣啷”一声永远在他身后关上了，他此生此世再也不会回到这里来了。谁料想，易经大师的话音未落，横祸又一次飞来。正当林常平的事业即将大功告成的时候，突然来了个节外生枝，打了他个措手不及，厄运再次降临到了他头上，他被检察机关收监了。他不但“一夜回到解放前”，而且是“二进宫”！

再次身陷囹圄的林常平真的是无语了。他虽然相信真金不怕火炼，可这地狱之火也绝非那么好受的。

勇气遽然丧失，智慧的冲动也顷刻间散失殆尽，情感之船意外搁浅，生活已是令他极度厌倦，莫名的恐惧袭上心头，弥久不散的悲伤像溃疡一般弥漫开来，最可恨的是他竟然始终像个小孩子一般受人愚弄、欺骗。这一切都让他禁不住感叹连连。人生在世，从来不缺锦上添花的朋友，却要随时准备承受众叛亲离、雪上加霜、落井下石等各种卑鄙造成的痛苦与失落，随时准备面对一张张冷若冰霜的脸。他不明白，为什么他面前总是一扇扇关得紧闭的门、一条条堵死的路？

他回想起再次入狱前的那个风雨交加的夜晚，想起当他驱车路过南门的时候，在一声电闪雷鸣之中，亲眼看见南门旁那株苍老的古树在风雨中折断、缓缓地轰然倒下……

故乡南门兜的古树，
经历多少暴风骤雨的粗壮身躯躺下了
伴着阵阵涛声不息
人们哗然
默默地伫立在雨中
惆怅流进生长的记忆
它已经有几百年了
一个老翁捋着胡须良久没有言语
站着，顶天立地，
躺着，不躬不屈……

69 爱极生恨

那个暴风雨倾盆大作的夜晚，绝望至极的桂玉已经做好了出家的准备，她对俗世的生活已经看透了：阿英那个祸害突然离林常平的安平公司而去，丈夫闻讯，竟然像疯了似的，往厦门直奔着那勾人魂魄的小妖精去了！他的魂早已叫那个小妖精勾了去。

桂玉的心彻底地凉了，凉透了。说什么海誓山盟的情感，说什么至死不渝的爱情，唉，统统不过是人们自欺欺人的，统统不过是人们用空幻的梦境来迷惑自己神经的。桂玉再一次陷入了无望的孤独之中，那是一种空前的孤独，由于孤独进而倍觉寒冷。她心里满世界黑暗，到处鬼影幢幢……

狂烈的暴风雨还没有完全扫荡过去，家里沙发旁的电话却突然丁零零地响了起来，桂玉吓了一跳，她的心紧张得一阵悸动。电话的液晶显示屏上显示出的是林常平最常用的那只手机号码……

接？还是不接？

电话持续地响着，响得那般焦急、无奈、沮丧、惊慌……

她咬了咬牙，还是拿起了听筒……

丈夫的沙哑的声音好像是从太平洋的彼岸传过来的："桂玉？……桂玉？……"

浑身颤抖的桂玉再也忍不住地大放悲声，仿佛受了一百年的委屈，她全然听不清自己的丈夫在电话里语速急促地说着些什么，她实在抑制不住自己，她要把一肚子无处发泄的苦水在这顷刻间倒出来，电话里，嚣嚣然的风声雨声搅和着林常平嘎哑疲惫的嗓音，而桂玉委屈的哭声是颤抖的："……你还会打电话回来啊？你心里还有这个家啊？"

"桂玉啊，你听我说啊。他们又把我抓起来了！桂玉你听见没有？桂玉！……"

她心烦意乱地压断了电话，过了一瞬间，她才突然觉得有些不对劲儿，她才忽然反应过来，丈夫在电话里急匆匆地究竟说了些什么？她惶恐地神经质地抓起电话来，但只有电流声……

她隐隐约约回想自己的丈夫在电话里的几分仓皇的声音："他们又把我抓起来了……"

——他们？他们是谁？

——他们抓谁了？

——他们抓走了他，又一次抓走了我的丈夫？

我的天哪！

她扑向电话，疯狂地一遍遍拨打他的手机，但是已经无法接通了……

桂玉忽然浑身像被抽去了筋，微微地颤抖着，颓然倒在沙发里……

桂玉辗转反侧，一夜无眠，黑暗从四面八方向她柔弱的身子压来，要把她整个儿压扁了，她两眼空洞，欲哭无泪。好不容易熬到东方发白，逐渐亮开一个灰蒙蒙的天空。

谁能想到，这一夜之间，生活竟然又来了个180度的大翻转，一切忽然在一夜之间又销声匿迹了，仿佛一切都是梦都不曾存在过一样，仿佛都是心里的幻影，或者更确切些讲，是幻觉。

那个小妖精阿英已经远走了厦门，安平公司突然歇菜，大奔车也被扣留，还有那个已经差不多建立起来，即将投入生产的烤鳗厂更是前途未卜，没准儿会突然夭折在无声无息之中……家门外头将又会聚集起一些七七八八、神头鬼脸的面孔来窥视着了。她不用看也便知道，那准又是些鬼鬼祟祟、唯恐天下不乱的幸灾乐祸的面孔。这些她早已经司空见惯，都无所谓，他们爱怎么看就怎么看，想怎么幸灾乐祸就尽管去幸灾乐祸好了。

爱恨情仇，一夜之间戛然而止，仿佛一座钟表突然停摆了。

桂玉的内心十分复杂，她一阵儿想：好啊，林常平，这全是你造的孽啊！让事实来教训你这个花岗岩脑袋吧，你这不叫自作自受又是什么啊？良药苦口你不吃，你偏偏往自己的脖子上套枷锁，给你把好话说千道万了，你却总是一意孤行、执迷不悟，鬼迷心窍，千呼万唤不回头，居然让一个小妖精，小狐狸精，媚惑得你昏了头，晕头转向，这下可好了，报应眨眼间说来就来了。不是吗？这下你可算安逸了吧？又进了监狱，你那颗躁动的心就踏实了吧？你就老实了吧？你就好好地在那儿单相思吧，让你也好好尝一尝这苦恋的滋味多么难以下咽！

但想归想，恨归恨，桂玉的心却又软得像一团棉花。夫妻团聚仅仅一年，就这样翻天覆地地过去了，在这些日夜，又有多少寂寞难熬的长夜，多少思恋躁动的黄昏啊！她的心又一次为自己的丈夫悬起来了。她心里痛苦地喃喃："我的平夫啊，为什么你的命总是这么苦啊！"

70 噩梦中的噩梦

看守所人满为患，一间大约30平方米的牢房里，居然关押了60个犯人，什么人都有。站的、蹲的、坐的、躺的，满眼都是扭曲的人形，臭气难闻。

林常平进了号房瞭了一眼，就见一个文身的男人打禅似的盘腿坐着，别的犯人在给他按摩。根据林常平的经验，不用说，这文身的男子便是这号房里的牢头儿了。

文身的问他："还认得我不？"

林常平还没有来得及从麻木状态里缓过来。他怔怔地望着那文身的，很是想了想，但还是摇了摇头……

"你救过我的命！"

林常平到底还是想不起来。因为他这一辈子救过好多人的命，有的在海里，有的在商场上，多半人与他毫不相关，好几次都是路见不平，拔刀相助。林常平这人就喜欢打抱不平，他最见不得的事就是恃强凌弱。

那人说出了一个夜总会的名字，林常平才恍恍惚惚回忆起来了。有一次，在那家夜总会外面，几个人在殴打一个穿着夹克衫的青年男子，打得那男子浑身是血，奄奄一息了，林常平实在看不过去了，上去劝说了几句，不料那几个打手竟然冲着他来了，林常平只说："你们如果要动手，我保证你们会后悔的，我的名字叫林常平。"那就个打手一听这名字，当场就傻了，打躬作揖，方便走人。林常平随后又叫了个车，把那躺在地上的男子送进了医院……

林常平从来都是个但做善事、不求回报的人，他转眼去就把那事忘诸脑后了。

没想到，碰鼻子拐弯，这世界真的是很小很小。

林常平啊林常平，你这一辈子怎么碰上的都是令人难以想象的事啊！别的都不去说了，就说那美丽的阿英，她原本就是你的亲生女儿啊，谁能料到20年之后，命运偏偏又把她派发到了你的身边，这一切难道是人力所能安排的吗？不，这一切都是冥冥之中你看不见的那上苍，那俯瞰三千大千世界，无所不在、无所不晓的佛特意安排的啊！而这一切都是伟大的佛是在有意地考验、铸造你非同凡响的灵魂。

第二天，监舍里又踉跄进来了一个四十来岁的犯人。白生生的面孔，却有两只大眼袋；穿的是公安的制服，不过肩章、臂章统统都被撕掉了。一旦没了那些象征权力的东西，这身制服也就失去了神力，就跟看门的保安同属一类的人，没什么差别了。

文身的望着那新来的人，迎上前去，故意装作倒吸一口凉气的样子："噢哟，这谁啊这？"

那四十来岁的大眼袋男人垂手而立，仿佛一只待宰的公鸡……

文身的汉子走上去，左右端详，还用一根指头将那人的下巴托起来：“好面熟啊？在哪见过？请问尊姓大名？说话啊？总不会是哑巴吧？快快报上你尊姓大名来！”

新来的那人像蚊子哼哼似的说出了自己的名字……

“哟嗬，我说面熟么，原来是公安局的王副局长嘛！”

号子里的一群恶狼似的犯人立刻眼睛放光，像一只只闻见了腐肉的秃鹫，围聚过来。

“我妈呀，这官儿可不小啊。”

“大官儿怎么也折进来了？”

“犯的什么罪？”

那新来的男人预感到大事不妙了，双腿抖动得很明显……

文身的说：“其实不用你说，你的那些光荣事迹满天下的人都知道了，利用职权，强奸受审的妇女，对吧？”

监牢里的犯人们顷刻间都嚷嚷了起来：

“这龟孙子，简直白披了一张人皮！”

“连个畜生都不如！”

“往死里打！”

那新来的官头儿脸色变得不像是人的颜色了，真恨不得钻进地缝里去……

文身的做了个制止的手势，要犯人们一切行动听指挥：“王副局长好威风啊，想强奸哪个女人就随便强奸哪个女人？是吧？脱脱脱，把裤子脱了。”

王副局长双腿抖得更厉害了……

71 同死神掰腕

不过才47岁的林常平，觉得自己酷似一棵被岁月的霜雪压弯了的树，人生的路途跋涉得已经太累太累了，他已经筋疲力尽，更是万念俱灰。

安平公司倒了，奔驰车被扣了，情没了，钱没了，人格没了，什么都没了，丢了夫人又折兵，只剩下了一声自嘲的苦笑。即便就是回去，又是穷得响叮当，还有什么呢？爱情？爱情又在哪里呢？早已泡沫似的破裂了！爱情究竟是个什么东西？吃不得、穿不得，只会没完没了地折磨人，甚至像刀子捅在心坎上，看不见血，却叫你欲死不能，爱情啊，你究竟是个什么东西啊？

经历了一次次生与死，一生都在厮杀的林常平，早已不习惯儿女情长了，可现在，他才忽然发现他竟是如此的形单影只，从来也没有过的孤单。人世间的生离死别、悲欢离合、酸甜苦辣、大悲大喜，都浓缩在这一刻，化作奔流的泪水汇入那个暴风雨之夜了。心如一堆灰烬的他，眼里的天空都是阴沉沉的。

人在最痛苦的时候都会自然而然地想到自己的母亲，但在林常平的记忆里，母亲的影子却是那么的模糊，他甚至根本就没有得到过真正的母爱。人们都说世上只有母亲好，只有自己的母亲才会为孩子嚼碎一切苦，付出一切代价，而他林常平从刚懂事起就失去了母亲，所以一切苦只有他自己来默默地嚼碎，默默地咽下。没有母爱，他的灵魂便裸露在寒风里了，前面没有一道可以遮挡的屏障。

在过去的十二年里，林常平曾经无数次想到过死，想一死百了。这次，他又一次想到了死，而且是确切地想到了死。

此刻的林常平已万念俱焚。

大概是出于人道主义的精神，那天，两个检察官一路管护着这个严重心脏病犯人去福州医学院看病，其中有一小段路是要步行的，摇摇晃晃的林常平走在街道上，看天是灰蒙蒙的，看地也是灰蒙蒙的，眼前车流滚滚，喧嚣而来，那巨大的声浪仿佛要将他劈头盖脸地吞噬，一瞬间，他抱定了必死的决心，想趁身边的检察官不注意的瞬间，横穿马路，一头窜入那滚滚的车流里去！他已经做出了那个与这个喧嚣的世界诀别的姿势，只要再往前迈出一步，将身子顺势往地上一倒，一刹那间，一切都将会结束了。这个以林常平这个名字标识的生命体，将压根儿就像没有存在过一样了。那么，林常平，闭住你的眼睛，不要再对死亡存有任何的恐惧，死亡并不可怕，死亡其实是一种超然的解脱，去平心静气地拥抱死亡吧，让你的灵魂缥缈如一缕轻烟，袅袅而上于九霄之上吧……

呼隆隆飞驰而过的十轮大卡震动得地皮都在摇晃，然而就在林常平准备猛力向前一扑的那个瞬间，他忽然看见了什么——迎面过来了一辆平板车，上面装满了收来的纸板箱等废品，捆扎得如同一座高高的小山，那拉着平板车的，是个已近风烛残年的老人，一条胳膊下还撑着一只肮脏而光滑的木拐，也就是说，那老人只有一条腿，另一条腿便是那根拄杖了。这拉着平板车的老人光赤着上半身，羸弱的脊梁上满是五花六道的汗水，而那板车的车辕上，吊着一只装了半袋干粮的脏兮兮的布袋子，晃来晃去……

林常平的心灵不禁猛地一抖……

一个强大的声音对着他耳边说：林常平啊林常平，你睁大眼睛看看眼前这位老人，你还有什么想不开的呢？你十二年的苦难都熬过来了，挺过来了，你却竟然要屈服了？要做个命运的懦夫了？要做一只倒毙在车轮下的狗了？你难道就不觉得自己冤枉吗？你自己常说的那句话你难道不记得了吗？你说：人可以默默而生，却不可以默默而死。这话是你说的，对吗？怎么转眼就忘了自己灵魂的誓言了呢？

上帝不让他这么做。

暴风雨中的他往往会在激愤难抑之后一次次复归于平静。对死亡的畏惧反倒会使人产生一种神圣的庄严感。

人一旦死而复生，就会复苏整个世界。

72 噩梦连环

那段时间，林常平不仅噩梦连床，而且噩梦连环。

那每个梦里都梦到了妻子桂玉和他自己。

梦境之一：

一个穿着制服的政府干部拿了一张纸，进号房来了："林常平，经省高院复查，裁定你无罪释放！你现在就可以出狱了！"他意想不到，惊愕万分、激动不已，听见自己的心脏"怦怦怦"乱跳，要从胸腔里蹦出来，他像当年那大块头一样，大喊了一声"感——谢——政——府！"却不料眼前一道白光闪过，心脏病发作了，他看见自己被几个犯人抬到医院进行抢救，抢救的过程他的意识里竟然超常清醒，听见一个管教对一个女医生说："他老婆是很漂亮的，尤其是那双眼睛，迷人得不得了……"他躺在急救床上，心里在暗暗地骂那家伙："我老婆漂亮不漂亮关你什么事啊！你这不吃饱了撑的？"但他的感觉仿佛那一瞬间又过了好几天似的，有时间延宕之感，发现自己突然已经回到家里了，却不是现在的家，而是当初桂玉的那个家，也就是他岳母家。他走进岳母家，空无一人。"有人吗？有人吗？"他喊，无人应声，岳母也不在，买菜的竹篮子却莫名其妙地挂在卧室的门上。他无声地推开卧室门进去，却发现桂玉与一陌生的男人赤裸裸躺在床上……他便大声惊叫，翻坐起来，心跳犹如奔马。其实他还是在梦里，梦里的他喘不过气来，心脏病又发作了，送到霞浦的第一医院里抢救着了，他被推进急救室的时候，心里还在一遍遍念叨：家丑不可外扬，家丑不可外扬，家丑不可外扬……一转眼他却又从医院里出来了，好端端地同桂玉坐在一个枝叶密密的葡萄架下，桂玉笑微微地拿出一瓶XO，对他说："来，咱们来他个一醉方休！不醉不罢休！"他担心自己的身体："我有心脏病，喝不成酒的，桂玉你又不是不知道……"桂玉说："没事，喝！"他也就不管什么心脏病不心脏病了，端起酒杯就喝，只喝了一大口，突然就觉得不对劲了，像得了肠绞痧一般难受，顿时天旋地转，他才知道那酒绝对是有问题的，她哄他喝下去的原来竟然是鸩酒！不到一分钟，他腹痛得满地打起滚来，只好苦苦地哀求桂玉："桂玉，你看在十七年夫妻的份上，带我去看医生吧。桂玉？"桂玉却面无表情地望着痛苦倒地的他，仿佛看着一个素不相识的陌生人，嘴角甚至浮上一丝嘲讽的冷笑："这一切都是你林常平造的孽，你就好好儿自作自受吧！"他已经说不出话了，高高在上的桂玉的身影在他面前那么冰冷，冰冷得就像是泰坦尼克号遭遇的那座冰山。他看见自己痉挛着满地打滚，痛苦地挣扎，在无望的挣扎中渐渐死去，渐渐地死去……

忽然，他从这长长的噩梦中惊醒过来，浑身冷汗，连额头都浸出了一层……

梦境之二：

过了没几天，林常平又做了一个梦，梦见他是个自由人，在霞浦的大街上悠闲地散步，走到一个五彩缤纷的花园里，却撞见桂玉正在同一个陌生的男子深度接吻，还喝醉酒似的让那男人牵了手往深深的花丛里去了。他从旁看着，急眼了，禁不住大步冲了过去，拉住桂玉的另一只手着急地喊："玉！别跟他去，我已经回来了！我从监狱里回来了！"没想到那陌生男子竟挥起拳头便向他打来。他拉着桂玉就跑，跑呀跑，前面却是一道悬崖，令他万万想不到的是，桂玉突然一声冷笑，毫不犹豫地将他推下悬崖……

梦中的他大喊一声，把号房里所有的犯人都惊醒了，从噩梦里惊醒的林常平已是一身冷汗……

犯人们骂他："他妈的一惊一乍的，早晚非给你弄成神经病！"

而在林常平当时的感觉里，似乎那不是一场梦，而就是历历在目的现实，虚惊一场之后便是潮水一般袭上心头的极度悲哀和寂寞。只觉得胸口堵了一块大石头，怎么都喘不过气来。清早起来，对镜自怜，乱发如草，面容憔悴苍白，形容枯槁，活像刚从十八层地狱里游走了一趟回来的孤魂。这难道就是他吗？他真想把镜子愤然摔在地上……

对世间的男人来说，理想的女人各式各样：纯情少女、冷血美人、矜持淑女、慈祥母亲，漂亮能干的女秘、潇洒的女才子、珠光宝气的富孀，风情万种的妓女，都可以是各式各样的男人追求的理想情人。而理想的男人似乎只有一种，英俊强悍，热情，慷慨富于才智，善于行动；既能叱咤风云，又儿女情长。但不管男人还是女人，都有一样共同的弱点，一样人生最大的悲哀：常常想要什么却没有什么，而有了什么却又不把什么当成什么。人是万物灵长，但人却偏偏又最受不得真实。这真是一个永恒的悖论啊。

他本来就是大海的孩子，他的心胸就要像大海一样宽阔。

林常平思来想去，想好了，患难夫妻一场，假如桂玉真的对他失去了信心，假如桂玉真的想要离他而去，他也非常能理解她。他绝不会为难她丝毫，也不会说一句粗话。那他就自动地从她身边走开，一只皮箱，四海为家，去浪迹天涯。他这一辈子不就是这么过来的吗？老了，死了，一把火烧了，不就完了？有什么大不了的呢？

73 何事长向别时圆

又到中秋节了。

犯人都盼望过节，过节至少可以改善一下伙食。中秋节是中国人合家团聚的节日。虽然不放假，晚餐却加了菜，每人还发了两个月饼，虽然又硬又难吃，但毕竟是中秋节的一种风俗符号。中秋的月亮最圆，但对犯人们来说，却是“感时花溅泪，恨别鸟惊心”，感物伤怀，那明月的如水清光，倒像是刀子的寒光了。

那天，号房里的一个老犯人祭神泡茶，招呼他：“来老林，吃几杯茶吧，茶能散忧啊。”

喝着苦茶，林常平心思却还纠缠在噩梦里……

那泡茶的老犯人说：“你啊，老林，你是个大能人，一点不假，但你却是有赚钱的运，没享受的福啊。”

他喝了几杯茶，结果通宵大睁两眼。

牢狱之中的犯人，哪个没有过无数个难眠长夜？家人经常来探监的还好一些，有的老婆离了婚，家中有年迈的老父，上有白发的老娘，下有幼小的子女，再加上生活境遇非常困难，无力远行，前来探监。于是，犯人的心情便更加郁闷得无法排解了，特别到了逢年过节，更不止是一个人偷偷在监舍内抽泣了，每年的中秋节这天都有犯人自伤自残。分队的领导盼的是平安，犯人平安了他们的日子也才能太平无事。为了营造气氛，节日期间监狱经常组织开展一些文体活动，让犯人的情绪得到适度的释放，以缓解思乡情结。晚上也能看电视、放碟片，还可延长半个小时。

十五的月亮十六圆。

过罢中秋节的第二天，管教到号房里通知："林常平！接见！"

林常平闻声，愣住了……

阿英已经毅然决然头也不回地离他而去了，桂玉也因为他伤透了心，埋葬爱情的土已经壅满了她的心间，或许她正恨不得他把牢底坐穿呢。他想不出还有谁会来看望他。

是满面凄楚的妻子。

内心万般纠结的桂玉终于还是来探望自己的丈夫了。

林常平比什么时候都注意留心桂玉的变化，桂玉的鬓边竟然又生出了几根白发！他的心疼得猛然抽搐了一下。相对无语，她幽幽的目光仍旧还是那么清澈，不过那清澈里却平添了几分淡淡的凄冷，几分孤寂的哀怨。他知道自己真的伤害了这个漂亮善良的女人，而他内心里，却比以往任何时候都惧怕失去她，一旦失去桂玉，他的生命还有什么意义呢?

在桂玉看来，她会把林常平再度锒铛入狱这件事，统统归罪于他对阿英的爱。而等到有那么一天，当一切隐私都披露出来，真相浮出水面之后，一切前嫌也许都会冰释。

桂玉啊，近在咫尺却如隔天涯，有时候我真恨你的宽恕与谅解，恨你给我如此深厚博大的情感，但你的爱又是对我的折磨，否则我可以一了百了，早早让自己解脱，生命是如此微不足道，备受命运折磨的你可以离开我，我不会因为你的离去而恨你。我爱你，但不是要你这么辛苦地熬煎着等我，那样我的爱就太过自私了，对你是一种残酷的凄然折磨，一触及到这个问题，我就悲恸欲绝。你的平夫最大的安慰是能让我心爱的妻子得到真正的幸福，我想见到你，又怕见到你。你对我的不信任和无端的猜疑，那都不能怪你，全都是我这个不争气的丈夫引起的，只要你能幸福，纵然有再大的不幸，我林常平都情愿承受。

虽说是人生苦短，爱情也不过是一场梦，但这梦又是如此惊心动魄，荡气回肠啊。当初为了追求你，为了得到你，我甚至可以将一切都抛弃。眼泪是苦涩的，却又是温柔的抚慰，十几年的苦难，尽管伤痕累累，我林常平之所以能奇迹般活下来，不正是靠了你的爱的支撑吗！

亲爱的妻！我只希望今后你不要轻易地成全我的期待，不要过于爽快地满足我的索取，如若一切都显得理所当然，久而久之，即便是你的亲吻，我也会不知珍惜的。也不要夸大我们相互理解的程度，不要无所顾忌地向我袒露你的缺点，这并非虚伪，因为爱情需要崇拜，而沉迷于爱情的人却都承受不了绝对的真实。世界上没有一个人堪称完美。你千万不要过于依赖我，也不要随便公开你内心的秘密，尽管我如此渴望深入你心灵的每个角落，想探究你的一言一语、一颦一笑的全部内涵，可我还是希望你保持一分意味深长的朦胧与神秘。莫要炫耀，莫要娇嗔，这两样东西可在极个别的场合装饰你的天真无邪，但在大多数情形下却只会抵消你魅力的光彩。亲爱的，请你给我一个又一个考验甚至折磨吧！因为只有考验才有吸引力，但是千万别太久啊。当我在痛苦迷惘中沉沦的时候，不要让我牵到你的手，而无辜地牵连了你。我憎恨命运对我的不公，正是因为我恨命运对你的不公。

眼下，他和桂玉又都是一个弱者了。但又不是，弱者只会等待机会，而强者却要创造机会，他林常平发誓要做一个强者。但此刻，林常平脑海里盘旋的一个问题是：他想乘桂玉来探监的时候，向她揭开这个一直压在他心里的谜底，坦诚地向桂玉说明白他同阿英那层极特殊、极纠结的关系。但转念一想，这个时候告诉她这些，又是什么意思呢？是你林常平在可怜巴巴地乞求妻子的原谅吗？不，他要选择一个成熟的时机再告诉桂玉那过往的一切，再坦然而彻底地揭开那个谜底，却绝不是现在，现在他身在狱中，他要继续默默地咀嚼那潜伏在心里的爱恨情仇。

一次又一次，总是错过，这次林常平又再一次错过了跟桂玉坦然相对，和盘托出的时机。

而更让林常平没想到的是，监狱外面，正有一双美丽而忧伤的眼睛躲在水泥电线杆后面，目送桂玉柔弱无助的背影离去……

躲在电线杆后背后的人是阿英。

第十七章

DI SHI QI ZHANG

爱是最大的财富

74 大约在冬季

能够置心灵于死地的东西只有两样：所爱的和所怕的。

阿英的身影总是在林常平眼前晃动。

在林常平眼里，阿英是个小魔鬼，她清高孤傲，却又勾人魂魄。她的生命里明显地有着他林常平的生命基因，生来便天不怕，地不怕。她敢爱敢恨，敢作敢当，是个从不为别人活着的女子。阿英有她的原则，有她的道义良心。阿英又是个千面女郎，变化莫测，往往起伏自如：在孩子们面前是一副面孔，在女友们面前是一副面孔，在师长面前是一副面孔，在不同的男人面前又是各式各样不同的面孔；她诡谲善变，八面玲珑，她最大的能耐就是在一丝浅笑中将一切偷偷置换。这方面，连最高明的魔术师都自愧弗如。

阿英又是他最好的助手，她意志坚定，行事果断；她思维敏捷，智慧超群，善于幻想，富于冒险精神。阿英身上的很多天赋都酷似他，阿英更像是为了他林常平才来到这个世界上的。

但自从林常平万般痛苦地经历了那个暴风雨之夜以后，他心里的那个阿英仿佛已经死去了。但在他眼前，阿英的面孔却变得越来越清晰了，仿佛触手可摸。

“女人的粉香只会使人变得愚蠢。”

他心里对自己说：林常平啊，该是你彻底地清醒的时候了，赶快清醒过来吧，从头到尾，你不过是做了一场梦，或者说是做了一场游戏而已，虽然你自以为这场游戏做得有情有义、有血有肉，又哭又笑、又喜又愁，你甚至可以倾家荡产而义无反顾，你爱得如此凄惨，如此沉重，可最终受伤的还是你自己啊。

他几乎没有任何勇气去面对整个喧闹的世界了，似乎他的人生已经走到了尽头。

监区里凡能搞绿化的地方都长着树木和花草，然而却又常显出死一样的寂静，静得像座无人祭扫的公墓。道路两旁生长着茂密的榕树、侧柏、梧桐，还有桂花树等等。特别是春夏相交的当儿，这一块那一块的花圃里，更是蜂狂蝶乱地热闹。但那只是蜂蝶们的世界。在监狱里也常常会听到悦耳动听的鸟鸣，但那跟你在外面的世界里听鸟鸣的感觉完全两码事。对失去自由天空的犯人来说，监狱里的鸟鸣不啻一种刺激，一种提醒，反倒会给人一种格外的悲凉之感，只会让你郁闷的心里平生出几许思乡的惆怅……

那天，林常平正在打扫卫生，中队的管教把他叫到了一旁，递给他一包东西：

“有个姑娘来看你，可她身份证丢了，正在补办，还没有办好，所以没法让你接见，只能把这些东西给你带进来。”

有个姑娘？是谁？

“她说是你闺女。她昨天就来了，进不来，见不到你，她不死心，又不肯走，就在跟前的旅馆里住了一宿。”

林常平脑袋里嗡的一声，飞出十万八千只蜜蜂……

他双手颤抖着，打开那只被检查过的塑料包装袋，里面是两条红梅牌香烟和几盒他平常必须每天吃的药。这是什么？一只折叠得精致的仙鹤？这是一张纸条。他颤抖着双手打开那折叠的仙鹤，上面一行字扑进他的眼帘，那是阿英匆忙中挥笔写就的五个字，三个惊叹号：

——老爹，我爱你！！！

他的心一阵猛地战栗，眼前顿然模糊了……

这纸上是什么？就跟落了雨点在上面似的，还潮湿着，是泪痕，一定是阿英的泪痕！

林常平急切地寻觅：“她……她在哪里？”

“她人在外面，进不了接见室，但她就是不肯走。”

“阿英……”他喃喃。

“她非要等你一个回音。”那位管教催促林常平，“这么着吧，如果你有什么要说的，就抓紧时间写在纸上，我可以负责转给她。”

可能是那位管教那天正好发了菩萨愿，这简直是天大的恩赐啊！

林常平跑回监房，一路紧张地思索着，给阿英说些什么好呢？千言万语，万语千言，他想来想去，最后把那首歌词写在一张纸上：

轻轻的我将离开你
请将眼角的泪拭去
漫漫长夜里，未来日子里
亲爱的你别为我哭泣
前方的路虽然太凄迷
请在笑容里为我祝福

虽然迎着风，虽然下着雨
我在风雨之中念着你
没有你的日子里
我会更加珍惜自己
没有我的岁月里
你要保重你自己
你问我何时归故里
我也轻声地问自己
不是在此时，不知在何时
我想大约会是在冬季……

75 苦岁

人逢佳节倍思亲，又是一个除夕夜了。

这是林常平第十三年在监狱里过年了，今年是最惨的一个春节。监狱外面的亲人们都在给坐牢的亲人送物品，唯有他形单影只，孤苦伶仃。桂玉在做什么呢？两个女儿还好吧？桂玉啊，你是不是已渐渐地淡忘了身陷囹圄的平夫了呢？还有那飘零的阿英，此刻她在哪里？和谁在一起？抑或跟他一样，也只是孤零零的一个人飘零天涯？

录音机里开始播放舞曲了。《春天圆舞曲》《皇帝圆舞曲》，好像从天国里传来的乐声。久违了，这人间的声音，但这似乎跟囚徒早已没有必然的关联了。他们早已经被抛到生活之外的一处阴暗的、与世隔绝的角落里了。但来自天堂里的醉人的诱惑还是让人心驰神往。一个犯人开始笨拙地扭动着身躯了，酷似一个被冻僵了一个世纪后刚刚开始苏醒的躯体。渐渐地，一点火星子开始蔓延，呼啦啦，整个狭窄阴暗的空间里燃烧起来了，所有的犯人都疯狂地加入了这天堂的音乐节奏之中，一个个手舞足蹈着了，各具形态，僵硬、生疏、别扭、拘谨，如同梦游中人……

人人都渴望一次假释，一次心灵的放风。

一些囚徒开始用双手砰砰地拍打桌椅板凳，随着音乐节拍，所有的人都在手舞足蹈如入无人之境，在那一瞬之间，仿佛一切的苦难和悲伤都躲闪到爪哇国去了。

夜很深了，林常平怎么都睡不着。漆黑寒冷的除夕之夜里，忽然从另一个角落里传来低低的歌声：

“跑马溜溜的山上，一朵溜溜的云哟……”

这甜美的歌声，此刻听来竟如此凄凉、伤感，穿越了时间隧道，弥漫于心间。此时此刻，此情此景，他借着疏漏的星光，照着一方小小的镜子顾影自怜，镜子里的这张脸是他的吗？脸部皮肉松弛，眼睑下垂，皱纹纵横，这是他和生命的暴风雨搏击留下的痕迹，凝聚着全部的沧桑，包含了全部的屈辱，全部的忍耐，其中的话语是别人读不懂的，只有他自己知道这些皱纹里的每一句话。他想起古堡里的那个基督山伯爵，想必也一定是在这样的环境里，这样的孤独里度过年年岁岁的，不然何以最终成了一个冷面的勇士呢？

零点时分，辞岁的钟声响了，爆竹声一时大作，动人心魄，是监狱外面的爆竹声。那噼噼啪啪的爆竹声声越来越密集，整个世界被爆竹声淹没了，硝烟味越过高墙铁网，飘进监狱的窗户……

年年如此，为何今年尤其荒凉？十二年如此孤独萧疏的春节不也都过来了吗？为何今年这除夕之夜如此难熬？林常平林常平啊，你究竟怎么啦，你十二年都过来了，怎么就过不去这一刻了呢？

此刻，自己关在监房里，却仍然逃不过除夕之夜的脚步，声声爆竹，他又是顾影自怜。他痛恨这顾影自怜，假如不是命中注定，为什么一桩接一桩的灾难总是同他亦步亦趋，形影不离？而且一次次明确无误地传递给他一种万劫不复的暗示？灾难啊灾难，你为什么总要降临在我林常平的头上？难道在冥冥之中存在着一种超意志的力量，在暗暗地控制着我林常平的命运吗？尊敬的命运之神啊，请问这是您故意为我设下的一个走不出去的圈套吗？抑或是一个恶作剧？对，这一定是个恶作剧了，你要用这个恶作剧来无情地捉弄我这个茫然无助的苦命人。

他喟然长叹一声，泪水潸然，心头一阵刺痛，无奈无助，这个不寻常的守岁夜晚，对他意味着什么呢？意味着他躲不开、逃不掉。

此刻，林常平眼前全都是桂玉的影子，他才发觉自己不但依然爱她，而且是更加疯狂地爱着她，这就是命定的前缘。为这份感情，他付出十多年痛苦的代价，他坚信这代价是有意义的，是绝对值得的。

此刻，他忽然才发现，命运本来对他有天然的恩赐，他有一个宁静的避风港，这就是家；此时，他才感到世上只有自己的妻子好。他回想起以往那甜甜蜜蜜的一幕幕生活情景，他在外面奔忙一天，回到家，心情便恬静平和，内心会升起一股柔和的暖意，家是安适的大后方、大本营，他把热情和充满爱怜的目光投射在他漂亮的妻子身上，看她哪里哪里都顺心，他欣赏她的每一次回眸，每一个细微的动作，每一句轻松的调侃，他常常想替她轻轻地撩开垂盖眼睑的一丝刘海……

此刻，林常平甚至想象，如若他再次获得自由，重回大地，他下决心不再去冒险了，不再去辛苦地打拼了，他要作一个真正的寓公，把自己"宅"起来。更或者偶尔也围着围裙下下厨房，学着做几样自己喜欢吃的菜肴，再品一点喜欢喝的酒，优哉游哉，那该多么的闲适啊。只要天天能看见自己可爱的妻子的身影晃动在眼前，只要看着两个活泼的女儿，他就心满意足了。

76 情天恨海

阿英写在那张纸条上的五个字——"老爹，我爱你"，支撑了林常平坠向无底深渊的心灵。可遗憾的是他竟然连阿英的面也没见着，阿英又人去杳然了。

好多次，林常平都会在梦境里梦到阿英。阿英像蒲公英的种子，四处飘零，她此刻在哪里？现在又靠什么生活呢？

阿英啊，你还会来看你这苦命的老爹吗？

林常平一直都在等待阿英的音信，他坚信，阿英还会来看他的，毕竟血浓于水啊。

他不止一次地梦到过阿英，但出现在林常平每个梦中的阿英都不一样，有时候梦见阿英独自行走，打着一把花伞，他喊她，她却听不见，或者她会陌生地望着他，问他：你是谁？我根本就不认识你啊。有一次，他梦见阿英同她的母亲梅姑在一起，还是在那座海边的老房子前面，温煦的阳光下，母女俩静静地织着渔网，旁边还懒懒地卧着一只伸出粉红色舌头哈气的黄狗。他站在她们旁边，看了好大一会儿，只有那黄狗对他汪汪汪地吼叫了几声，而梅姑和阿英却只顾得说母女间的闲话，竟谁也没撩起眼皮来瞅他一眼……

梦醒了，星斗正阑干，苦酒般的思念却弥散不去。

那天，他留监做卫生，刚做完卫生，有人来通知他："林常平，接见！"

他心里一惊，疑疑惑惑地走到门口的接见室，目光透过铁栅栏一看，他呆住了，那是阿英吗？是的，正是阿英！

阿英显然瘦了，那双美丽的大眼睛却反倒显得更加楚楚动人，阿英的脸色浮着一层蜡一般的苍白，反倒更像一尊维纳斯的雕塑了。她的目光于沉郁之中透出无尽的期盼，她的发髻上别着的一只发卡酷似飘落的一片枫叶，她微微颤抖的嘴唇间噙着将迸的热流……

阿英，我的孩子！

原来，阿英时时刻刻都在想着他这个在监狱里的老爹，想着这个受尽折磨的、善良又倔犟，豁达又艰涩，充满了智慧却又冥顽不化的老爹。这就够了，这爱就足够支撑他这个似乎被全世界遗忘了的赘物继续存活下去了。

探视时间只有二十分钟。

父女之情犹如滔滔江水，却不知从何诉说，两人都禁不住热泪涟涟。隔着铁栅栏，美丽的阿英站在他对面，他感觉到这个女孩从来就在他身边，一刻也不曾离开过他。她身体里流动着他林常平的血脉，她脸庞的轮廓，她凝神的样子，她眼睛里透射出来的桀骜不驯的目光，哪里哪里都像他林常平啊！

此时无声胜有声。纵然什么话也不说，只是静静地注视着，只是两人灼热的目光紧紧地互相缠绕着，就一切都有了。在这凝视之中，阿英的眼角溢出了珍珠般的清泪，犹如蚌壳里被苦难孕育而成的珍珠。阿英抹去了眼泪，送给他一个他期待已久的微笑……

他觉得阿英心里应该什么都知道了。梅姑肯定把以前的一切都告诉她了，阿英终于知道他才是她的生身父亲了。这样一来，阿英心里肯定会掀起一片狂涛的。那么，阿英会不会责怪他这老爹，甚至对这个老爹心生怨恨呢？

林常平并不知道，自从那个暴风雨之夜之后，自从林常平仿佛突然间从这个世界上消失了之后，阿英就像疯了似的，为了得到他的确切消息而四处奔波，却又无处诉说……

阿英啊，你可知道是什么原因使老爹在最后时刻阻止自己接近你吗？现在你应该知道了，是为了永远保持我们的父女之爱！可谁又能告诉我，什么是对，什么是错呢？

他用目光热切地拥抱着她，颤声儿问："阿英，你……还好吗？"

阿英使劲地点点头，委屈的泪水立刻止不住地溢出眼眶："上次来没见到你，跟他们磨破嘴皮也不让见你，你不知道我心里有多难过！"

"我知道的，我知道你来看过我。"他心酸地喃喃，"阿英，你……你一定要原谅我啊！”

阿英滚烫的目光望着他，虽然强忍着不想在他面前表现出一丝伤心的样子，但还是无声地啜泣着了。

他的声音也在抑制不住地颤抖着了：“阿英，你是老爹的梦，可老爹不是……”

阿英知道他要说什么了，她立刻下意识地将一只手臂伸进铁栅，用温柔如梦的那只手捂住了他的嘴……

“嗨嗨嗨嗨嗨！”坐在凳子上监视着犯人们一举一动的狱警大声地吆喝起来。

阿英的手并没有缩回去，反而两只手都伸进了铁栅栏，紧紧地攥住了她深爱着的老爹的一只胳膊。

狱警怒气冲冲地窜过来，生硬地掰开了阿英死命地捧着林常平的那只手：“不许违反规定！否则马上停止接见！”

“对不起……”阿英这话不是说给那狱警的，而是说给她日思夜想的老爹的，声音里带着颤音。

他仿佛看见大海上的一道白色海浪从耀眼的太阳底下向自己的心灵深处推送而来……

阿英是一片自由自在的云，阿英是一股原野上的风，阿英是他林常平深深埋藏在心底里的一个梦，只要这个梦在心里，他林常平就可以在这梦里飘来飘去，无忧无虑，他就什么都不惧怕了。

此时此刻，林常平望着阿英，犹如望着被春雨濯洗过的一朵白玉兰，他心里说：“阿英啊，你是老爹的梦，但老爹却不是你梦啊，他和你一起站在这尘世之中，躲不开许多的酸甜苦辣、喜怒哀乐。你这苦命的老爹跟世界上所有的父亲都不一样，你千万不要拿他跟别的人去比较，他给予你的，是他殷红的血，是他的灵魂，是超越于一切父爱之上的爱，为了保护你，他宁可舍弃自己的生命，为了不让你受一点点伤害，他甚至可以舍弃一生的快乐。他只想为你点燃心中的那盏永不熄灭的希望之灯，但他却真的是太无力了，他最终还是让你失望了……”

“老爹……”阿英泪水再一次涌出眼眶。

“……都是我连累的。”他百感交集地叹息。

阿英拼命摇头，泪水模糊的双眼依然那般入情动人，光华闪耀：“没有你，这个世界上就没有我。”

他心里却品尝着吃了黄连般的苦："阿英啊，那只是人生的一次偶然，一次邂逅，一次……"

阿英微笑了，是含泪的微笑，这微笑是送给天堂的："不，绝不是偶然，一切都是天定的。"

"阿英……"

他们的命运已经永远拴在一起了，人生在世，什么都是身外之物，唯有一个情字长在人心。人非草木，孰能无情。爱能让人灵魂复苏，能让一个心如死灰的人忽然间变得生龙活虎，神采飞扬。为了这份情感，他林常平也得让自己坚强地活下去。他只是担忧阿英，阿英眼下的生活是什么状况呢？阿英说她还在厦门漂泊，她不想再回到霞浦那个伤心之地去。林常平听了这些话，心里更不是滋味，他非常忧虑阿英眼下的生活，他想让阿英顺便带一封信回去，让她去找找福州两个欠款人，试试看，如果能要回一点欠款来，好歹也能渡过眼前这难关。

他对阿英说："我林常平做人对得起兄弟，兄弟也应该对得住我才是。你去找他们，他们应该不会见死不救吧？"

"俗话说，穷怕亲戚富怕贼啊。"阿英冷静地喃喃，又抬起头来，给他一个充满自信的微笑："老爹你别担心，阿英会挺过去的，一定会挺过去的。阿英不会向任何人乞讨，这辈子都不会，我决不会！"

"可你……为什么啊！"

阿英的目光里闪烁出他目光里常常闪现的那种自信和坚强："因为我是林常平的女儿。"

面对死亡无所畏惧的林常平，此刻禁不住老泪纵横。眼下的社会人情如此冷漠，世态如此险恶，但只要心里还有爱，只要阿英心里还装着他这个受苦受难的老爹，他的生命之火就不会熄灭了。

他突然像是个受尽了委屈的孩子，一个弱不禁风的老孩子，衰弱无力，若不是冰冷的铁栅栏隔开了他和她，他真想一头扑进他的女儿的怀里号啕大哭一场。

这一天是他林常平的复活节，他的灵魂复活了。他和监舍里的犯人们分享了阿英带来的食品，红梅香烟，还有水果。

阿英还给林常平带来了一本书——泰戈尔的《飞鸟集》。

77 飞鸟！飞鸟！

为什么阿英要偏偏带这本书来？

林常平记得很清楚，他曾经对阿英说过，桂玉喜欢印度诗人泰戈尔，最喜欢泰戈尔的那本《飞鸟集》。

那么阿英一定是有意识地带来这本书的了？

是了，阿英一定是想让他在牢狱之中好好看看桂玉最喜欢看的这本书！阿英啊，我的女儿，你原来心细如丝，心柔如水啊！

林常平在铁窗牢狱之下，打开了泰戈尔的《飞鸟集》，这是桂玉特别喜欢的诗篇，林常平也要让自己弄明白，桂玉究竟为什么会喜欢这本书？

美丽的女人啊，你能以你美目一个流盼，掠尽诗人竖琴上全部的内涵，然而你对诗人的歌颂却充耳不闻，因此他就来歌颂你，你能让世界上最骄傲的人拜倒在你的脚下，然而你选以崇拜的却是你所爱的无名人。因此，他就崇拜你，你那完美的手臂的触摸爱抚，将使帝王的尊荣增加光辉，然而你却用以清扫尘土，清洁你朴实无华的家，因此他就满心敬爱你。但这种时候，他在与世隔绝的监狱里朗诵，你是听不到的，这就是为什么不扫尽废墟上的瓦砾，鲜花是开不出来的……

看着看着，林常平本恨不得大哭一场。虽然眼泪是一种无可奈何的宣泄，但那也是从心底里流淌出来的一条苦河，只有将热泪流淌出来，痛苦仿佛才会减轻一些。是他伤害了桂玉，如果不是他，她一定生活得很幸福。他捶打着自己的脑袋，对自己说：林常平啊林常平，你真是个十足的灾星，你这颗灾星给桂玉带来的只是一个又一个不堪回首的灾难！

他记得在1977年9月，初秋的那个晴日，他去到桂玉的学校，在滩头村，他和桂玉在阿母家吃饭，阿母做酒做得真好，令人闻之欲醉。桂玉高高兴兴地陪他喝酒，他举起酒杯，对桂玉说："借阿母的酒，先敬明天，再敬贤妻，愿我俩白头偕老，永不分离。"于是，四目相对，一饮而尽。那晚，在阿母屋后的山上，那片郁郁葱葱的大树林里，在那棵大樟树下，他和她一同憧憬美好的未来，他在吻她的时候，心跳得很厉害，仿佛要从胸口蹦出来……

可后来，桂玉又说他变了，变得她认不出他了。

那么，在他的眼睛里，桂玉又是什么样子的呢？他真的认识这个女人吗？

他扪心自问。

并非是他们初恋的时间太短，至少结婚都快二十年了，可为什么桂玉在他心里又常会像影子一样模糊呢？

林常平啊林常平，你甚至从来也没有问过桂玉的身世！你竟然一点也搞不清楚桂玉是怎么送给张家做女儿的！你从来也没有问问桂玉，她童年时代是如何过来的？没有问问她的小学中学时代又是怎么度过的？你从来也没有问过桂玉的生命中曾经遇到过什么样的坎坷？更不要说知道她喜欢什么颜色，喜欢听什么样的歌曲？等等。

此刻，他不得不抱愧自责，他真的从未从心底里关心过她的身世，除了占有她的肉体和劳作之外，他并不了解桂玉的内心，而现在他方才明白，一个人的心便是一个极其深邃广阔的宇宙，蕴藏着无穷的奥妙与神奇。问题是，现在他怎么才能进入桂玉的那颗心呢？那颗神秘的心扉如何才能打开呢？这是林常平过去从来也没有去认真思考过的问题，也是他毫无把握解决的问题，虽然她与他已经生养了两个女儿，但除了她的肉体，他承认他其实并不真正地认识这个女人，岂止是这样，他更发现，现在他竟连桂玉的肉体，也并不怎么认得啊。他从没看过她赤裸裸的一丝不挂的肉体，从结婚的第一天起，她就没有赤裸裸地与他同睡过一条被子，她身上总是戴着乳罩，穿着背心短裤，甚至夏天还穿长裤睡觉。十年来，他只不过自认为拥有她，她是他法定的妻子罢了，桂玉在他眼里其实始终只是一个熟悉的陌生女人！

当林常平忽然意识到这一点，他便突然内心惊慌起来，一片迷惘的痛苦酷似开河时节泛着白光的浮冰从他的心地上相撞着流过……

她对他的冷漠难道是故意的吗？

不，不应该是这样的，只是因为他常常在心里忽略了她，是自从落难以后，才完整地回想起妻子的存在，也才越来越担心会失去她。他忽然想迫不及待地要看看那个真实的她了，至少要确认一下她的肉体，她的肤色究竟是怎样的颜色？她的体肤上有什么伤疤或者是痣？滋润的还是较为粗糙的？他想用手轻轻地摸遍她的全身，用嘴巴吻遍她全身，就像是电视上演出的那样，去爱抚她，与她做爱……

他一页页翻看着泰戈尔的《飞鸟集》，一首首默然在心里吟诵着，他仿佛才明白，桂玉为什么喜欢泰戈尔，为什么喜欢这本《飞鸟集》，因为桂玉的心是一只自由的飞鸟，她的天性里时时渴望着自由的天空。她不是那种穿金戴银就可满足简单欲望的女人。

人啊，真是不容易满足的动物，他们一方面拼命追求自己所没有的，一方面又不断地丢弃自己所拥有的，似乎得不到的便永远是最好的，可一旦到手便了立刻失去了其价值。林常平啊林常平，你为何到了这把年纪还如此幼稚！你已经到了知天命的年纪了，你对女人其实还是一无所知。你啊，你这一辈子也无法懂得女人。你几十年的人生经历，风雨沧桑，你可以解释天空为什么会下雨，但是你却无法解释女人为什么会流泪；因为女人让你感到困惑，倘若你对她微笑，她会觉得你在献殷勤；倘若你投之以冷眼，她则会觉得你没教养；倘若介乎于冷眼与微笑之间，她又会说你非常之平庸。是这样吗？他越想越糊涂，竟连自己也说不清了。年纪越大，他就越感到自己几乎无法同女人自然地相处。他在知天命之年更感到了熬人的疑惑……

他要养精蓄锐，等到出狱之后，等他回到她身边，他将会把失去的一切加倍地给予美丽的妻子，他要做一个怜香惜玉的好丈夫。想到这，林常平不禁脸红心跳。

78 春色关不住

秋天是一把艳红的相思豆
从岁月的指尖洒落我的手掌
秋天是一望无际的大路
在阳光下敞向远方
秋天是苦苦的相思
在现在、在过去、更在未来……

又是一个星期天。太阳很好。

衣服放久了会霉变，林常平一大早就把皮箱扛到球场，拿了两床草席，把衣服被褥晒晒。他翻出桂玉的照片来看，在阳光下看妻子的照片就看得更清晰了。他的目光无限爱恋地抚摸她的脸颊，但桂玉那美丽的脸庞上却没有笑意。他不由得一声叹息，坐在那个大大的太阳底下发了好一阵子呆……

也就在那一阵，林常平在上海的一位朋友给他寄来了一套世界人体摄影艺术。

监舍里的犯人们如获至宝，你争我抢，没几天，那本铜版纸印刷的摄影集就几乎给翻烂了。在这光影人生的大美之前，号房里所有的犯人都噤声了，无不对那一个个跃动着生命节律的模特们顶礼膜拜，仿佛倏然间游荡到了天国的世界……

翻开那精美的摄影集看，每一页都是一尊一丝不挂的绝美维纳斯，丰硕的双乳，优美的曲线，翘起的美臀，修长的玉腿，高傲的面容，灵光四射的眸子。一切都美到了令人窒息。

这大美之尤物不属于高墙电网之中的犯人。他们只能望洋兴叹，但仅仅如此也便足够了，越是至美之美，就越对比衬托出眼前这深牢大狱中的大丑大恶。但犯人也是一个个活生生的人，每个人都有七情六欲，没有谁不渴望爱，没有哪个男人不渴望有个真诚的女人爱他，渴望有个温柔的女人依偎在自己身边，卿卿我我，极尽缱绻之情于长夜……

自小从大海的风浪里摔打出来一身钢铁骨架的林常平，固然也强烈地渴盼着来一场轰轰烈烈的性爱，但那绝不是像动物那种简单的欲望。无数灾难一次次落在他头上，他那本来善良的天性，因为一次次的绝望和一次次的伤害，已经变得坚硬如铁。受尽屈辱之后，当他有一天走出这监狱的大门，他将疯狂地寻找他所失去的一切。

那么，后会有期！

又一次大抄监行动。藏在床板底层的那艺术摄影集还是被监管们发现了。

“这什么玩意儿？”

“艺术摄影集。”

“哼，瞧瞧，都是光屁股女人！”

“这是艺术，是人体艺术摄影。”

“够了！你这是传播低级下流，你还头头是道？”

林常平心里说：美和低级下流完全是两码事，人皆爱美，为什么要压抑人向美的天性呢？至少可以让人用更加明智清醒的目光衡量自己真实的一面啊。

人体艺术摄影集被当即没收了。

号房里的犯人们立刻都蔫了，一个个就像被抽了脚筋似的，他们心里那根脆弱的精神支柱倒塌了，只剩了一片无所傍依的虚空。一个个犯人好几天都打不起精神来，背地里自然少不了愤愤不平地咒骂那些管教干部：

“狗屁东西，装什么人模狗样啊！”

“要说下流他们他妈的比谁都下流，还别说这是艺术的东西了，他们看黄片都当喝凉水呢！”

“这里哪还有什么君子啊？”

“唉，连望梅止个渴都不许了……”

不塞不流，于是，牢狱中的囚徒们便转入热烈而放肆地谈论女人了。他们谈论偷情的美妙，搜索枯肠地挖一些黄段子出来共享，美其名曰：精神会餐。不过是干指头蘸盐，只能嘴巴上过过干瘾而已。

好在监狱里终于开设了亲情电话。

自从有了亲情电话，犯人在周末或者节假日就排着队给家里打电话了。每人最多讲两三分钟。林常平至少每月能和妻子通一次话了。

那天，他在电话里问桂玉：“家里种的花长得还旺吗？”

桂玉起始没听清楚，连问了他两遍，才明白他问的是家里养着的兰花。桂玉觉得甚是唐突，她心里一定会想：平夫你为什么要问这个啊，比这重要的事情多了去了呢，你怎么偏偏关心花儿朵儿的小事啊？

桂玉其实没弄懂身陷牢狱的丈夫的心思。

林常平是回想起了上次出狱回到家里的情景，他鼻腔里还留着当时一进门就闻着的那一股兰花的馨香，想起了在从那兰花的馨香里扑过来的妻子，桂玉当时就像是从大海里捞出来的溺水者一样，无力地扑在他的怀里，仿佛要昏死过去，扑簌簌如雨而下的热泪竟打湿了他的衣襟。而他鼻孔里则满是兰花那沁人心脾的奇香……

经过眼前的事容易忘记，走进心里的事则永难磨灭。他在狱中常常想他和桂玉在一起的每件事，每个动作，每个笑话，借此打发最难熬的时光，每回忆一遍，就像又与她重新生活了一遍。如果夫妻犹如两个相邻的池子，池子里装的都是苦水，他也要妻子把她那池子里的苦水放到他这池中来。玉妻啊，到了那一天，我们将紧紧拥抱，久久不放开，到了那一天，我们将珍惜我们团聚的每一分每一秒。

然而，他所有的回忆中总是潜伏着一团阴影，让他怵惕不安。

他是个男子汉，必须为生活中的各种社会角色支付他的全部，为了使生活大厦不至于倾倒，哪怕撕心裂肺，哪怕血流如注，他都默默地承受，无声地吞咽，当悲剧的高潮逐渐趋于平静，在万籁俱寂的监房里，他心灵深处的一道伤口，总会潺潺地淌血。好像是徐悲鸿说过的话：一个人到了山穷水尽的地步而能自拔，这才不算懦弱。

当我死去的时候，
你的名字如最后一瓣花，
从我的唇上飒然飘落；
当我死去的时候，
你的手指是一串钥匙，
玲珑地握在我手里。
让我豁然开启哪一扇门？
握着你的手死去是幸运的，
听你说，你仍爱我。
听你说，凤凰死后还有凤凰，
春天死后还有春天，
至少有一个五月曾属于你和我，
每一根白发仍为你颤抖。
都记得旧日时光，
记得你踩过的地方绽放朵朵红莲，
你伫立之处喷一株水仙，
你立在风中，裙也翩翩，发也翩翩。
你的耳朵俯在我胸膛，
听我的心在说它倦了，倦了。
上次约会在滩头山，
下次的约会在何处？
你说呢？
你说，我依你。
而死亡的黑袖却挡住了我的视线，
我看不清楚，
可是我听得见，

我一定要去，去我们那个约会的地方……

79 残星

林常平所在的地方是制造肥皂的车间。那里热浪滚滚，臭气冲天。压在头上的活永远也干不完的，生产线上晃动的犯人们活像一具具木然的僵尸。自从在牢狱里制作过肥皂之后，林常平这辈子再不想使用任何肥皂。

他也告诉自己，千万别气馁，纵然眼前大地冰封雪冻，似乎一切都被严霜覆盖，然而春天一定会悄然到来的，大地也将在如期而至的春风里融化解冻。太阳的光辉也将君临大地，普照万物万灵。所以，你啊，常平，你千万别气馁，你心中更多的是应该喜悦。不乞求别人施舍谅解安慰，而自己以正义、严正、豁达、宽厚、包容去善待人们的误解，得意则淡然，失意也泰然，方为君子。

时令已经是立春了，可天气居然比冬天还要寒冷。林常平的病情又一次加重了，血管收缩，休克，抢救……他自己完全没知觉，第二天才醒来，又是挂瓶，吃了东西就吐，吐了也得继续挂瓶。刚有点好转，到了犯人集中洗澡的日子，犯人们都盼着洗澡的日子，他已经多少天没洗过澡了，即使是死去，那一具尸体也不能是脏的啊！挣扎着去洗了个澡，病情又严重了，心脏病加上流感，胸闷气短，心绞痛，早搏，呕吐，躺床上几天没吃东西，勉强吃了几只汤圆，随即便哇啦哇啦地呕吐出来，人又黑又瘦，四肢软得像是从锅里捞出来的面条。上伙房的磅秤上过了过秤，体重89斤！然而，松柏经风雪而不知寒。藏在心底里的坚韧，奔流在血液中的自信，从他的眼球里喷射出的胆识让他坚信人生没有过不去的坎。

正在这个时候，他收到了阿英的来信。

“老爹！”这两个字，让林常平既万分痛苦又万分甜蜜，他一连看了好几遍阿英的来信，激动得以泪洗面。一种漫溢的幸福感恨不得向全世界炫耀。

“亲爱的老爹，你不知道你的阿英有多么的想念你！还是她在你面前说过的那句话：没有你，这个世界上就没有我。老爹啊，你对阿英的爱，从来没有一点虚伪，它就像是阳光和风一样的真实，老爹为了我，可以抛弃整个儿世界，甚至生命。老爹对我的爱，我在这个世界上再也找不到了，也绝对不可能找到了，因为永远不可能再有了。我亲爱的老爹！你千万千万要珍重自己啊！你知道吗，你在阿英心目中是一个顶天立地的英雄，永远是一个大英雄！阿英要用全部的生命来感激老爹一辈子。女儿崇拜你，敬仰你，永远爱你，阿英会永远把你装在她心里，直到永远之后的永远……”

“阿英……”他涌出的泪水模糊了双眼。

天性自由奔放的阿英是他的骨肉，不期然而来到这个世界上的她，谁能说和他林常平不是一种前世之约呢？阿英又是个讲义气的女人，她有心有肠，聪明泼辣；她重情重义，识大体。而且看人也看得清楚，一眼就能明辨是非；生活中很会节制，花钱从不乱来。她的智慧和灵感以及那烈马一般的性格都非常酷似他。

一个人活在世上，可以没有荣誉、地位和金钱，但不能没有爱。爱就像阳光，永远使人感到温暖，一旦获得了爱也就获得了财富和力量，就会像大山一样坚强地挺立起来了。看着阿英的信，泪水再次蒙住了林常平的眼睛。屈指算来，阿英在他身边不过半年之久，但在他的感觉里，却简直像是整整一个人生的过程。当初，阿英来到他身边，并不是仰慕他的名声和才华，也不是仰仗他的影响力，而是前世的情缘啊！他跟阿英在一起，会感觉自己突然变得年轻，仿佛浑身充满了征服一切的力量，连走起路来都精神抖擞，灵魂也好似轻飘飘的没有了重量，轻如鸿毛，仿佛吹一口气就会直上云霄。正是由于阿英的出现，他才从那喧嚣纷杂的世界中感觉到了难得的一缕温馨，他不会忘记她，不会忘记这女儿的一片炽热之情。

早已万念俱灰的林常平，经历了一次次生与死，他一生都在厮杀，他早已不习惯儿女情长，可现在才发现他竟然是如此的形单影只，空前的孤单。人世间的生离死别、悲欢离合、酸甜苦辣、大悲大喜，都浓缩在这一刻，化作奔流的泪水了。

过了没几天，管教来通知他说，他有一笔钱汇到大账上了。他没有想到，竟是阿英汇来的。

第十八章

DI SHI BA ZHANG

星光不灭

80 天使之翅

秋风萧瑟，落叶萧萧，他的心脏病发作了。这次发作得比以往哪一次都厉害，阿英汇来的几千块钱来得正是时候，如同雪里送炭，他可以用这些钱买药，还可以添置一点急需的生活用品了。

对桂玉那面，林常平体恤到妻子的难处，他在狱中的境况再怎么窘迫，他也尽量不给妻子增添困难，眼下，晓辉和晓晴两个女儿都在厦门上大学的艺术系，而且已经毕业了，她们将面临人生的重大选择。

晓辉和晓晴又一起来探监了。

父亲的怀抱是女儿最初的摇篮，是无比宽广的大海，是广阔的大平原，是远航的码头，是人生出发的驿站，父亲应该是女儿一堵抗风的墙。可现在，他只能眼望着默然的天空，他能帮上她们什么呢?

望着眼前两个如花似玉的女儿，两个天使，一股柔情浮上心尖。晓辉和晓晴，都是他的骄傲，她们都秉承了他和桂玉的天赋，从小就喜欢艺术，两个女儿共有一架心爱的钢琴，那一根根白色和黑色的琴键，跳动着灵魂的诉说和絮语。那钢琴的键盘就像是人生的阶梯。两个女儿身上都有着天然的真诚和质朴，没有一丝矫揉造作。因为艺术和心灵是对应的，只有用一颗善良美好的心灵才可探求艺术的无穷奥秘。也只有艺术这个领域才可让人的精神和情感自由驰骋，可以尽情舒展自己，放飞自己去充分体验百味人生。可他作为她们的父亲，他又有着自己的忧虑：艺术人生是一条艰辛的道路，即使你辛苦耕耘一辈子，也未必能取得耀眼的成功。特别是在眼下的中国，如果把艺术作为终生职业，就得准备忍受艰苦的考验和磨难，那些搞艺术的人太难太难了，道路非常崎岖，尤其在开放的八闽，在商品经济风起云涌的时代，艺术都不得不向金钱和权贵弯腰鞠躬，许多艺术家不是都纷纷下海去了吗？高雅艺术的生存空间越来越狭小，并且还在日甚一日地被挤压、挤压。真正的艺术家的饭碗是不好端的，需要忍受多少痛苦、孤独、寂寞和贫穷啊，甚至连吃饭都很可能会成一个问题的，哪还有心思去搞真正的艺术创作啊。

但两个女儿却对他说：“老爸，眼前艺术的困窘相信只是暂时的，人类的精神生活不可能只是低级消费，一切都会好起来的，一定会的。”

大女儿晓辉准备从戎去寻找一条绿色军营里的艺术之路，小女儿晓晴则准备一边打工，一边继续深造学士学位。

在监狱接见室，林常平和他的两个女儿也目睹了旁边令人心酸的一幕：一男一女分别探望自己的儿子，一对抱头痛哭，一对相对无语。女的是来探望她的独苗苗的，夫妻俩在儿子身上倾注了全部心血，望子成龙，十分宠爱，有求必应，结果养成了儿子称王称霸的恶习，在一次和同事争执中，手持电工刀，将对方捅成了重伤。那个父亲来探望儿子，他本希望儿子好好读书，出人头地，常常恨铁不成钢，动辄拳打脚踢，儿子受不了棍棒教育，离家出走流浪，因盗窃罪被判刑入狱。明摆着两个极端的结果啊。可他林常平的两个女儿都是争气的，她们的身上都流淌着他林常平的血液，她们的生命里都有着他顽强不屈的基因。她们都不会让他失望的。

但是，小女儿晓晴毕业已经快一年了，还没有找到好的工作，他身在狱中，只能找朋友帮忙。可人在人情在，这个鱼龙混杂的社会上，最富于变化的就是人的脸。林常平有个原来交往很深的朋友，当初林常平掏心掏肺对待那朋友，总是把自己喜爱的东西送给朋友，朋友有了难，他一而再，再而三地慷慨解囊，可他的女儿大学毕业后想请这朋友帮忙在福州找个临时的教师工作，以解决眼下的生计，可那朋友竟然连个回信都没有。这事让林常平十分伤心。他这人就是这样，平生不能掩人善，到处逢人说相思，常常自作多情，事后却又一次次后悔自己太过天真。眼下，身陷囹圄的他对女儿的困境却无能为力，桂玉又性格内向，不善于人际交往，他们给两个女儿什么忙都帮不上，只好靠两个女儿自己去打拼了。孩子啊，这世上还有谁比你们的父亲这一生更残酷和悲哀的呢？

前不久，他忽然听说桂玉在打牌赌钱了。在他的印象中，桂玉从来不是那种赌桌上的女人啊，他搞不清那究竟是怎么回事，这次，女儿给他揭开了谜底：“爸爸，妈妈根本就没去赌钱，她说赌钱输了，那是骗你的，她也没有把钱借给她娘家，她是担心你回去又去找那个小妖精，所以才留一手的，为的是支持我们姊妹俩的学业啊。”

原来如此。林常平心里忽然十分感念自己的爱妻了，他也感叹两个女儿的纯真。她们已经长大了，他该是让她们姐妹俩知道事情真相的时候了，他想告诉她们说，在这个世界上，你们其实还有个姐姐的，她就是你们妈妈说的那个“小妖精”阿英。但是，此时此刻，他又不能这么说，也说不出口。他只能告诉自己的女儿：“爸爸只有一个愿望，早日获得自由，回去重整旗鼓，建设好咱们的家园，回报你妈妈对我的情，安度晚年，爸爸有你们在身边就已经非常幸福了。从爸爸的心底里讲，对我们这个家庭是问心无愧的。”

81 查无此人

全世界最能诱发人思索的地方就是监狱。灵魂是超物质、超时空的，你身陷囹圄，灵魂却已然越狱，在光色影的世界里游荡，百无禁忌。那样，你便是你自己的王了，你便是自己的天使了。你要让自己在这里安顿下来，你不要将这里当作可怕的牢狱，而是当作天使将来迎你的路口。

好久好久都没有阿英音信了，林常平不知道发生了什么情况，他曾经依照阿英来信的地址给阿英写过一封信去，但大约半个多月之后，他的信被退回来了，上面贴了一张邮政的条子：查无此人。

他的心一次次地悬起来了。

人生啊，千难万险都抵不住一个情字。生命就是创造，是携带着母体留下来的那一点信息去与外部世界做最大程度的重新组合，创造一个新的生命。世间唯有爱才是最伟大的，只有爱才是滋养灵魂让其强大的养料。即使是两颗痛苦至极的心，只要紧紧地绾结在一起，也会抵御住人间所有最残酷的磨难，从绝望的境地萌发出勇气和希望。

可是，阿英就如当初突然出现一样，又突然地从他眼前消失了，屈指算来，快两年多没得到她的任何音信了。月光如水，人生如梦，林常平啊林常平，你的梦已经结束了。忽然间，他竟然隐隐地痛恨起这个亲生的骨肉了。从头到尾，他和阿英究竟算是什么呢？

随着时间的推移，他的心态也越来越有点反常了。

阿永来探监了，阿永说他再也没有见过阿英，只是听到许多关于阿英的传言。林常平望着阿永那吞吞吐吐的样子，不由心生狐疑，一再追问，阿永才说阿英现在应该还在厦门一带活动，据说现在的阿英变得一身珠光宝气了，三天两头便出入高档商业会所，身边常常会出现一些在社会上算是有头有脸的人物。甚至还隐隐约约听人说阿英……

关于阿英的风言风语，就像是一根根尖刺钉进了林常平的心脏，他下意识攥紧了拳头，手心里居然出了两把冷汗。

那个可爱的阿英居然变了？阿英怎么会变成这个样子了啊？林常平心痛如

割，伤心已极。无论如何也想不到他心里的那个可爱的阿英竟会走到今天这种地步，会变成今天这个不堪的样子。这一切会是真的吗？如果是真的，那一半是由于那些七七八八的坏人的引诱，一半也该是阿英本身的过错吧？世上那么多姑娘，不是同样都生活在五光十色的世界里吗？她们中的大多数人并没有被物欲引诱而堕落啊，阿英你怎么偏偏就陷入了这龌龊的泥淖里去了呢？你如何突然变成了一个贪图享受、灵魂空虚、不知廉耻的女人了啊？罪孽，真是天大的罪孽啊！

林常平对阿英的情感早已超越了普通的父爱，在他最疯狂的时候，他的整个心灵里似乎只装着她，他曾为她魂不守舍，为她失眠，为她焦虑，他只要看见阿英的笑脸，听着她的笑语，就会觉得自己忽然变得年轻了，对什么都有信心了。而如今，他万万没想到阿英竟突然变成了一个虚伪的女人，难道她以往在他面前表现的那一切，只是为了满足她的欲望和虚荣吗？那这一定是阿英精心策划的，是她精心为他设下的一个局了。从头到尾其实都是一场罪恶的阴谋。阿英其实不过是个放荡的女人，无耻、自私、卑鄙、口蜜腹剑、心狠手辣，她从头到尾都是在逢场作戏！难道这样的女人还值得爱怜吗？他甚至有点恨她了！

可他又凭什么恨她呢？

阿英啊，那你就在你那欲望中去醉生梦死吧，你就去随心所欲地玩弄生活吧，你难道看不见前面就是危险的悬崖峭壁了吗？你为何还不快快勒马回头？你为什么要把人生当作赌局呢？人的欲望与生俱来，这固然不错，谁也不想当一个苦行僧，但在你眼里，幸福的涵义究竟是什么呢？是享受？是贪婪地获取？是疯狂地占有，还是纸醉金迷？

阿英啊阿英，你尽可以用自己得天独厚的美色，周旋于一个男人又一个男人之间。你尽可以对他们信誓旦旦，你尽可以在他们中间如鱼得水，也可以马上翻脸不认人。小小年纪的你，是不是自以为已经看透了生活？可实际上你却什么都不懂啊，老爹对你何止是惋惜，或者还有说不出滋味的憎恨！

难道那个可爱的阿英已经死了吗？阿英啊，你已经知道了自己的身世，已经知道我林常平这个老爹，就是你苦命的父亲，你如何忍心忽然又恩断义绝，无情无义地弃我于不顾？

欲望啊欲望！林常平恨透了欲望。人为什么要有这样那样的欲望呢？正是这种种欲望让人疯狂，让人丧失理智。

他万分心疼阿英。

但或许阿英真的是变了，再不是以前的那个阿英了。传言沸沸扬扬，阿英已经不可救药地堕落了，变成了一个浮浪的坏女人。然而他对阿英的惦念却像是割不断的情丝，丝丝缕缕，数不清，理还乱。

他心里的那个星光灿烂的阿英和传闻中的这个阿英，究竟哪个阿英才是真实的呢？

罢罢罢，林常平，你就默默地将这一段记忆彻底地埋葬了吧！

他决定在有生之年，将自己的财产、自己的事业和爱情生活，还有自己的许多遗憾、磨难，连同自己生命的浪迹天涯，将这一辈子的故事全部奉献给世界。他不想把自己的故事埋葬在墓碑下，最后的墓碑上这样写着：我同我来到这个世界的时候一样，一无所有。

然而，真的是一无所有吗？

他决不相信，死也不会相信。

82 自酿苦酒

一堆只冒青烟不起明火的柴
一片阴沉堆聚却久久不雨的云
一滴噙含在眼里却不流出的泪
一杯明知苦涩也欲狂饮而醉的酒
一个宁愿彼此伤害也要感恩上苍的微笑
明知是永远的虚幻，
也愿永久的痛苦
等我坐完这几年牢你再离去，
把我变成你从此不忘却的回忆
等我坐完这几年牢你再离去，
让我在你的背后永远拥有你……

一个人当意志薄弱的时候就会失去节制力。心情沉入人生低谷的林常平，在内心里无时不在同自己厮杀，他告诫自己，决不能破罐子破摔地放纵自己，即使是在逆境里，也有一些蕴含着希望的种子从噩梦里悄悄地探出头来，在人生的波浪形的低谷里，最能考验一个人灵魂的张力。

看来，命运给他的苦酒，也只有他自己一个人默默地、一口一口地喝下去了，早点喝光，早日功德圆满。眼下的他已经失去了人生最宝贵的自由，难道上天连他内心仅存的那点爱的余烬也要残酷地踩灭、剥夺走吗？没有了爱，他将如何在这非人的逆境里继续地支撑起自己？更不要说东山再起的梦想了，他还能主宰自己的命运吗？他还能在这无边的苦难中给自己一个笑脸吗？

他真想大吼一声，把那流血的伤口撕开给所有的人看——这就是我，一个真实的林常平。

痛苦是创造的火焰，是灵魂的焦渴。林常平苦苦思索着，那无法解脱的爱情，爱与恨、生与死，对他来说究竟有什么实在的意义呢？

女人的泪水是武器，男人的泪水是酒。

林常平忽然非常非常想喝酒了，真想来个一醉方休啊！

法国人说，酒是我身上的血，酒是生命之水，酒是爱情。烈酒之中藏着一个魔幻的世界，磨难与压抑将会在烈酒中挥发，心中的一切痛都会在烈酒之中得到抚慰。

以前，阿英为了他的健康，是很少让他喝酒的，她宁可自己醉倒，也不肯让他那本来就伤痕累累的心脏负荷太重。可现在，阿英不在他身边，或者说他心里珍藏着的那个阿英已经永远地离他而去了，他想喝酒了，他真的想一醉方休了。不然，这郁闷至极的心情如何排解啊！

可在这戒备森严的监狱里，又如何能找到酒来喝呢？

他记得曾经从杂志上看到一条小常识，说用藿香正气水加百事可乐就可以造出类似酒的液体来。

于是，他决定自己造酒！

他去到医务室，谎称感冒，开出了一盒藿香正气水。又从大账房买了两罐百事可乐，动手开始制作所谓的酒了。他将这两样东西勾兑在一起，然后封存在床底下，让其自然发酵。

却不料在第三天的早上，一个意料不到的情况发生了：突然听得“砰”的一声大响，那爆炸声不但震动了整个号房里的犯人，也惊动了铁栅栏外面值班的管教。当受惊的管教人员慌慌张张跑进号房里的时候，眼前看到的是这样一幅情景：蹲在地上的林常平正捧着那炸裂开的半截可乐罐子，像个要渴死的旅人一般，贪婪地吮吸着里面那点残存的“酒”，一口一口又一口，当管教将他从地上强行架起来的时候，他双手还死命地捧着那只炸开了花的可乐罐……

管理如此严格的监房里，不但有人在造酒、喝酒，而且居然引发了一场爆炸，如果所有的犯人都来效法林常平，那岂不是要无法无天了吗！

就因为这次造酒爆炸事件，林常平被关了七天禁闭不说，还被减去奖励分10分——在此之前，他已经积攒了60分了，现在又变成50分了。本来，再咬咬牙坚持坚持，眼看就够得上减刑的条件了，这一下子，一切又都泡汤了。

83 苦恋是宿命

21世纪的第一个秋天了，深秋寂寞的夜空，如此这般的一弯明月、几点残星，一个不眠人，绵延开的思念，这思念是一种说不出的苦涩。天各一方，茫茫人生苦海。这天，他给妻子写了一首诗——

用嘴说出的不是思念，
用笔写出的也不是思念；
思念只与分别连在一起，
思念是一只比心飞得更远的鸟，
思念是一条比心潜得更深的鱼；
思念是一阵雨，
让你在枯燥的日子里渐渐湿润；
思念是阳光射进铁窗的箭矢，
直刺你心上的伤口，
为你痛苦的孪生子催眠……

2000年8月8日，农历七月初九是女儿林晓辉22岁的生日，她要订婚了。

他面对前来探望自己的晓辉一再叮咛：再等等，再等等，等到她和她的心上人正式结婚的那天，他这做父亲的，一定要去参加她的婚礼。即便是参加不了她的婚礼，他也要把父亲对女儿的幸福祝愿送上……

转眼间，闽北的又一个冬天已经悄悄地来到了，这里的冬天特别寒冷，林常平晚上没事，把桂玉的相片反复看了几次，寒冷的感觉反倒更加强烈了。

今天又是他和桂玉的结婚纪念日了。

二十多年前，在一个月白风清的滩头山岭上，他和桂玉撮土为香，指月为媒，由天地作证，两心相印。不久，下浒学区的一朵花就让林常平娶回了家。现在，桂玉该如何打发这漫长孤独寂寞苦闷的离别时间？他想到妻子和女儿的处境，心在流血，整个世界在旋转，他攀着冰冷的铁栅栏，默默地流泪、诉说，乃至郁闷得忽然想大声吼叫一两声。

“你就当我是出洋谋生了。”这是他在所谓亲情电话里跟桂玉讲的话。

当爱的目光眷顾，生命的冰川就会解冻，你的痛苦将换成幸福，你身上的枷锁将纷纷脱落。所以，他甘愿跪倒在她的石榴裙下。他在生命的旅途中为妻子搭好一座通往幸福的桥梁，而当踏上桥头，他却突然又得去饱尝人生激流中的苦涩。亲爱的妻子，请你选择，或者让我跪下，或者让我永远把你爱下去，从生到死。

何必祈求命运的巫婆
高贵的灵魂谁能剥夺？
天穹依然
星光不灭，
一旦冲破牢笼
我自仰天大笑，
踏遍千重坎坷

桂玉在来信中说：“平夫！快早点回到我身边吧，不然你的桂玉就真的老了……”

面对自由的蓝天，他发誓他一定要好好地回家去，一定要好好地找回妻子和女儿的爱。那么出狱之后呢？又会是怎样的情景呢？

林常平的眼神忽然又变得迷离了。

本来这十七年之后，他们应该会过上好日子，会懂得人生最珍贵的是什么，谁料到又来了个命运的急转弯，世事难料，人心难测啊。感情这东西，常常如龙卷风、大地震，让你身不由己。在再次被收监的这几年，他的心天天在流血，他的脑子早就成了一片麻木的真空。但痛定思痛，半夜里也会常常悚然惊醒，痛苦得大叫出声。他只想早日回去，同桂玉平平安安度过下半辈子。但他心里又充满了矛盾，常常问自己，你还配得上爱桂玉吗？你还有爱的权利吗？你不过就是一个囚徒罢了。

然而，苦恋本来就是一种宿命。

无法抹去
也驱赶不尽
留在梦中的山山水水，
我回来了，归乡的路
还是那样熟悉
道一声：你好小河
捧上一口润润心田
嘴角泛起幸福的涟漪
摆摆手，月儿，再见
不是我不爱恋，那么柔的乡音乡情
是一声鸡叫把我叫醒……

第十九章

DI SHI JIU ZHANG

海在呼唤

84 高墙之外的坐禅

那天，林常平昂首走出了监狱的大门。

他走出监狱的第一眼，就看见监狱的大门外不远处，停着四五辆披红挂花的小车，有宝马、凌志、奔驰，全是豪车，像是结婚迎亲的婚车队。

那些车子当然不是来迎接他的。

他没有把出狱的日期告诉亲人，他不要任何人来接，就像上次出狱一样，他要一个人走回家去。

在监狱门口，林常平坐在一道水泥墩子上，面对面，镇定地望着监狱的大门，他的姿势一动不动，仿佛凝固了似的，仿佛是一尊罗丹手下的雕塑。

他幽幽地喷云吐雾……

现在，没有什么大的灾难了，劫数已过，今非昔比，他将开始生命的新的旅行，也是他人生的最后一次旅行了。

噼噼啪啪的爆竹声，咚咚咚的烟火当空炸开，前呼后拥的囚徒出来了，仿佛迎神一般的隆重。一卷红地毯骨碌碌地铺开，一直铺到豪车之前。香槟酒喷射出彩虹般的泡沫飞溅……

这就是这个世界独特的一景，人们啊，你真搞不清自己究竟生活在哪个世界里？究竟你眼里的哪个世界才是最为真实的世界？

从那个大门里走出来之前，林常平就把那据说象征着“一辈子”的被子和杯子留给号子里的犯人了，连同其他没用完的日常生活用品，都统统留给了号子里的几个“三无”的可怜犯人。他决不再相信那些七七八八的讲究了。他只从囹圄里走出了一个更完整的自己，走出了一个更通透的灵魂。

这一次，林常平何止是结结实实地回头看了一眼高墙和那两扇阴森森的黑漆大门。他索性呆呆地跟那阴森森的世界冷冷地对视了足有一个多时辰，他心里把犯人们流传着的那些禁忌全都扔到九霄云外去了。

大梦初醒。

走出监狱的林常平，内心一阵荒凉，那是感情的荒凉，事业的荒凉，人生的荒凉。家庭、事业、爱情、金钱、社会地位，等等的一切，什么都没有了。眼下的他又是两手空空了，他将一切归零，从头来过。要么沉沦，要么再度奋起。转眼将近20年的牢狱生活是终于熬过去了，但他还能不能重新找回桂玉的爱？如果找不回来，那真不如死了的好呢。可你林常平还是当年那个名声显赫的总经理吗？还是那个声大气粗的百万富翁吗？你不过是一个走出监狱的臭犯人，两手空空的穷光蛋，仅此而已。你已经不可能再重复以前的故事了。

不！“生命诚可贵，爱情价更高，若为自由故，二者皆可抛。”自由啊！如同呼吸，这是比什么都宝贵的啊。人活着生而为人，首先应该是自由的。他获得了宝贵的自由，这个时候，他自信他一定能抓住冥冥之中命运之神给他的某种暗示，前面的路就会豁然开朗。只要希望还在，心就不会死。春天之所以美丽，正因为它经过了寒冬最后的料峭。司马迁受宫刑写《史记》，留下了千古绝唱，展示了生命的奇迹。他林常平决不相信自己所有的真诚会流失在人心的沙漠之中，也不相信所有的微笑都是势利眼的媚靥。即便命运一百次地将他击倒在地，他也会一百零一次地弓起腰背，站立起来。

那么，向前去吧，林常平，前面将是天使要来迎接你的路口；天使能看得见你，只是你看不见她而已。你虽然看不见她，但她却真的就在那里，她一直精心守护着你的灵魂，即使你在沉沉的睡梦中，她也在守护着你，不让你的灵魂坠落于黑暗的深渊，精心守护你那卑微的、满身创伤的、却又有着无比尊严的生命。

生命像条河，如果没有森严的峡谷，便不会有奔湍的激流和飞泻的瀑布。你只管向前流去便是了，大海的声音已在你前方发出回归的召唤，尽管你的耳朵还听不清晰，但你的灵魂却听得见，你尽管向前流去吧。那便是一切了。你可以质疑整个世界，唯独永远不要质疑你永存永在的灵魂。唯有她，才是你最忠实的、永恒的守护神。

江湖河海经日光强照，变成气体蒸发升腾，形成雨云，雨水又落回到大地，此乃自然界的轮回。

清晨太阳从东海升起，经天纬地，又渐渐西沉，黑暗笼罩大地，然后是寂寂长夜，尔后东方又白，红霞喷薄，日头重新跃出苍穹，金色阳光照耀大地。此乃时空之轮回。

人死后要下地狱做苦受罪，经受数不清的熬砺，然后再重新投胎做人。如此循环往复，上上下下，浮浮沉沉，此乃我们常说的人生轮回。

地狱里的轮回是要先喝下那种叫孟婆汤的遗忘剂，又叫迷魂汤，一喝下那碗迷魂汤，你就会全然忘记上辈子所行所遇的一切，仿佛是光光净净来到世上的一个婴儿。而一个囚徒即便是从监狱的大铁门里走出去，他如何又能彻底忘记那一个个惊魂之夜里的醒不来的噩梦呢？

余生很长，何必慌张。

生活像一条波澜壮阔的大河激流，也有漩涡、有暗礁、有浪沫，有曲折、有回流。大海容纳百川，让自己的胸怀变得博大宽广，又能涤荡污泥浊水以保自洁。大海里涨潮会给人带来兴奋与激情，沙滩上的脚印很快又被潮水抹平。那退潮却令人远虑和深思，在某种程度上讲，也许冷静比冲动更富有潜力。

海潮已经涨起来，纵然是阳光也不能挽留。跑失了昨天的烈马，必须紧紧地抓住今天的缰绳。

莫愁前路无知己，天下谁人不识君？

85 往日不再

人生对每一个阶段都要有清醒的自我设计，总起来叫作五计——生计，身计，家计，老计，死计。

林常平当初为自己设计的人生大计是：二十为丈夫，身壮志强，问津名利，秣马厉兵；二十到三十，乳虎，朝阳，一往无前，以超人的勇气魄力将终生事业打下基础，万不可等闲度过。三十到四十，日夜注思，飞腾梦想，扩大事业。五十岁，渐渐地心怠力疲，俯仰世间，智术用尽。西山之日渐近，白驹过隙不留，当随缘任运，息意休心，善刀而藏，风轻云淡……

如今，林常平回头一想，不禁惨然一声苦笑——统统是虚妄啊，竟没有一条是对得上号的。光是那20年噩梦似的牢狱之灾，就无情地夺去了他半辈子的时光，而且是人的一生当中最美好、最宝贵的黄金时光啊。

所幸家还在，他那个宁静的港湾还在。

家还是那个温馨的家，但那株兰花已经过了盛开的花期。他见到了桂玉，已见岁月的沧桑，感慨万千，一时竟不知从何说起了。几番风霜雪雨的熬煎，桂玉可谓人比黄花瘦了。这将近二十年太苦太累的生活，无声地磨蚀了她的美丽，磨蚀了她的温婉，却多了几分凄楚，平添了几分憔悴。但庆幸的是，沉重、屈辱的生活竟然没把这个柔弱的女人压垮，她居然默默地咬紧牙关挺过来了。因为桂玉心里明白，只要挺过去，就会有希望，只要挺过去，就会花好月圆。

昨日已成往事，而未来则正待重建。

他又一次想起了在狱中的漫漫长夜里默默地对妻子说过千万遍的心语：“桂

玉啊，我的好妻子，我希望你以后不要轻易地满足我的期待，不要过于爽快地满足我的索取，无谓的奉献往往会亵渎了珍宝的价值。如果一切都是那么理所当然，即便是你的亲吻我也会不知珍惜。也不要夸大我们相互理解的程度，不要无所顾忌地向我袒露你的缺点，这并非是虚伪，因为爱情更需要崇拜，明知世界上没有任何一个人是堪称完美的，但脆弱的人性一般都承受不了绝对的真实。也不要过于依赖我，不要随便公开你的秘密，尽管我如此渴望深入你心灵的每一个角落，探究你的一言一语、一笑一动的全部内涵，可我还是希望你保持一分意味深长的朦胧与神秘。不要炫耀你的无知，也不要卖弄你的娇嗔，这两样东西会在极个别的场合装饰你的天真无邪，然而在大多数场合下只会抵消你魅力的光彩。请你给我一个又一个考验甚至是折磨。但是千万不要太久，特别是当我在痛苦迷惘中沉沦之时，不要让我牵到你的手而牵连了你……”

然而，不知道从什么时候起桂玉的目光却总在恍惚中发呆，她的思维明显有几分迟钝了，就连嘴巴里说出来的话，也总是怔忡地答非所问……

林常平说不清究竟是桂玉变了，还是他自己变了？他觉得自己真是变了，变得比任何时候都多疑，疑神疑鬼，小心翼翼。是的，很可能是这样，监狱让他的性格扭曲了，连小小的一个转身，他都要警惕地看看有没有人会突然地袭击他。他总是不假思索地把自己首先放在一个孤立无援的位置上来看待人生。从他眼睛里看到的东西都是扭曲变形了的。

过去，每当夏日傍晚，凉风习习，他和桂玉挽着两个女儿，在长溪边的林荫道上悠闲地散步，或者在严冬天气的夜里，坐在温暖的家里，一起看电视，身边是善良贤惠的妻子和两个天真可爱的女儿，每天他回到家，迎接他的，总是灿烂的笑脸，周围的邻居没有一个不羡慕的。他心里想象的都是美好的事物。但遗憾的是好景不长，二十年的牢狱生活几乎将他的精神肢解得支离破碎了。

林常平又有多少年都没有看见过大海了。

那天，天朗气清，他和妻子一道去海边看海，他久久伫立在沙滩上，海风扑面，涨潮之声哗然涌来，海鸥贴着浪尖飞翔，沉默的礁石仿佛坐禅的仙人，入港的渔船汽笛昂昂鸣叫着，向等待水手的亲人们一声声报告平安。对面，大海的深处，那隐隐约约依稀可见的一抹灰色的影子，便是台湾海峡的一座岛屿了，那里属于同一个国家的另一个世界。当年，林常平和几个渔民从海里捞起来的那些花花绿绿的“统战”宣传品，就是从那面漂过来的，他回忆起那段往事，对妻子说起当年关于所谓“丰乳膏”的闹剧，他独自笑了。然而，他一回头的那个瞬间，却诧异地发现妻子脸上不见一丝儿笑容，在他笑声的余波里，桂玉竟忽然凝神不语了。情形有些蹊跷，他觉察到妻子的神色里明显地闪过一丝掩饰不住的凄然……

尽管林常平的感觉比较迟钝，他还是发现了许多蹊跷之处，为什么桂玉总是背着他偷偷地哭泣呢？他仿佛预感到了什么，他小心地询问她，桂玉却又急忙惊慌地掩饰……

那天夜里，他一觉醒来，发现妻子在月光里看着他，泪水默默地流淌着……

林常平心里预感到一丝不祥！

他左顾右盼，好似忽然才发现从他回来，桂玉一次也没有提到他们的大女儿晓辉，一个字也没有提到过！

林常平啊林常平，你还蒙在鼓里啊，你的大苦大难并没有就此完结，你不知道你的大女儿晓辉，那个美丽如古兰丹姆一样可爱的大女儿，正当爱情的果子已经成熟的时候，却不幸遇到一次意外的事故，永远地离你而去了。你在监狱里本来和晓辉说好的，你对她亲口说，等到你出狱之后，一定会亲自参加晓辉的婚礼。但就在你出狱前的两个月，一次意外的事故，晓辉竟不幸香消玉殒，魂归天国了。而你竟浑然不知啊！

关于大女儿晓辉的噩耗，桂玉一直极力地强忍着，小心地瞒着自己的丈夫，她想：如果在这个时候猝然告诉他这个噩耗，面对如此之大的打击，雪上加霜，那对于林常平来说，简直不啻于一声晴天霹雳啊。刚从地狱里爬出来的他，又如何能承受得了呢！他肯定会突然死过去的。

“……晓辉？我们的晓辉，她什么时候回来啊？啊？你说话啊，你怎么不说话？桂玉？”

妻子终于忍不住了，如同决堤的洪流，大放悲声……

人们总希望发生在生活里的故事都有一个完满的结局，然而生活就是生活，生活永远是残缺的。人生就是人生，人生本来就包含了生生死死，恩恩怨怨，包含了悲欢离合，酸甜苦辣，还有那拂之不去的梦境里的寻寻觅觅。甜也罢，苦也罢，爱也罢，恨也罢，一切都在无言的咀嚼中了。林常平本想回到故乡，讨债，盖房，把干涸了十几年的爱加倍地给予妻子和两个女儿。可是，晓辉却无声无息地走了，居然就这么狠心地走了！

贝多芬的《命运交响曲》弥漫广宇，林常平顿感灵魂出窍……

86 走出黄昏

林常平被命运之手又一次击倒了。

一连好些天，他都昏昏沉沉，仿佛走不出那噩梦，只要一合上眼睛，美丽的大女儿晓辉就出现在他的眼前了。他觉得自己忽然又变成了一个虚弱的老人，他已经无力再向天发问。他颤抖着手，久久地抚摸着那架晓辉弹奏过的钢琴，泪落潸然。更多的时候，立在窗前，面对远方的天际，一个人喃喃自语着什么……

他把晓辉的悲剧，看作是命运对他林常平追加的又一次致命的打击，他将这一悲剧归罪为自己，以及那团总是散不去的阴影。如若不是这二十年的折磨，二十年的分离，二十年的零落天涯，可爱的女儿晓辉还会遭此厄运吗？不，他相信绝对不会的，他这个当父亲的，会像一只老鹰一样，时时用雄健的翅膀来保护好自己的骨肉……

处在怔忡状态里的林常平蹒跚着走出家门，走上了霞浦的街道。其时，夕阳正在垂落……

他只是机械地行走，目空一切，仿佛对眼前的一切都视而不见……

耳边是一片喧嚣的噪音，令人发疯——此起彼伏的汽车喇叭声，电锯声，电钻声，挖掘机的轰鸣声，打桩机震地的嗵嗵声，压路机的碾压声……

恍如梦中。

眼前这真的是他的故乡吗？如何竟然变得他一点都认不出来了呢？城市的空间被重新分割，大马路都在被开膛剖肚，到处都在铺设管道，人行道被挤成了一条条磕磕绊绊的羊肠小道，一堵堵石棉瓦的临时隔墙，圈起一片又一片钢筋水泥的建筑工地，一幢幢在建的高楼正拔地而起，密密麻麻的钢筋，犹如无数根古怪的鱼刺刺向天空。每个工地上，哐当哐当的搅拌机在搅拌，所有的建筑工地上都摞起小山般的水泥，堆满了成千上万吨的砂石料，一袋袋牛皮纸袋封装的水泥被拆开来倾倒进搅拌机的时候，溅起的灰尘犹如一道灰蒙蒙的雾，汗流浃背的赤膊民工们尽管戴着厚厚的口罩，也忍不住咳嗽，个个像从泥土里钻出来的。路过工地的行人见状，捂口掩鼻，恨不得退避三舍。飞扬的尘土呛得人忍不住想要咳嗽……

他拖着疲惫的脚步一直往前走去，他已经走得很累很累了。不觉天边已散开一溜美丽的火烧云，满目夕照，流光溢彩。他茫无目的地蹀躞在霞浦夕阳辉映的街头，一寸寸丈量着脚下那几乎全被水泥覆盖了的土地，体味着人生那股说不出的万般艰难的滋味。

林常平顿然感慨万千：在岁月的无数个窗口，沾满了数不清的寻人启事和寻物启事。当你存在的时候你不知觉，而当你失去后，失去的东西却再也无法找寻回来了。在他每天走过的路旁，能零零星星捡拾一点残梦的碎片，他就会饱含热泪一遍又一遍感谢命运……

87 未来在脚下

德尔菲神庙上写着这样一句箴言："认识你自己"。

林常平最怕的就是没有寄托的空虚。

六年前，他获得保外就医出狱之后，好多朋友就劝说他别再下海折腾了，平平安安度日，但他天生那种锋芒毕露的性格是改变不了的，他甚至顾不得他前面就是一个个可怕的陷阱。

过去的已经永远地过去了，未来正在脚步下延伸。林常平要再次证明自己活在这个世界上的价值。他要释放自己全部的生命之能量，然后才会问心无愧地谢世人间。

他神情严峻，既没有喜悦，也没有愤怒；没有多愁善感，更没有顾影自怜。如今他已经成了一个铁打的人，或者是一个获救的飘零者，一个郁达夫曾经说过的那种零余人。他是一个已经死过多次，并且不会再死的人，连死神都拿这个人没有办法。于是他便没有了任何恐惧。

只是这眼前的世界忽然又有几分陌生了，善良、怜悯、同情、正直、真诚、坦荡、忠实——所有这些人性中最闪亮的光辉，正在急遽地褪色、无奈地沉沦。

如果你心里没有期盼，没有属于你的一个理想的王国，你哪里会去为之奋争，为之创造？只有徒增马齿，虚掷一生啊。呜呼！人生在世，天地之心。人各其志，人各其才，人各其时，人各其用，无大无小，无分贵贱，只要其心不死，才得其用，时不我失，就能垂名后世，就不会虚掷年华。这样做人也就潇洒地在人世走一回了。

林常平在心里对自己说：你，林常平，虽然无法决定生命的长度，但你却可以控制生命的宽度。你不能左右天气，但你可以改变自己的心情；你不能改变自己的容貌，但你可以展现岁月夺不走的笑容；你不能把握别人，但你却可以牢牢地把握住自己；你不能预知明天，但你可以利用今天；你不能样样顺利，但你可以事事尽力。那么，只管耕耘，不问收获吧。

在这之前，无论身处顺境还是逆境之中，他都从来没有后悔过，他甚至没有时间去后悔。人这一生当中总是不断地失去许多东西的，完全不必把失去的看得那么重。爱情不过也就是爱情罢了，即使是最好的儿女情长又怎么样？当你把一切都想明白，想透彻了，需要抛弃的就抛弃去，需要改变的就一定去争取改变，谁也不可能把一切好事都占尽，但谁也不可能一辈子仅仅只扮演一个倒霉蛋的角色。

将近二十年的牢狱生活，以笑制怒，以静制动，他一次又一次缓解、战胜了面临的危机。在太上老君的八卦炉里炼了七七四十九天的他，在残酷的现实中已练就了一种极限承受力以及非人的忍让力，一旦他那惊人的毅力从苦难中挺立起来，一旦他坦荡的胸怀再度朝向波涛翻滚的大海敞开，那么，还有什么愁绪不可解的呢？

天地如此广阔，人生何必志短？

一只鸟儿为了生存都能够不畏风雨雷电，难道他林常平还不如一只小鸟？哀莫大于心死，只要心不死，再大的痛苦也可以承受。从来不甘沉沦的他，尽管有过无数次的犹豫和彷徨，无数次的灰心和沮丧，但他内心深处那钢铁一般的信念却一次次为他驮来心灵的春阳。尽管他的额头已经刻满了思索的年轮，他对未来的承诺却是永不停息的追赶。

他觉得自己就是那个神话里追日的夸父，最后就是渴死了，倒下来，手里丢弃道旁的手杖也会化作一片美丽的桃林……

88 君子之道

林常平再次见到了那位研究易经的专家朋友，那位大学教授。两人在一起喝茶聊天。

那教授一端起茶盅，便声音朗朗地吟哦了一首李白的诗：“渡远荆门外，来从楚国游。山随平野尽，江入大荒流。月下飞天镜，云生结海楼。仍怜故乡水，万里送行舟。”

教授接着说："老林啊，我知道你这次来，并不是来找我预测的。"

林常平问："何以见得？"

教授说："你进门的时候，人未到，声先传，丹田之气十足；再看你的目光，没有一丝闪烁不定；你那双手，虽然已经生出了几点老人斑，但却像两支划船的桨板，稳稳地贴于船舷两旁，你落座的姿势持重而从容，顿之山安。由此可见，你的命运已经用不着愚叟来算了，你自己心里其时早已清清楚楚、明明白白了。我言可是？"

"不不不，我林常平不过是个愚钝麻木之人，还得请教大师你呢。我还真不知我接下来的路该如何走呢。"

教授说："接下来，你要学习孔夫子了。"

"先生何意？"

"周游列国啊！"

一语中的。这正是林常平的想法。

教授感叹道："想当年，孔夫子周游列国，苦口婆心，四处游说，但所到之处却都不接纳他，他老先生一时竟惶惶然如丧家之犬了，那情形是何等的狼狈啊！但是，孔夫子依然坚持着他的君子之道，不改初衷，才有了儒家之大道行遍天下数千年的结果啊。老林啊，今天咱俩只喝茶聊天，务虚不务实，你我就索性来他个坐而论道吧。"

林常平："然也。"

"你老林应该知道什么是君子之道了吧？"

何为君子？——这是林常平在监狱里常常思索的一个问题。

《论语》中有云："望之俨然，即之也温，听其言也厉。"意思是远远望见很庄重，接近之后很温和，听他说话很庄严。

《孟子》有云："君子者，权重者不媚之，势盛者不附之；倾城者不奉之，貌恶者不讳之；强者不畏之，弱者不欺之；从善者友之，好恶者弃之；长则尊之，幼则庇之。"也就是说，所谓君子，一定是将正派、宽容、博爱、光明等等德行集于一身的。

概括起来，君子人格就在"三耻""三不""三患""三畏"上。这四点，既是君子人格的标准，君子之德的养成路径，也是君子与小人的四种区别。

孔子说："侍于君子有三愆：言未及之而言谓之躁，言及之而不言谓之隐，未见颜色而言谓之瞽。"意思是陪着君子说话容易犯三种过失：没轮到他说话却先说，叫作急躁；该说话了却不说，叫作隐瞒；不看人脸色便贸然开口，叫作没长眼。这其中包含人的说话之道。没轮到他说话的时候却自顾自说起来，说明这人急于表现自己，生怕被冷落或看不起，其实恰恰是肤浅和浮躁的表现。此外，这样的行为也很失礼，是没教养的体现。轮到你说了却不说，是另一个极端，不仅同样有所失礼，而且必定有所隐瞒，所以虚伪。有些人则是因为羞涩，这同样不可取，君子坦荡光明，只要正当，有何不敢说的？所以要学着从这种怯懦中走出来。最严重的是不看人脸色就贸然开口，有些话也许关系别人的隐私、戳着别人的痛处、犯着别人的忌讳，自己却不管不顾说下去，这就远远不是肤浅浮躁和无礼没教养的问题了，而是直接关系人的品格。因为他完全是只顾自己痛快，不顾他人感受，是在伤害别人。当然，有的人只是性格直爽，伤害到别人是无心，但无心的伤害，就不是伤害了吗？这样的直爽，也非君子所为。

君子行事有“三不”，君子不妄动，动必有道。真正的君子，对自己要求是很严格的，这是一种自律，也是一种自爱。不妄动，就是不随便，心中有自己的原则和底线，这就是操守，这操守也正是君子心中的有道。

君子不苟求，求必有义。所谓“君子喻于义，小人喻于利”“君子爱财，取之有道”，君子行事，首先考虑的是道义。合乎道义，当取则取；不合乎道义，看都不会看一眼。这其中也包含一种豁达——是自己的就去拿，不是自己的则一定不强求，所以君子心中才是坦荡、光明磊落的。

君子不虚行，行必有正。一个君子，一言一行都不会随便，凡事都会设身处地地再三考虑：这件事是否正当？会损害别人的利益吗？会伤害到别人吗？想清楚了，他才会去做。君子的心中，有“正道”这杆秤；君子的作为，沿着“正道”这根绳。这就是正直。

君子修身有“三患”，小人反之。《礼记》中说：“君子有三患：未之闻，患弗得闻也；既闻之，患弗得学也；既学之，患弗能行也。”意思是君子有三个担忧：自己没有听说过的知识或道理，担心不能听到；已经听到了，担心不能学到；已经学到了，担心不能做到。能否听到、学到、做到，这才是君子所担忧的事情。在别人眼中，君子都是修养深厚的；而在君子心中，自己永远还差得太远。君子只关心自己还有多少没有听到、学到和做到的，只看到自己还有多少不足和欠缺，所以听到别人的赞美才会惭愧和谦虚，那都是发自真心的。也正因为如此，他们才那么有修养。

君子立德有“三畏”，小人反之。《论语》中说：“君子有三畏：畏天命，畏大人，畏圣人之言。”君子对于天地准则、德高望重之人和圣人之言，都是充满了敬畏的。这种敬畏背后，是一种谦卑的心态、虚心的态度和心向往之的追求。天地意志，是君子努力参究、学习和遵循的最高准则；德高望重者，是高洁品格和深厚德行的人间典范，因而是君子努力效仿和学习的榜样；圣人则是最崇高的德高望重者，圣人之言是对天地准则的最好领悟，又怎能不让君子敬畏？正是因为这种敬畏，君子才会尽可能地放低自己、放空自己，于是才会尽可能多地获得、尽可能快地成长。

君子的“三耻”“三不”“三患”“三畏”，其实是君子说话、行事、修身、立德的标准和追求。君子人格，其实就是一种坦荡的人生态度，一种谦逊、好学、宽容、友爱的态度，有了这种态度，即使修养还不够，也已经是君子了。生活中要远小人，活着就要做君子。

林常平一直在践行君子之道。他就像一棵树，大榕树，落地生根，生命力活跃，枝繁叶茂，襟怀宽广。一棵大树就撑起了一张巨大的伞，遮风挡雨。

教授最后说：“善者无敌。那么，只要你依照君子之道去行事，你林常平自然就可以无往而不胜了。”

将近二十年的牢狱之难，早已使林常平学会了坚强地忍耐。那种绝望的揪心的痛感已经随着时间减弱了许多。失去的已经失去，接下来的问题就是明天能为自己创造什么？他不觉得自己老了，或者说他决不允许自己觉得自己老了，因为还有许多大事没有去办。人人都渴望成功，殊不知所有成功的人都必然会经历一段艰难的磨难。在磨难中检验你的人生目标，一再重塑你的理想、抱负和信念。不畏艰难，锲而不舍，直至成功的大门向你轰然敞开。这是世界上所有成功的杰出人物所走过的共同道路。

一个连着一个的失败，就像一波又一波的海浪，涤荡你的人生。失败是一块试金石，最能试出你能否担承大业。许多人一遭遇失败便怨天尤人，自暴自弃，把自己笼罩在失败的阴影中，渐渐被失败所吞噬，而在那些灵魂强大的人眼里，失败更是一次机会，它考验你的信心和力量，你只有挑战自我，才能超越自我，失败会加倍地磨炼你的意志力，增添你的智慧。失败让你更清醒地认识自己，你必须将自己作为真正的对手，一旦战胜了自己，守护你生命的灵魂的力量就会更加强大，你的生命便会比你想象的更灿烂夺目，光彩照人。

第二十章

DI ER SHI ZHANG

浴火重生

89 周游“列国”

林常平提着旅行包，又一次独自出门远行。

他即将出行的那天，女儿晓晴挽着他的胳膊，眼泪汪汪说：“爸爸，你太累了，求求你别再出去了，就守在家里好好过日子吧，女儿要天天见到你呢。”

林常平微微一笑，和蔼地对女儿讲：“孩子啊，爸爸我看起来虽然是个子不大的一个身躯，但你爸爸站着是个男子汉，倒下去还是男子汉，我既然已经堂堂正正地走出了监狱的大门，我就会堂堂正正做个好父亲的。相信爸爸吧，爸爸决不会再一次让你和妈妈失望的，再也不会了。”

不觉什么时候，梧桐的第一片落叶辞枝飘旋而下，飒然落地，秋风萧瑟而来。出门的林常平不禁感觉到了几分寒意。

耳畔，一个声音对他说：回去吧，林常平！回到你温暖的家里去吧，你已经过了四处颠簸的年龄了，眼看就到颐养天年的时候了，别再东跑西颠地折腾自己了，你最好多想想如何善待自己，你的躯体纵然是钢浇铁打的，经过这二十年的铁窗牢狱，磨损得没有一样好的零件了。你得面对现实。不然，你会扛不住的，你随时会倒下来，倒在残酷的商海大战中。

他回头看了一眼，刹那间，真的想要回头，回到自己温暖的家里去，但半空中飘旋而下的一片落叶惊醒了他……

另外一个声音对他说：“林常平啊林常平，你还在犹豫吗？你还在犹豫什么？你这辈子已经浪费了太多太多的时光，你再也浪费不起了，你必须焕发出你魔鬼般的力量，去创造你生命里真正的那个万木葱茏的春天吧，你一定要向所有的亲人朋友和你的仇人，以及那些虽然不认识你但灵魂同你一样焦渴的人，向他们证明，你林常平就是一个奇迹，一个生命的奇迹，一个灵魂的奇迹！

人必须向自己宣战，以克服基因中的恐惧。

两度入狱，斯心不改，身处之时能泰然处之，最困难的时候想想纷纭变化的历史，想想蕴含着无限可能的将来，眼光就会变得宽广，这个世界上就没有过不去的事；只要你坚守着你的信念，初衷不改，你就可以成为一个真正的猛士，而真正的猛士是打不败的，连死都不怕的人，还有什么呢？

他想起了一则西方谚语：“如果你想翻墙，请先把帽子扔过去。”

他向自己挑战似的，扭回头，走进了车站……

岁月匆匆，人生更匆匆，到处是如浪翻滚的人流，熙熙而来，攘攘而往。

一转眼便又过了6个年头的苦熬岁月，铁窗的滋味他早已尝够了。人生的路原本是在一个轮回上，一段是风和日丽、一马平川，一段又是崎岖的羊肠小道、还有风霜雨雪的凌逼，如若稍有不慎，便随时都可能跌下万劫不复的深渊。而顺风的事业、平步青云的高贵、甜蜜的柔情、充裕的金钱，这些只不过是造物主一时的赐予罢了。逆水行舟却是人生常常必须面对的。在这样的路上，只有两个字：奋斗。你一旦成为真正的你自己，成为让你自己都感到吃惊的那个你自己。再卑微的生命也会获得尊严。看看脚下的路，每一条走过来的路，都有着你不得不这样或者那样去跋涉的理由。那么，从容地去品尝生命的滋味吧。

人情如纸张张薄，
世事如棋局局新。
过河卒子当车用，
回头已是百年身！

二十年过去了，林常平此生无悔，他也决不后悔，就像一个优秀的棋手下棋一样，棋手无悔。当他再度走向社会的时候，他心里很明白他这盘人生的残局上还剩了多少个棋子，所以，他必须精心谋划，一定要把这些有限的棋子下到正确的位置上去。

他再也输不起了。

90 还有一位老船长

犹如一个不带地图的旅人，他成了一个大都市里的孤独行者。走着走着，走累了，他就坐在马路边，看眼前滚滚的车流人浪，仔细观察一个个从他面前走过的男人、女人、老人、小孩子。

说来也巧，命运总是关键的转折关头给予他一些明确的暗示，而且总是暗示得不露声色。

那天，当林常平在公交车的候车处歇脚的时候，他旁边的座椅上正好有一张旅客遗落的报纸，上面一则关于城市建设环境保护方面的政令映入他的眼帘——

为了保护城市生态环境，控制减少污染，所有建筑工地将不得在施工现场进行混凝土搅拌。

林常平的目光从那张遗弃的报纸上移开，落在车流滚滚的大马路上了，他眼前时不时地就有一辆庞然大物隆隆地驶过，车上拉着的那只巨大的搅拌罐，边走边缓缓地转动着，里面装着的无疑是建筑高楼大厦的混凝土和砂石了。不用问，这些庞然大物一定是开往某个建筑工地去的。可它们又是从哪里来的呢？

林常平表面不动声色，但内心潜伏的那只鹰隼却又一次倏地展翅腾空而起了。他活像一个福尔摩斯，一路顺藤摸瓜，先去实地考察了建筑工地，对了，那拉来的搅拌好了的混凝土，如同一道瀑布似的直接从搅拌车倾倒进扎好的钢筋模框架里去了，然后，捣固棒开动起来，建筑工地上不见了飞扬的尘土。一辆搅拌车刚将料倒完，又来了一辆，于是不间断地浇筑，楼宇建筑的速度显然也加快了许多。

林常平又颠巴颠巴地追溯到源头去，终于找寻到了商用砼的源头。那里有好几条生产线在运转，却看不见飞扬的尘埃，一切都在封闭地进行，水泥被一条巨大的竖式管道吸入耸立的搅拌塔里，沙土则从另一条传送带按照不同的比例配方输送进搅拌塔。而在另外一面，搅拌好的成品瀑布似的灌进一辆辆排队的搅拌运输车中……

原来如此！

他立刻想到了故乡霞浦，想到了一个个建筑工地上那令人不堪的呛人“风景”。于是，一个大胆的设想，甚至可以说是一个大胆的决策，当即便从林常平这个目光敏锐的商业战略家的心里产生了！

接下来的个把月时间里，林常平一头钻进了混凝土搅拌的生产线里，他反反复复地考察，仔仔细细地请教那里的每一个员工，请教开罐车的司机，请教管理生产线的人员，也和公司的管理者们交上了朋友。这一路穷追不舍的摸底调查，都是为了集中力量攻击他心里已经牢牢锁定的那个目标。

他这人做事一贯就是这样，谋定而后动。他要把全部的路线图搞得清清楚楚，他要提前考虑好大局规划乃至每一个微乎其微的细节——总体需要多大的资金量？一千万？两千万？三千万？厂房如何建设？水泥和砂石材料哪里来？如何运输？生产用的砂子石料必然是个天文数字，难道只能从远处的砂石料生产地购买吗？依照霞浦本地的条件，能不能考虑自己生产砂石料？还有，那搅拌生产线究竟搞多大规模为宜？分几步走？如何留有余地？大笔资金从哪里来？国有银行的贷款如何争取？工商、税务、环保，城市建设、卫生监督等部门将会如何要求？如何才能取得政府部门的大力支持？至于提供流水线的厂家，他已经一眼看中了三一重工。那么他必须先去找三一重工，亲自与对方诚恳地洽谈，建立长期合作关系，最好是争取得到分期付款，或者延期付款的条件。另外，需要多少台水泥搅拌运输车才能保证供应市场？车子又是哪家生产的性能最好？用什么样的轮胎？在坑洼不平的道路上来回跑多久轮胎会报废，如何更换？每台车什么价格？能采取什么办法得到优惠？合作才能共赢啊。还有场地，最起码也得找一块五十亩以上的地皮。厂子当然要尽量地离开市区，但也不能太远……

林常平的思路闪回了霞浦，在霞浦的土地上来来来回回地扫描着，霞浦的每一寸土地在他心里早就像自己家的庭院一样熟悉了……

考察后回到霞浦的林常平，已然不是几个月前走出霞浦的那个林常平了，这个林常平是带了一整套完整的商业计划，雄心勃勃地回到霞浦来的。当然，他必须暂时对所有的人保密这个商业计划，不然，何以叫运筹帷幄呢？

尽管商场上的竞争残酷无情，人们又尔虞我诈，但慧眼独具的他早就善于随机应变了，他林常平决非那种一根筋的角色，他懂得如何让自己时刻战战兢兢如履薄冰，他不但要随时保持清醒，还须让自己天天眼观六路，时时耳听八方；不但要左顾右盼，还得通晓“夜观天象”：仔仔细细研究上面的政策，恰到好处地揣摩政府的心思。经营是一种战略，不谋万世者不足谋一时，不谋全局者不足谋一域，只有远谋者方有大略。

林常平在返回霞浦来的一路上，看着满世界令人眼花缭乱的那些公司招牌，五花八门，形形色色。林常平内心波涛翻滚，他甚至把他那个未来公司的名字都想好了。

起个什么名字最好呢？

他想起了从前，想起了他那两家先后夭折的公司，一个叫“长春”，一个叫“安平”，但叫“长春”的，恰恰“春”不长，叫“安平”的，偏偏又不平安，原来是公司的名字没有起好啊。为什么没有起好？因为你林常平只把希望寄托于外部环境，寄托于外部环境的风调雨顺，波澜不惊；你只祈求什么人赐予你平安，而这些都不是寄托于你自身的力量的，自然也是非你所能掌控的。春光再美好，毕竟还是要逝去；平安固然难得，却只不过是浪谷与浪谷之间的波峰，十分短暂，所以都不怎么好。那么，这次，你一定要听从自己的灵魂召唤，从自身的人生体验为出发点，想一个响当当的、自强自立的名字，不靠天不靠地，只靠你林常平自己。

想来想去，两个字眼从林常平的脑海里蹦了出来：鑫磊！

鑫磊——精诚所至、金石为开。若无精诚之志，何能成事？若无山海之心，孰为做人？

鑫磊——三金为鑫，三石为磊，山不厌高，水不厌深，韩信将兵，多多益善。且这“鑫磊”二字，钢浇铁铸，正好与坚固的混凝土完全合拍。

对，就这么定了！

“鑫磊”号大船仿佛已经在林常平心里起锚扬帆远航了。把舵的将是他这个闯过一次又一次台风的老船长。

91 沧海横流

蓝图既已绘制，便要呼风唤雨。

鑫磊集团成功注册的那天，不过是林常平新的事业真正的开始。接下来，他就要使出十八般武艺来劈波斩浪了。

林常平的母亲走得早，他来到这个世界的时候本就是一个被忽略的生命，一个对任何人都无所谓的生命，人们不记得他的确切生日，所以连他自己也说不清他究竟是属牛还是属虎，他是又属牛，又属虎，他便是九牛二虎，既牛又虎了。

世事如棋，或者说，人生就是一盘棋。林常平年纪轻轻的时候就以缜密的思路、大胆搏杀的风格在棋局中屡战屡胜，俨然一名棋坛高手，但与世事对弈，你只不过是个刚过河的小卒子。走出盘外又别是一番天地，人生这盘棋，不仅曲折变化，局势复杂多变，扛鼎的大车，稍有不慎就会落入三分宽的界河，八面威风的骏马一不留神也会马失前蹄。相对平稳，似乎风平浪静，却潜伏着置你于死地的凶险漩涡和暗礁。人生也有开局中局和残局三个部分。开局相当重要，满面春风的你刚跨出校门，初露锋芒想一试身手，轮到你走子，楚河汉界，齐整列队供你指挥，起马还是派中炮？飞相支士？没有好走的就拱一小卒，以作试探……

眼下的林常平什么都不怕了。因为他什么都经历过了。商场上的规则和商人的韬略对他来说，早已惯熟，这位屡闯荡风浪的老船长，非常熟悉哪里有暗礁，哪里有浅滩，哪里是危险三角区。他深深地懂得，看似笑谈之间，也潜伏着杀机；杯觥交错背后，也隐现刀光剑影，你刚丢个盹儿，稍有一刻的迷糊，一线生机已不觉倏然与你擦身而过。看似歌舞升平，醉男痴女，可谁又知道此时正好观察人生百态，辨别谁为敌友，或者来个“杯酒释兵权”。他山之石，可以攻玉，三十六计你全得存在你的智库之中，才能察言观色，见微知著，洞若观火，明察秋毫，你才懂得何时该明修栈道，暗度陈仓；何时该声东击西，围魏救赵。就连空城也是一计，大不了了，最后还有三十六计之“走为上”。西方有句名言说得非常之透彻：如果你要同魔鬼聚餐，最好准备一把长把的勺子。

不拒众流方为沧海。大海茫茫，谁可争流？

年届耳顺的林常平又一次变成了个“林疯子”。一天到晚，马不停蹄，为了网罗人才，他一次次效法茅庐三顾。为了争取贷款，他几乎踏平了国有银行的门槛。筚路蓝缕，必然事必躬亲。从公司的选址，到门口的一块石头，从大基础的浇筑，到道路上的一处坑洼，当然，最宝贵、最稀缺的还是人才。缺技术人才、管理人才等，而所有这些人才，都得必须具有一种共同的品质，那就是忠诚。只有忠诚，才会做得最好。所谓忠诚，就不仅仅是雇佣和被雇佣的关系，而是风雨同舟，同甘苦、共患难；就是把公司当成自己的家园，一荣俱荣，一损俱损。

苦难不仅是一种财富，更是一所学校。在铁窗里度过十余年的他，就像是在茫茫大海上航行的老船长，善于在黑暗里把握风向，并且不失时机地顺风而行，并且一次次巧妙地绕过暗礁。他自信他的思维仍是敏捷的，他的手脚仍是灵活的，任何时候都会做出快速反应。人生的十字路口，他没有陷害过一个朋友。他敢于放弃，所以便不会背上沉重的包袱；他心怀大计，所以就能去寻找更大的空间。与其按部就班等待必然的结果，不如去迈开步伐捕捉偶然的机遇。他的人格力量永远是一面旗帜。

一个人“穷极则呼天，痛极则呼父母”。若一件事到了走投无路的地步，到无可奈何的时候，心理上就逃避现实，就怨天尤人。这是一般人的处事。而要做一个君子，却必效法天地的气度。

成大事不在于力量大小，而在于你能坚持多久。

办公司如同组织一场宏大的战役，每一个环节都不能出纰漏。所有的员工上班绝对不能迟到，绝对不能衣冠不整，上班时间绝对禁止打私人电话，绝对禁止东拉西扯地闲谈，绝对……公平竞争，凡此种种都必须经历一段克制到适应的痛苦过程，经历一番从无所适从到舒展自如的愉悦过程，逐渐形成一种具有质量效益意识、观念进取精神、雷厉风行的现代化企业职工必须具备的优良素质，才能实现自己的理想，才能获得财富。

然而，人毕竟又是最复杂的感情动物。情感需要交流，交流需要方式。在日益激烈的市场竞争中，谁都需要一个安全的港湾，需要一处心灵的驿站，谁都需要理解和沟通。一路拼搏过来的他虽然每天都干到筋疲力尽，但他忘不了关心自己身边的每一个人。五马并驱、波涛汹涌的商战往往让人眼花缭乱，但只要一见到他林常平眼中那诚实善良的闪光，谁都愿意接纳他，心甘情愿地服从于他，听命于他的指挥。

而他善良的目光也放不过从他眼前闪过的每一丝忧愁之色。那个员工为何独自垂泪？一问，母亲病了，需要住院，却拿不出钱来，林常平立马慷慨解囊。

那个员工愁容满面，怎么回事？原来是孩子报不上名，上不了学，林常平愤怒了，亲自去找教育局的人说理，说理无果，郁闷得他“咣啷”一声，将内心的愤怒发泄在过道里的那只垃圾桶上……

一段时间，林常平的口袋里一分钱也掏不出来的时候，又听耳畔一声乡音：“林总啊，我们投靠你来啦。”林常平抬头一看，故乡下浒的几位穷乡亲出现在他面前了。这些纯朴的家乡朋友的家里各有难处，有的欠了债，有的添丁进口，有的要盖房子……

林常平不忍心让他们失望，那就统统留在公司里吧，能打杂的打杂，能学技术的学技术，能下厨房的下厨房，能管仓库的就去管仓库。只要大锅里有一口饭，大家就分着吃。

他告诉自己的员工：谁都不是天生的赢家，区别只在于看你能不能为自己创造优势，往往在别人忽略了的枝节上，经过你精心修剪，或许就可让你脱颖而出。

92 峰回路转

当林常平的商业砼流水线正式投入生产，当第一波搅拌好的商业砼像一道黑色的瀑布，从高高的出料口倾入灌装车巨罐里的那一刻，林常平暗自流泪了。他突然觉得自己疲惫至极，浑身无力，他从旁边的老员工手里接过了一支点燃的香烟……

回家，见到妻子，他想对她说，却什么也说不出来，他一头躺倒在床上便睡去了，昏昏沉沉地睡了足足一天一夜。

他做了一个梦，梦见了大女儿晓辉。海滩上摆着一架白色的钢琴，女儿就坐在那钢琴前，海风一页页掀动着搁在琴键上方的五线曲谱，女儿在弹琴，用琴声在诉说，她时不时地回过头来，甜蜜地微笑着看他一眼……

人间唯有情难诉，问世间情为何物？

情到深处是孤独。

人的心田里不能没有一片温柔的绿洲，林常平也有个梦。但男人做梦的时间总是很短的，然而，热爱人生的人，对生命始终满怀虔诚的感激之情，连同苦难和悲剧的全部。正如在爱情面前，无论什么人都要顶礼膜拜，俯首称臣。因为任何幸福其实都是心灵上的幸福。无论拥有多少金钱都无法代替。人们爱自己的生命，并非因为人们习惯了生命，而是人们习惯了生命里的爱，这才是生命的真谛。因为人们渴求爱恋，也正因为爱才赞美生命，唯有爱，才能让生命绽放出绚丽的光彩，因为只有爱才是生命欢乐的源泉，在爱面前，纵然将所有的痛苦加在一起，也不堪爱的一击。爱是心灵深处那一簇美丽的火焰，只因为有了爱，他才能经历十多年的磨难；爱是世界上最强大的力量，当他林常平一次次陷入绝望的时候，正是爱的力量让他的灵魂一次次复活。

他回过头来，重新凝视自己可爱的妻子：桂玉是大海的女儿，她身上几乎集中了东方女性的美德。而从小失去父母的林常平，不正是从妻子桂玉身上得到了母爱和妻爱吗？他们经历了几十年风风雨雨，尝遍了酸甜苦辣，特别是他二十年漫长的铁窗生涯，千里孤月，两处离愁，桂玉都始终和他守在一起，梦在一起，他林常平之所以能够历经磨难之后，还能无悔地重新寻找自我，重铸自己的灵魂，忍受那涅槃般的灭寂，尔后浴火重生。若是没有桂玉默默的精神支撑，这些几乎是不可能的啊。

林常平的再生如此之艰难，也真算得上是惊心动魄的心路历程了。现在，林常平什么都不怕，只是怕伤了心爱的妻子的那颗朴素冰清玉洁的心。

月缺之后便是月圆。

林常平又一次想起了不知漂泊在何处的阿英。他觉得该是把这桩在他心里埋藏了三十年的恩恩怨怨，把这桩上苍安排的隐密故事，从头到尾、详详细细、明明白白、一股脑儿告诉桂玉的时候了。

每个人都有自己的隐私权，所有的隐私都需要且渴望到尊重，即使是最亲近、最亲密的人。此时此刻，林常平心里只有一个盼望——当他将他的隐私彻底说给妻子的时候，希望她用一颗宽容体恤的心，一份真诚理解的爱心，来抚平他心灵上那永久的伤痛。

但，桂玉若是不理解呢？若是她不但不理解他，反而将自己的丈夫看作一颗埋藏在身边的定时炸弹呢？若是她要义正词严地谴责他是个卑鄙虚伪的小人呢？那就相当于在他那永不愈合的伤口上再撒一把盐了。那可又该怎么办呢？悲剧的发生几乎就是不可避免的了。他的隐私虽有他羞愧的泪，滴血的心，可隐私也是色彩斑斓、丰富多彩的：有甜蜜的往事，也有心酸的记忆；有精神的慰藉，也有心灵的创伤。掺和着他的血和泪，夹杂着不可言说的苦涩。对那段历史，桂玉理当能够给予理解和宽容，这才是林常平所满心希望的。

亲爱的妻子，请原谅我，
请允许我保留那个只属于我的秘密，
因为我不愿意看到你脸上有一丝忧郁，
也许让那秘密永远埋于我心底才是天经地义。
亲爱的妻子，请原谅我，
我也曾用理智的双手紧紧摁住活蹦乱跳的心，
但骚动的情愫却像埋在地下千万个世纪的煤，
一旦发掘出来便要燃烧，
埋藏得越久焚烧得越猛。
亲爱的妻子，请原谅我
请你把我当作一片洁白的羽毛
当作一个漂流天涯归来的游子

鑫磊公司正在一天天从投资到盈利的那个U形曲线里走出来，犹如一张拉满的弓，眼看就要“西北望，射天狼”了，资金却又一次紧张得周转不开了。每天都有来公司讨债的、催款的，这一切原本都在林常平的预料之中。但他胸有成竹，八面不动，只是让自己咬紧牙关，再坚持一段时间就能扭转困局了。

正当古岭下的杨柳再度吐芽返青的阳春季节，那天，林常平正在现场指挥，秘书从办公室打来电话说，有个从海外回来的客人要马上见到他。

海外回来的客人？是谁呢？

林常平心生疑惑，他海外的朋友也不是一个两个，但要有什么生意上的事总是要提前联系的啊，不可能说来就贸然前来啊。

当林常平走进办公室的时候，他愣住了。出现在他眼前的这是谁？一身飘飘的风衣，一头瀑布似的长发，一只银灰色的拉杆旅行箱，一股香奈儿的味道。

听见林常平的脚步声，那女子飒然转身回过头来，瞬间照亮了窗外透进来的春光。天啊，这竟然是她？是阿英吗？

是的，正是林常平梦中的那阿英。

突如其来地出现在他面前的阿英，越发美丽，光彩照人，只是多了几分成熟的风韵……

"阿英？……怎么……怎么会是你啊？"

"……老爹！"阿英一声呜咽，忘情地一头扑进了他的怀里，像一只飞倦了的鸟儿终于归巢了。

林常平胸中有轰然的雷鸣滚过。他轻轻地抚摸着以泪洗面的阿英的肩膀：

"阿英，我的孩子，这些年你都跑到哪儿去了？你消失了吗？你怎么一点消息都没有啊？你是把老爹彻底抛弃了吗？可你怎么又回来了？你竟然还记得老爹啊，阿英……"

阿英伏在他肩膀上啜泣如风，她在这世界上飘荡来去，究竟经历了多少苦和难，她是绝对不会告诉他的。林常平也无法想象得出来。他只记得阿英当年隔着森严的铁栅栏，对他说过的那句话："阿英不会乞求任何人，因为我是林常平的女儿！"

昔日，我的泪水
滴入我心中的河流
沉积着苦思与恋愁。
而今，它变成五彩的浪花，
因为我心爱的人
常常在这条河里泅游。

他心里想着一个世界，上天却偏要给他另外一个世界，两个世界如此矛盾，斗争的结果，他便得到了一个超乎于两者之上的更完美的世界。

阿英带来了一只大大的拉杆箱，放在他脚下："老爹，这是给你的。"

"这什么？"

"是女儿带给你的一片心，我要报我的老爹天大的恩情。"

皮箱里装着的是满满一箱子百元大钞的人民币。

“老爹，你是一只不死鸟！我的老爹一定会站起来，谁也打不倒你，你是世界上最优秀的！”

窗外是大海，阳光下的大海……

93 天蓝蓝，海蓝蓝

福建鑫磊工贸集团，创建于2006年3月，总公司位于福建省霞浦县松港街道古岭下，占地60余亩，福宁高速、温福高铁从公司前后穿过，交通便捷，地理优越。经过几年的发展，集团现拥有福建鑫磊工贸有限公司、福建省霞浦县空海旅游发展有限公司、福建霞浦鑫磊福宁湾新型建材开发有限公司、福建省霞浦县大元小额贷款有限公司、福建省霞浦鑫磊投资有限公司、福建省霞浦鑫磊商贸有限公司、霞浦鑫磊新型建材开发有限公司、霞浦县鑫磊加油站、霞浦县鑫磊石料场等多家企业。注册资金达13500万元，总资产三亿元，年产值近五个亿，年纳税逾千万元，成为全县实力雄厚，具有一定影响力的龙头企业之一。公司主要经营新型建材开发、各种强度等级混凝土销售以及金融、旅游、房地产、商贸投资、成品油和建筑石材销售等项目，是国家ISO9001认证单位，宁德市重点工业企业、霞浦县绿卡企业、五星级纳税企业和五星级规模企业。

2014年9月22日的中国商网报道了林常平先生的公益事迹。多年来，林常平先生一直不忘回报社会，先后捐款1560多万元，为家乡的教育、医疗、交通等公益事业做出杰出贡献。此外，还建立了“林常平霞浦一中教育基金”“林常平福建宏翔高级中学奖学金”等助学光彩事业项目。

天蓝蓝，海蓝蓝。

林常平心里非常清楚，头上所有的光环都是虚空，只有心灵会因为不懈的追求和微笑，才会慢慢地充实起来。人生就像一条缓缓流动的河流，只有充实而自信，微笑才会像一朵朵翻腾的浪花，带给我们进取的快乐。面对烦恼和忧愁，一笑而过是一种平和释然，然后努力化解，这是一种境界。面对失败和挫折，一笑而过是一种乐观自信，然后重整旗鼓，这是一种勇气；面对误解和仇恨，一笑而过是一种坦然宽容，然后保持本色，这是一种达观；面对赞扬和激励，一笑而过是一种谦虚清醒，然后不断进取，这是一种力量。失败和挫折是暂时的，只要你微笑着面对人生，误解和仇恨是暂时的；只要你达观待之，赞扬和激励是暂时的；只要你不耽于梦想，烦恼和忧愁只是暂时的。人生无常，不被艰难困苦吓倒，方显英雄本色。风雨欲来，春花凋落，凭栏眺望，阳光总在风雨后。人生如海，总有潮涨潮落，云卷云舒。只要有闲庭信步的心胸，才能高挂前进的风帆，到中流击水，浪遏飞舟，前方就是成功的彼岸。别留恋破碎的旧梦，别再沉迷于往日的幸福光环，别再计较人生的得失，别再担忧明天的天气，既然选择了前方，就只管风雨兼程。

当一个人渐至老境，回头一看走过来的路，就像是一本书。里面承载着他的全部经历，翻到最后结束的章节，竟是这样孤独地、默默地走向生命的黄昏，让人唏嘘不已。任何的幸福真的都是心灵上的幸福，不论他有多少金钱都无法取代。这才是老年人特有的、纯朴的、善良的、慈爱的、宽博的、绝美的胸怀。生命啊，你是何等的高贵！

比黄金更可贵的是微笑。这20年来，他看到的大都是人性中恶的一面，他渴望看到人的微笑。再贫穷的人，也不会穷得没有了微笑，再富有的人，也不会富有得拒绝微笑。再痛苦的人也不会永远没有微笑。请你记住，当你微笑着走向世界的时候，世界也就微笑着向你走来！

他们这一代人所经历的苦难之多，以至于多得把苦难当作幸福来承担。倘若没有了苦难，他们甚至会不知为何生活，生活的动力从何而来。这就是一个永远的悖论。但退一步想，他们的人生智慧不也正是来源于此吗！

经过世事的沧桑、情感的煎熬、涤荡重塑后的灵魂，现在的他只想停留在如梦的年华，用童稚的语言和鸟儿对话，用清澈的眼神去抚慰不幸者，把他的心沉浸在水流之中，融化在白云里，奔驰在田野上。

大海波浪兼天涌。有多少次，他像一条小小的爬虫，在现实中艰难地寻找一线生机的缝隙；又有多少次，他像一个卖力的艄公，一次次使劲扭转和修正着航线，为百分之一的希望做出百分之九十九的努力。谁害怕错误，谁就得不到真理。如果把你所有的错误都关在门外，真理也就被关在门外了，这是哪个哲人说过的话？有多少次，最艰难的时候，他几乎要放弃了，却又挺立起来，尽管他并不知道正确的航向在哪里，但他却让自己永远寻找下去……

他要写本书，他只讲述他见过的社会现实生活里的人生体验。也要将现代社会最危险的一面——物欲的无限膨胀、个人责任感的急遽消失。告诉人们，潜伏在人的内心那看不见的、却无时不在蚕食着人们灵魂的危险。看清恶的存在，并不等于赞同恶。不能否认鲜花常常与荆棘相伴，也不能否认阳光常常与风雨同在，更不能否认成功常常与失败并存，那就一笑而过，且歌且行。能够使自己忧伤，也能够使自己快乐，这就是一笑而过的力量。微笑着送走不愉快的阴云，不要让它们遮住你的眼睛。不要因为今天的痛苦就否定明天的幸福，不要因为微小的成功而迷失了方向，不要因为眼前的风雨而否定明天的阳光。也不要为错过了星星而哭泣，因为我们看见了月亮。只要他的眼里的火光不熄灭，精神便不死。好好活着，因为我们都会死，很久很久的……

天高地阔，苍穹无限展开。国际航班上，林常平和妻子桂玉前往西方国家考察。在瑞士，桂玉见饱经沧桑的丈夫目光注视着那只江诗丹顿牌子的名表，说得更确切些，是注视着那表面上“嚓嚓嚓嚓嚓嚓”不停走动的秒针出神。看他那雕塑般的面容，那思想者一般的神情，仿佛在沉沉地思索着自己的人生……

桂玉马上怂恿丈夫买下了那块名表，并亲自给自己亲爱的丈夫，凤凰涅槃般的丈夫，戴在左手的手腕上……

秒针在“嚓嚓嚓嚓嚓嚓”地走动，逝者如斯夫，天地曾不能以一瞬。时间啊，不曾须臾停留的时间犹如一匹狂奔的烈马，人生百年不过是电光石火，稍纵即逝的一瞬间。而在这一晃而逝的瞬间里却包含着多少千古不灭的情愫啊。时间就是人生，时间就是爱情，时间就是痛苦着的、幸福着的一切，一切的一切。而再长的人生也不过是匆匆回首之一瞬。只有时间，才是那只不死鸟，几千年前就被我们的祖先画在太阳里的那只不死鸟，它的名字叫金乌。

天空没有痕迹，而鸟却已经飞过——这是哪个诗人的诗句？

世上生命最长久的，并不是活得时间最长的人。有的人年纪轻轻就去世了，可他的名字会被人们记住。那是因为他生命闪耀出的火花照亮了后来人的道路，会世世代代闪烁在历史的长河里。而有的人生暗淡无光，渺如尘埃，活得再长也不过形同行尸走肉。

记住海明威两句话吧：“人可以被消灭，但不能被打败。”如果你历经九九八十一难，终于战胜了自己，那这个世界上就再没有什么人可以战胜你了，你也才会骄傲地发现，这个世上只有一个人永远都不会背叛你，这个人就是你自己，就是你自己那坚强不屈的灵魂。